时间的故事

张丽英　著

天津出版传媒集团

天津人民出版社

图书在版编目（CIP）数据

时间的故事 / 张丽英著 . −− 天津：天津人民出版
社，2022.11
ISBN 978−7−201−18964−2

Ⅰ . ①时… Ⅱ . ①张… Ⅲ . ①散文集−中国−当代
Ⅳ . ① I267

中国版本图书馆 CIP 数据核字 (2022) 第 205673 号

时间的故事

SHIJIAN DE GUSHI

张丽英　著

出　　　版　天津人民出版社
出 版 人　刘　庆
地　　　址　天津市和平区西康路 35 号康岳大厦
邮政编码　300051
邮购电话　（022）23332469
电子信箱　reader@tjrmcbs.com

责任编辑　谢仁林
装帧设计　武　艺

制版印刷　三河市龙大印装有限公司
经　　　销　新华书店
开　　　本　710 毫米 ×1000 毫米　1/16
印　　　张　15.5
字　　　数　245 千字
版次印次　2023 年 2 月第 1 版　2023 年 2 月第 1 次印刷
定　　　价　68.00 元

/ 留住光 /

舟自横

近几年，我基本放弃散文写作。大抵原因有二：一是我的散文基本都是激情写作，耗时耗力，不如诗歌来得痛快；二是人的记忆有限，乡土散文写作会达到记忆与技术的极限。记得有人说过，人的童年和少年的记忆，20万字就已经足够了。倘若再写下去，如果不改变语言与叙事方式，便会穷途末路。对此，我深以为然。

尽管如此，我还是喜欢乡土与乡情之类的散文。这类散文，往往能够找到时代的共同记忆。尽管生活环境千差万别，但每个人的青春模样大抵一致，无论生活还是学习。看着这些文字，与其说是在阅览别人的生活，不如说是在寻找自己的影子。

我与张老师算是同龄人。正因为如此，她的散文散发出来的气质、风貌、魂魄，与我的生命历程有些契合。

她收入集子中的散文，我以前读过一些，再读，会觉眼前一亮，她越写越好。无论语言的准确与练达、结构的敞开与收敛、立意的宽阔与高蹈，还是叙事的沉稳与清晰，都恰到好处，像一缕缕微光穿过琐碎的生活尘埃。

因为偶尔写诗，便喜欢语言的特质，包括散文。我阅读散文有个习惯，看几行开头和几行结尾，对作者的基本功力便略知一二。尽管我个人散文写作算是刚刚入门。

好诗歌是"无理而妙"，所谓的"无理而妙"是诗之奇趣构成的原则之一。对于散文而言，也是如此。泥古循法的散文，看起来很周正，但毫无生气可言，也少了新意与突围。散文是没有窄化、没有体裁、没有边界的，所谓"形散而神不散"，说的正是这样的奥义。

看来，张老师已经悟透了。

匍匐于大地汲取能量，才能更好地迎风站立。从开始的乡土散文，到如今的生命体验，再到捕捉时空浩瀚里的点点星光和露水，张老师有了新的开掘与提升。而写作的自觉，更使她跨入异质的空间成为可能。

时代在变化，而散文写作处于"脱胎换骨"中。生命体验和非虚构散文如今大行其道，这其中有历史的因素。没有任何一个时代，像今天这样的庞杂与琐碎。大时代也好，小时代也罢，我们不得不告别那种单一的农耕生活而进入信息社会。钢铁也会哭泣或欣喜，水泥也能长出向日葵。对此，我毫不怀疑。

这个时代的写作，必须"卑微"地将身子沉下去，即使悲悯的笔墨，也必须像光那样进入灵魂，唯其如此，我们才不至于被文字抛弃，不至于浮光掠影在写作的大海上浪荡一生，及至虚无和消逝。

拉拉杂杂地说了这么多，有些偏离序的本意。但我想，我说的这些，既是自勉，也是对张老师未来写作的希望。

写什么、怎么写，其实都不重要了。重要的是，留住光。

/ 杯水人生 /

张丽英

先说说为什么要写作吧。50 年间，经历了一些事儿，这些事儿仿佛在生命里睡去。50 岁时，忽然醒来，生命有话要说。常言道：五十知天命。到了中年，人越来越沉默，抑或习惯了一个人化解难题，慢慢地很享受这种状态。可人是有感情的，人生也是有话要说的。在不愿说又不能不说之间，我钟情于读书和写作。

写作之后，慢慢地体会到自己所能承担之少：宇宙神秘浩瀚，云谲波诡；人生如白驹过隙，转瞬而逝。李贺在《梦天》诗中驰骋幻想"遥望齐州九点烟，一泓海水杯中泻。"九州渺小如九个小点，大海小如一杯水，每一个个体生命在宇宙中渺小到如飘浮的尘埃。可人生又是有意义的，许许多多的真情可抚慰辛劳而短暂的一生。写作，是一件有意义的事儿，至少我每每写作时都会思考，渐渐地让我和世界的距离尽可能缩短。

回望过往，我常常知足和庆幸自己生活在和平年代。50 年来，作为生命的个体，我有着怎样的经历，又如何在东北的这片土地上生存；伴随着国家的日益强大，我又有着怎样的生活，以及有着怎样的生命体验。我开始了半生的回忆，也开始了对以后人生的规划。于是，生活的全部热闹和喧嚣沉静了下来，就像大海进入杯中。

全书共分三大部分，第一部分是"根"。主要记录了我 17 岁之前，20 世纪 80 年代东北农村的生活状况，而这些是我和我的父亲张凤学、母亲张瑞芳、大弟张义国、二弟张义良、姐姐张玉珍一同经历过的。我以自己的亲身经历和视角来展现，在记录我们如根一样的真实故事的同时，也记录了我姐姐和姐夫陈家生的一些生活片段。

第二部分是"我的小城"。我来到这座小城，参加了工作，和爱人结婚，有了可爱的女儿。在小城中，开始了我30年的教师生涯。这座小城是中东铁路的出境点，这里有英雄嘎丽娅纪念碑，有载着小城人情感的大光明寺、北海公园的日月湖。我于青春年少时来到这里，转眼已是30个春秋。30年如一日耕耘在三尺讲台上，30年不是一个影子，更不是空白，我将个人经历和感受记录下来，也记录了小城30年来的发展变化。

第三部分是"生命之声"。包含我的经历，以及经由我生命的他人的经历，关于生命的路。

我曾和好朋友说过，其实我没有时间读书和写作，我写东西就像我的生存一样，都是在缝隙里活着，可我依然享受追逐光明的感觉。

我很喜欢一个词，"大道至简"。把一件事认认真真地做好，做到最好，像我的父亲种地那样，一切的土地都是好的，都能长出最好的粮食。日常穿衣也信奉简单就是美的道理，与人交往也喜欢简单，遇到复杂会产生障碍感。写作上，更喜欢简单地表达，《有个女人来过》简单地记录了一个女人被一个男人抛弃的故事，但我的意思是想借这个故事，提醒无论男人还是女人都应该心怀良知。"前生五百次的凝眸，换今生的一次擦肩""百年修得同船渡，千年修得共枕眠，万年修得齐白首。"既然遇见了，彼此就尽量多一些爱惜之情，以减少生命的悲凉；如果有不得已的情由要劳燕分飞，也要处理好，尽量避免人性的暴力。不能在一起了，但毕竟曾经在一起过，要记得彼此的好。

这是我开始写作之后的第一部散文随笔集，各方面都略显稚嫩，技法不足，内容上缺乏厚重感。但我写作的本意不是追求这些，我写作只求抚慰我对"真"的追寻。

曾读过一段话，大概意思是说，写散文随笔需要勇气，因为写作的人，将自己完完全全地暴露出来，想起来都觉得可怕。可我喜欢这"真"，真实的生活从来都不是容易的。张爱玲说，"人生是一袭华丽的旗袍，里面爬满了虱子"。人生充满了种种华丽，也需要付出种种代价，因为，人从一出生，就注定投入一个家庭，携带着结结实实的基因密码，然后会遇到很多人，会融入一个大时代。我将这些写出来，写出大时代里的一个人、一些人、一代人，发现了一杯水里蕴含着海的命运。人生的滋味是甜的，也是咸的，太多的波折和动荡，都藏在波光粼粼的海水里，但也正因其包容，才有与日月同进退的壮阔。

我不喜欢听到不去惜命的事儿，人生来向生，莫为自己安排太多的心灵障碍。闲愁最苦，多为自己安排一些追求，哪怕会倒在追梦的路上。我姐夫陈家生是想活下来的，可惜，在哈巴罗夫斯克的一个中午突然离去，姐夫善良奋斗的一生和对生命苦苦挽留的痕迹，是一部厚厚的无字书，烛照着我和亲人的生命。

一直喜欢海子的一首短诗《夏天的太阳》，我想把它放到这里，表达我对那些赤诚生命的敬意。"夏天，如果这条街没有鞋匠，我就打着赤脚，站在太阳下看太阳，我想到在白天出生的孩子，一定是出于故意，你来人间一趟，你要看看太阳，和你的心上人，一起走在街上，了解她，也要了解太阳……"

我从 2016 年开始写散文随笔，其中有一部分文章曾在一些纯文学刊物上发表过，我将这些整理成集。每一部分大体上按时间排序，我想无论在哪一个年龄段，成长都是必修课，我想看看我的写作在时光流转中有没有进步。

写作路上，得到诸多友人支持，这些爱都已化作我用心对待写作、不辍笔耕的动力，大恩不言谢。写作，永远在路上。

"沧浪之水清兮，可以濯吾缨；沧浪之水浊兮，可以濯吾足。"（《孟子·离娄》）走过人生 50 年，我的杯子更喜欢盛纳真诚、友爱、奋斗，盛纳清流。

写于 2020 年 10 月 20 日

定稿于 2020 年 11 月 30 日

目录
CONTENTS

第一部分　根

第二部分　我的小城

第三部分　生命之声

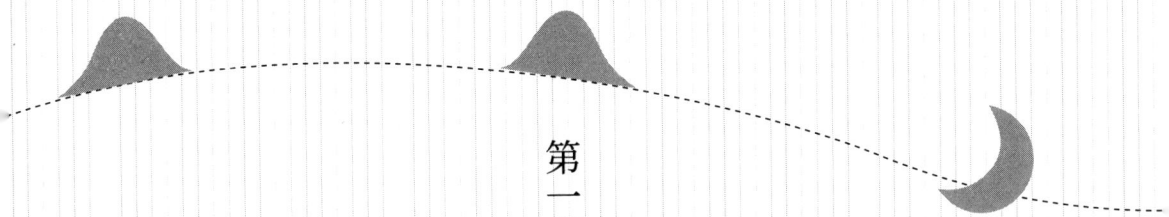

第一部分 —— 根

/ 家乡，我们来的地方 /

谨以此文，深深怀念我的青葱岁月和家乡。

岁月的长河里总有一首歌伴着自己。那青葱岁月里的童谣，一直响彻我生命的深处。

"小皮球，架脚踢，马兰开花二十一，二五六，二五七，二八二九三十一，三五六，三五七，三八三九四十一……"这首小时候的童谣教会了我查数儿，更带给我无穷欢乐。我和小伙伴们在我家的泥土小院子里，像一群小燕子一样，又像太阳下的小精灵一样，蹦着、跳着，蹦着高地跳着，扎起的羊角辫使劲儿地甩向天空，我们不停地唱着、数着，不停地唱着、笑着，笑声穿破童年的梦，直入云霄；天空蓝得像海，我们的欢快写满了小院，也写满了天空。那硬邦邦的阿拉伯数字，一个又一个地从我们欢快的心田里流淌出来，流向邻家，流向弯弯的乡路，流向正在成长中的小树，也流进了我最快乐的年华岁月里。那最清澈的和最响亮的，都成了我生命里的青葱音符。伴着欢快的童谣，我告别了最快乐的蹦跳时光，也告别了最无忧的年华。

那青葱的西山哈，我去了又去，来来回回，带着好奇的心和最美丽的梦。妈妈带我去地里干活儿，我渴了，去喝西山脚下的泉水，水真好，又清又甜；去抓河中石头下的蝲蛄，回家放到灶坑火炭里，烧熟的蝲蛄，又红又香；西山上有草莓，我家的那片地在西山道南，走过一个乡间小道到山上去寻草莓，那比黄豆粒大一点儿的草莓，绿绿的小粒，再过段时间就会红了。于是，我等着，盼着，天天走出家门，走过西街，蹚过西山前蜿蜒的河，爬到山坡上，那些自己不舍得摘的，已经被别人摘走吃掉了，还有被踩坏的，心疼了好一阵子，便把剩下的吃了。草莓很小，但很甜。西山坡的山花最绚烂，每到花开季节，山上的杏花先是粉红色的花苞，粉粉的惊艳在树枝和叶之间。当白天阳光明媚、晴空万里时，那些粉红色的花苞会一夜开放，西山的坡一下子变得分外妖娆起来。西山的光特别足，特别亮，西山也会特别热，几天不去的西山坡总会给我带来不尽的惊喜。杏树枝上长出了一个又一个的小青杏，实在是等不及了，比高粱粒稍大一点儿时就开始摘着吃了，小小的青杏粒附着薄薄的一层绿，一咬里面全是苦苦的水汁儿。再过些时候，小青杏长成了小铜钱大小，这时候的青杏最好吃了，里面的汁儿不太苦了，青杏里面的膜不硬，一咬就碎，且不是很酸，吃起来口感好极了。一直吃，一直吃，可以一直吃到青杏变成黄杏，里面的核太硬了，外面的杏肉太薄了，直到吃不了为止。到了秋天，当我跟在妈妈身后去收地时，我会跑到西山去摘榛子，然后拿回家，坐在我家的泥土小院子里，砸榛子吃。榛子瓤里有一种浓浓的西山的味道，那是大自然的味道，那是幸福的味道。虽说一不小心榛子叶上的浆粘到衣服上再也洗不掉了，心疼衣服，可这阻挡不了我，阻挡不了我对榛子的喜欢，阻挡不了我对西山的爱。

那黄了又绿，绿了又黄，黄了又红，红了又白，白了又黑，黑了又黄，黄了又绿的西山啊，我带着好奇的心去追寻你，驻足在你的脚下去观察你：观察你的坡、你的树、你的光、你的草、你的高度。投进你的怀抱，感受你的香、你的汁、你的丰、你的温度。我把我的快乐写进你的坡、你的树、你的光、你的草、你的高度；我把我的爱融进你的怀抱、你的香、你的汁、你的丰、你的温度。我的青葱的西山啊，你的多姿，你的真情，你的包容和大度，一次次地吸引着我少年时的脚步，让我一次次投进你的怀抱。躺进你的怀抱里，仰望你头上的天，梦想倏地腾空。

倏忽间，我长大了。我要告别我可爱的家乡，告别我家的泥土小院，告别我无数次深情拥抱的西山，告别我那无忧无虑的青涩年代。长大，就要勇敢地出发。

可不知道为什么，不管岁月被怎样拉长，不管我走多远，不管所到之处是否繁华，我总是钟情于：我的小时候，我小时候的伙伴，我小时候的农家小院，我小时候的那片青葱的西山。

那滋养过我生命情感和灵魂的地方啊，它的名字叫家乡。家乡，是我们来的地方。

写于 2016 年 9 月 30 日

2017 年发表于《远东文学》第二期

2017 年 11 月发表于《北方文学》

/ 那些时光 /

　　17 岁之前的岁月就像是天边的彩霞，永远有着最美丽的光。这种情深植在我的心根，常常在我孤独寂寞的时候，忽地长满了心房，温暖顺着血液，顺着我的心房流淌，流淌出了那些岁月里的时光。

　　我的记忆开始于哪一年已经不记得了，但爷爷把朴实、善良、厚道、贴心、慈祥融进了我 7 年的成长里。在日后的 43 年里，我常常用爷爷温暖的怀抱驱逐寒冷，化解伤害，撑起心灵依靠。

　　爷爷去世后，在爷爷住过的草房里，在爷爷曾来来去去的农家小院里，我和父亲、母亲、姐姐，还有两个亲爱的弟弟，过着相依相靠的生活。母亲把心给了父亲，最重要的是母亲把爱给了我们姐弟四个。我不记得当时家里条件具体怎么样了，只记得我们很幸福。每天只要能在一个饭桌上吃饭，父亲就会给我们姐弟四个夹菜，拿干粮。我们姐弟四个围着小炕桌坐在父亲、母亲身边，吃着母亲做的热乎乎的饭菜，开心极了。幸福跟着饭菜，一口一口地进了嘴里、小手里、小脚丫里，小小身体，肉乎乎、白胖胖，享受着和父母姐弟一起开心吃饭的时光。父亲每天在天空还没有露出鱼肚白时，就吃完早饭出发了，一走一天，很晚才回来，但晚饭我们一定要等到父亲回来全家一起吃。灯光下，有我的父母，我的姐弟，我的温暖的家。父亲默默无语，披星戴月，母亲说："这一天忙的，脚打后脑勺。"为此我试验了母亲的话，但无论怎么努力，脚始终打不到后脑勺。村里人都夸姐姐好看。而我的性格则很欢快，跑来跑去，仿佛世界是我的，跳皮筋，踢口袋、玩嘎拉哈、老鹞子抓小鸡。两个弟弟怎么长大的记不清了，只记得他们很可爱。

　　夏天的时候，吃完晚饭，一家人要到院子里纳凉，母亲总是喜欢到道南柳树下凑热闹，妇人们不知道在说些什么，时清时不清的，但"嘎嘎"的笑声总让我觉得，小山村还挺热闹。消化了一小会儿食儿，就都回屋睡觉了。累了一天，躺下就都睡着了，睡得好香，第二天，又是浑身的力量。二弟曾在一年过年时写了一副对联贴在大门上，对联写的是"父子同心山成玉，兄弟团结土变金"。意为我们团结在父母身边，心朝着一个方向使劲儿。

　　后来队里实行大集体制度。大集体，就是全队的地大家一起种，一起除草、收割，饭也在一起做，大家在一口锅里吃饭，母亲称之大锅饭。走集体时，家里出几个人都行，但必须至少出一个人挣工分，家里出的人多，挣的工分也多。但在我们还小的时候，家里只有父亲一个人挣工分。到了一片地里，开始干活了，地里的垄有长有短，但工作量按垄算。我的父亲很愚钝，不知道去弄个短垄，常常是乡亲们干完活都回家了，父亲还在那儿干活，垄真的很长，可父亲的活实在细数。播种时，他会根据种的庄稼种类来确定苗眼的深浅，以及苗眼与苗眼之间的距离，还有土埋的多少；除草时，父亲会很小心，先从哪儿开始锄，锄下多深，都拿捏着，不只是除垄上垄下的草，苗根的草也要薅掉；秋季收地时，父亲总一棵不落地收拾得干干净净，板板整整。因为这样，父亲得了个"劳模"的称号。干得好不意味着干得少，这片地弄完了，又去弄下一片地，周而复始，虽说伺候地的质量不一样，但只要出工了，挣的工分是一样的。母亲又疼又气，就经常教育父亲："不要死心眼，好不好？"父亲常常是默默地，不和母亲理论，只是偶尔会红着脸回应说："你这是干啥呢！"

　　大锅饭没吃多久，大集体制度有了些许变化，地还是大家一起种，只是秋天按工分到队里把粮食领回家，自己做着吃。每一年按工分分玉米时，会有很多说道，小棒子玉米小、不实成，出不了多少粮食，但父亲不会去刻意获得大棒子玉米。

　　父亲的心于公厚道，于己更是一片赤诚。对我们和母亲，父亲给予了深爱。他常常会把锄掉的曲麻菜和婆婆丁带回家，挖田间地头的苋菜、灰菜、马齿苋等很多野菜，还有采摘刺五加嫩叶带回家。带回家后让母亲做熟了给我们吃。秋天，父亲会用他的布兜给我们揣回来榛子、刺玫果、山里红。家里如果有一点儿好吃的，比如鸭蛋、鹅蛋、鸡蛋，父亲总是让给母亲和我们姐弟四个，他自己不吃。

后来，我上学了，在课本里知道了，当年父亲带回家的那些个不被看好的、被我们吃到肚子里、流进血液里的野菜山果，都是弥足珍贵的宝，钱买不到。

写于 2016 年 11 月 2 日

2017 年发表于《远东文学》第二期

2017 年 11 月发表于《北方文学》

/ 时代里的时光 /

    队里大约在我 7 岁到 17 岁的 10 年间，发生了很多政策性的变化。在这 10 年的成长里，我深刻感受着社会轰轰隆隆的变化，沐浴着时代里的时光。

    队里最初实行原始的自给自足的小农经济制，爷爷去世后不到两年，队部召集全队社员开会，通知大家除了自己家房前屋后的院子外，其余的地一律由队里收回，大家一起种、一起享用，一日三餐都到东头队部场院里吃。可以说，那是一段快乐的时光。

    这个制度在我家的队里实行不到半年就又开始实行另一种大集体，叫走社制。新制度实行了很多年，其间，队里发生了很多事儿。姐姐为减轻家里负担，由学生变成了社员，和成年人一起干活儿挣工分了。在那个大集体的年代里，队里来了上山下乡的知识青年，知青姐姐们穿得都很漂亮，是她们让我知道了小山村外还有城市，还可以打扮得更美。后来，知识青年都返城了。

    有一天，队部召集全队劳动力到东头队部场院开会。父亲开完会回来后，母亲问："开会什么事儿？"父亲回答说："走社制要停了，下一步实行包产到户制度。"母亲问："说没说怎么分？"父亲说："具体怎么分，国家有政策。按人口计算，一个人分二分地，咱家六口人，能分一亩二分地。"

    关于包产到户，人们是欢欣鼓舞的，仿佛即将开始"海阔凭鱼跃"的人生，以满怀的热情迎接一个新时代的到来。为了能让地分得公平、合理，队长和会计先把地分好，然后有好有赖地搭配着抓阄。

    父亲抓到了三块儿地，分别是后沙包子、西岭岗、裤裆地。记得有一次和母亲上地，我问母亲："为什么这块儿地叫裤裆地？"母亲说："因地靠着河边，水渗到地里，地中间的洼处总是湿的。所以，就叫裤裆地。"父亲用这块儿地种大白菜，菜长得又绿又壮。

春天里，父亲带着我和姐姐，还有大弟去后沙包子种土豆，父亲在前面刨苗眼，我们往苗眼里放土豆芽子，低头哈腰起身用脚一带，又低头哈腰起身用脚一带，和父亲、姐姐、弟弟一起劳动的时光定格在简单重复的起落间。过了一个多小时后，腰越来越疼，好像有千万根针扎着腰眼儿，一阵泥土的清香随着微风吹过，不声不语，只是干活儿的父亲、姐姐和弟弟，已经把我落了很远。

在那两年多的时光里，父亲起早贪黑，甚至在有月亮的晚上一干就是一整夜，父亲用在走社时用心做事、精心耕作的丰富经验，为我和母亲、姐姐、弟弟带来了财富。队里人都夸父亲："肯吃苦，种啥都长得好，收得多。"父亲收获的也不仅仅只有蔬菜和粮食。

一个能者多劳多得的大时代走进了村庄，走进了队里，走进了千家万户，走进了每一个人的生活里。父亲因为有了姐姐的帮衬，承包了相应量的土地，我也在那一年的夏天去城里上学了。从此，我便离开了家，离开了父母姐弟，离开了土地，离开了一家人一起劳作、一起吃饭、一起睡觉的时光，离开了就再也回不去了。那一年我17岁。

写于 2016 年 11 月 4 日

2017 年发表于《远东文学》第二期

2017 年 11 月发表于《北方文学》

/ 西山四季 /

记下过往，深深品味生命的真谛。

经历了一个冬的寒冷，大地回春了，一切都在萌动，西山的美应运而生。树吐珠，草冒芽，山露生机，一场雨后，万物猛生，鹅黄猛然变绿，西山有了独一无二的新鲜空气，我被它养育着。雨后的水滴在树叶上滚动，小草在微风中轻轻晃动，鸟儿抖起被淋湿的羽翼，时时飞起，心情的雀跃用语言无法撑起，那一刻，小小的我差一点儿随着鸟儿一起飞去。水洗后的青山干净、透亮、舒心，一切仿佛又重新开始。杜甫诗云："好雨知时节，当春乃发生。随风潜入夜，润物细无声。"万物在春雨中孕育着。

时光飞逝，有了三春的光、大地的暖、春雨的润，西山迎来了夏季。家乡的西山一天一个样儿，树由浅绿变深绿，再到墨绿；叶由稀疏到茂密，再到郁郁葱葱，呼风唤雨。阳光下浓密的树，占据了山坡，风吹过时，树一晃一晃，形成了壮美的绿浪，站在山脚下较远处，放眼一看，心头顿生澎湃！西山夏季，山花盛开。芍药花，贵气端庄，粉粉的，红红的，一大朵一大朵的，娇艳中透着沉淀，花瓣一层层地展开，最后呈现出张开的小碗状大小，粉粉嫩嫩的，一簇簇地扎根在西山坡，一年又一年，将西山的夏季点燃，它还有一个好听的名字叫野牡丹。还有一种花儿，叫矮棵树，也是一簇一簇的，树枝上长满了尖刺，枝上的叶不多，也不大，长圆形；在山花烂漫的夏季，在绿叶和带刺的枝上长出粉色花苞，那花朵不是很大，但花瓣很多，紧凑娟美，像青苹果那么大小，一朵朵的粉花，缀在绿叶间，令人陶醉，它的名字叫野玫瑰，也叫蔷薇。玫瑰花，西山的爱。西山除了这些花，还有一些矮小的草花，红的、黄的、紫的、白的、蓝的，以及杂色的，它们不争不抢的，在树荫下，在地头间，在道路旁，在小溪边……花朵不大，但仍在花开的夏季，美艳芬芳。西山山上，西山脚下，花开烂漫，万物生机无限。

8月的一场雨后，有一种东西开始悄悄萌生，它们或依附在树根下，或贴于地皮，或隐藏在微黄的草里，万物生长在夜里。晴天后，再等个一两天，你会发现那大大小小的真菌菇，一棵一棵、一簇一簇地破土而出。经历了风，搏过了雨，沐浴了阳光，承受了黑寂，几经深扎根，西山迎来了沉甸甸的秋季。山榛、山丁、山葡萄、山松子、山刺梅果，以及西山后坡深处的山核桃……白菜、土豆、萝卜满地，放眼望去，金色万里，沉甸甸的谷子，以及成熟待收的黄豆、玉米。万物告别涌动，开始下沉，水清澈，天高远。"晴空一鹤排云上，便引诗情到碧霄。"收获，不需要太多言语。当然，西山也会寂寥，这家乡的西山啊，在秋天强劲的西风里，树呜呜地叫着，树叶呼呼地飘零着，冬天快来了。

所谓一场秋雨一场寒，西山在乡亲们的呼唤中迎来了霜降，迎来了小雪、大雪，冬季来了。

寒冷中，西山脚下蜿蜒的河结冰了，没有了春天里的叮咚、夏日里的水响，也没有了秋的沉静，现在只是结冰、沉寂。雪花鹅毛大，一片一片地落下，静静地落在西山坡上。西山被大雪覆盖，万物深藏，整座山变成了白色，一望无边，连绵起伏。偶尔扬起的大烟炮，也会将西山笼罩。

西山的四季啊，春雨、夏花、秋实、冬藏，给了我无尽的启迪，也深深地融进了我成长的岁月里。

写于 2016 年 11 月 3 日

2017 发表于《远东文学》第二期

2017 年 8 月发表于《丰泽文学》

/ 似水光阴 /

那些似水光阴，蕴含着淡淡的清香，芬芳成永不消逝的记忆！

1. 遗失的茅草房

那些暖暖乎乎的草房，一座挨着一座，中间只隔着杖子。

我家房子 70 平方米，长方形状，三间茅草房，地基是原石头，墙是毛坯砖，外面抹上黑土。拉开房门直接进入厨房，东西两边是卧室，通往卧室的门是对开的两扇，门插销插上时，门就关上了。东卧室和厨房连接，靠近灶台的墙上方有个洞，洞上有个帘子，那是猫来回出入的地方，叫猫儿眼。卧室的南边是炕，窗户很大，窗户分为上下两扇，窗户上扇是一个个的方形小格子，用纸糊着，下扇是一大块儿玻璃，上下扇分开，都是可以活动的。这是一个温暖的家。阳光透过窗户照在炕上，炕是热的，阳光是暖的！我家的房子坐落在村里正中间的道北，朝阳，一年四季，院子里是满满的太阳光！

房子东面叫房东头，西面叫房西头，东西两个房头各有一个落地烟囱。烟囱是一个倒立的漏斗，底下的斗又圆又粗，结结实实地坐落在地上，上面是一个漏，炊烟从漏中丝丝缕缕升起，夕阳下，像升腾的红霞。茅草房和它的炊烟，在阴雨连绵时，相拥，温暖且安详。冬天，雪大的时候，茅草房里温暖的火炕，灶坑里燃烧的木材棒，烧红的火炭，灶上热气腾腾的苞米面馒头、笨猪肉炖酸菜粉条子，每一样都紧贴着土木，贴着生活的温度。母亲总是变着样儿地为我们做好吃的，乱炖笨土豆、笨萝卜、笨白菜，偶尔会炖笨大鹅，以及笨小鸡炖土豆干，都是些没有化肥的有机食品，本色的菜香、肉香飘过鼻孔，飘进我的似水光阴！

　　最热闹的是腊月里杀猪，凌晨两三点钟，父亲、母亲都起来了，坐在炕上商量一会儿，然后就开始了！村里几个壮实的男人抓住猪，用绳子把猪的四个蹄子捆上，捆得结结实实的，然后又喊着："小心！"接着费劲地往猪嘴里横放一根铁杠子，放好后，四个人用一根粗棒子抬着，放到厨房事先搭好的木架子上。父亲不忍杀猪，由邻居六哥掌刀，母亲事先准备好了一个大红瓷盆，放在猪头跟前，六哥拿着一把锋利尖刀，刺向猪喉。我趴在猫眼儿看，那一刻我紧闭双眼，只听见猪玩命地叫着，没一会儿，声音渐渐低了下来，最后没声儿了。我睁开双眼，看到猪不动了，血淌了大半盆，还冒着热气。母亲事先烧好了一锅热水，水不能太热，太热会烫坏猪肉，太凉又不掉毛，温度正好才行！接下来，煺毛、开膛、剖腹，我跑过去看到了猪内脏，了解到了猪的生理结构，也了解了我自己。

　　茅草房里，邻居来买猪肉，都是事先订好了的。你三斤，他五斤，她十斤，除了自家留的，其余的猪肉很快就卖没了。

　　特别期待的时刻到了，猪头、猪蹄、猪肉放一口锅里，猪下水放一口锅里，记得母亲往大锅里放了花椒、大料、大葱、姜、酱油，锅底下架上木材棒，随着呼呼的火苗，烀猪肉开始了！很快，茅草房里到处飘着烀肉的香，馋得我直流口水！

　　烀好了肉，母亲给我们撕了一大盘子，让我们姐弟四个吃。不用蘸酱，纯纯的肉香，肉放到嘴里，香到骨头里。尤其是猪骨肉、猪牙膛、猪拱嘴，有着特别的香味儿！那时的猪是吃玉米和山野菜长大的，没有任何添加饲料，肉的香里不掺杂异味儿！真的思念那些年的肉香！最好吃的还是用五花肉、烀肉老汤和血肠一起炖酸菜，怎么吃都吃不够。东北的酸菜，这样炖出来以后，它的口味是世界上独一无二的！茅草房里的铁锅烀肉、铁锅炖血肠酸菜，在我离开它之后，就再也没吃过。那种怀念的情感，后来被岁月拉得长长的！

　　夏季里，茅草房外，逗趣的白鹅伸着脖子大口地吃草，嗉子鼓得很高，有时会挺着脖子满院子乱跑！小狗躲在阴凉处，窥看周围，耳朵一直竖着，仿佛听着动静。晴天鲜嫩的西红柿，雨淋后翠绿的黄瓜，房前东南角的芹菜圃，后园子里通红的樱桃，这一切，都紧紧围绕茅草房在生长！

春天有着快乐的时光。推开茅草房的门就是院子，在亲近鸡、鸭、鹅、狗的日子里，亲近着土地、太阳，田园是最好的幼儿园，大自然是最好的师长！

那三间茅草房，房顶的茅草，父亲上去铺了又铺，生怕漏雨。可是，下大雨时，雨还是顺着房顶往下渗，一滴一滴的，多处漏着雨，有些糟心！三间茅草房是爷爷从辽宁凤城来这里时盖的，现在已经过去70年了！多结实的房子，也扛不住时间的沧桑！在我们还小的时候，父亲是没有能力翻盖瓦房的，就是村里其他较富庶的人家也没有翻盖瓦房的能力！

2010年，这三间茅草房被推掉，其实一家人并不是很情愿，茅草房，见证着一家人握拳奋斗的过去，有我们姐弟一起成长的记忆，有杀猪菜的香！这三间茅草房，虽说漏雨，虽说里面有苍蝇、蚊子，房前屋后有鸡、鸭、鹅的粪便，住在里面，有时还会有毛毛虫偷偷爬到身上，可是，茅草房是有温度的，让人心里踏实！

我把这些详细记录下来，是想告诉后人们，不管现在还是将来多么繁华，我们曾这样生活过！

写于 2016 年 12 月 12 日

2. 后园

命运怕亏待了我，赐给我一座后园！

园子很大，我坐在我家西屋的炕上，透过窗户，向后园望，一眼望不到边。下雨的时候，我关上北窗，看雨水顺着窗玻璃流淌而下，然后又顺着窗台流向窗台檐，流向土里边，流进了我的记忆！

雨水冲刷干净了玻璃，也明亮了我的后园。我静静地守着眼前的一切，欣赏着我家后园里红润娇小的樱桃，饱满的李子、青杏，杖子边上的葡萄叶，紫色的茄子，鲜艳的西红柿，翠绿的黄瓜，跟着微风一摇一摇的小草。生命在守候这一切光景时，便和田园接近了！雨后水珠，晶莹光亮，麻雀跟着清新的空气，抖着羽毛，不时落下、飞起！

后园被一条小路隔开，小路的东边是一片樱桃树，西边的南面也是一片樱桃树，北面是李子树和杏树。园里，树枝上结满了樱桃：圆圆的，一粒一粒，一簇一簇。樱桃有大有小，紫红、鲜红、浅红，还有白色、黄色。樱桃熟时，一棵棵樱桃树，鲜艳欲滴，一簇簇的樱桃果粒，缀在枝头，压弯了树枝。园子大，樱桃树多，想吃哪棵、想吃哪个，都是自由的，后园给了我鲜美的樱桃，我把心给了我的后园！我坐在窗前看着它，躺在炕上望着它，跑进园子里抚摸着树，享受着它的阳光雨露，观赏着它的一草一木，和它大大的胸怀相拥。雨后亮闪闪的樱桃、西红柿，以及水灵灵的黄瓜，让我感触了舌尖上的味道，给了我对生活的希冀！

在那个偏僻的村庄里，有一户人家，居于村庄正中间的道北，院子前有满满的阳光，院子后有红红的樱桃，我和伙伴们在那儿沐浴着阳光，品尝着后园的樱桃。吃的时候欢喜雀跃，像蜜蜂采蜜，飞来飞去的，等着找到对的口味，就会"叮"上去，伫立樱桃枝头，那样子有趣极了。吃的时候，仿佛在咀嚼阳光！

如果不是日复一日、年复一年地生活在有果树的后园里，恐怕很难想象果树花开的过程！

春天来了，阳春时节，暖暖的光，透着泥土的芬芳，有着温热，万物萌动！硬硬的树枝悄悄鼓包，几天后，小小叶子依附在枝干上，那是婴儿的样子，不懂世界的生命，让人心生怜爱！过了几天，有叶子的地方鼓出嫩包，透着粉色或白色！渐渐地，含苞待放！花苞像豆蔻女孩儿的脸，害羞，稚嫩，且甘甜，不忍心触碰！

花苞，粉粉的粒，缀在枝头，就像泼墨的一幅梅画。苞跟着阳光打开娇媚的脸庞，小巧艳丽，随着枝和枝上的绿叶晃动，晃动了后园，晃动了日光。那些个花初开的时候，粉红和洁白惊艳着后园。

悲伤也是有的，遇到狂风暴雨时，会看到了花痛苦地离开枝头，飘零凄苦，我心里难受极了。正因如此，后来我喜欢上了《红楼梦》中的林黛玉，喜欢黛玉惜花的情意，喜欢黛玉的《葬花吟》。"花谢花飞花满天，红消香断有谁怜"，我在低沉的心绪中读了又读，心生无限爱怜！

如今，后园还在，但樱桃林已经消失了，仅剩靠在杖子边上的几棵。今天，我满怀思念："后园，你是我生命世界里最美丽的园子。那儿有我最美丽的梦，以及似水的光阴！"

写于 2016 年 12 月 29 日

3. 过幸福年

2017 年春节即将到了，我想起了那些年在农村过年的往事。

进入腊月，母亲一遍遍地说着："快过年了，得准备年货了。"记得腊月后做的第一件事儿，就是杀年猪。那一天，家里很热闹，没有杀年猪的邻里乡亲陆续到来，将事先订好的肉取走。母亲将剩下的一部分肉切成方子，连同猪蹄、猪头、猪肘子一并放到外面仓房大缸里冻上，这件事儿做完，年货也就准备得差不多了。母亲请帮忙的临家六哥和要好的邻里来家里喝酒，吃杀猪菜。东北农村大铁锅里飘出缕缕烀肉的香，灌好的血肠放到酸菜锅里，酸菜粉条在烀肉的老汤和余白肉之间冒着热水泡，屋里屋外飘着杀猪菜诱人的香味儿，我的幸福跟着父母姐弟的勤劳和邻家的友好，随着我一年来的翘首期待到来了。

当母亲把最好的肉切成均匀的肉块儿，连同杀猪菜端上来时，我的眼睛和肚子都是饥饿的，酸菜、粉条和肉放到嘴里的瞬间，整个身心都是杀猪菜的美味儿。大快朵颐后，顿感唇齿留香，仿佛一年来的辛劳都在这一刻得到了弥补。

"二十三过小年，二十四扫房日，二十五磨豆腐。"母亲于每一年的年节到来时，总是要边干活，边唱着流传在黄河流域的民谣。辞旧迎新，一定要打扫卫生，姐姐和母亲把屋里要洗的东西几乎都洗上一遍，忙得午饭吃不上。有一年，家里还重新贴了顶棚花纸，绿底红花儿，上面有安详的凤凰，在明媚的阳光里，我的家格外亮堂，喜庆吉祥。过年，幸福一个跟着一个。

腊月二十五前后，家家户户开始陆续制做大豆腐。"豆腐"谐音"福"，迎春接福，一定少不了"福"。饱满的黄豆粒，经过一夜浸泡，胀得鼓鼓的，母亲忙碌着，把磨出的豆汁儿做成香甜的豆浆、鲜嫩晶莹的小豆腐、白灿灿的大豆腐。我们团团转在母亲的周围，幸福充满了家中的每一间屋子。一家人喝过豆浆，吃过小豆腐、大豆腐之后，母亲忙着把凉好的大豆腐煎成小砖块型的豆腐干，又切成豆腐条，然后盛到荆条筐里，存放在仓房里。正月里用它炒白菜丝、韭菜，经过母亲的手，这些菜色香味儿好到无可挑剔，母亲的双手里一直流淌着我们姐弟四个的似水光阴。

腊月二十六，母亲和邻里结伴去街里置办年货。初中时，我曾和母亲一起去置办年货。记忆里，远远望去，市场主路人山人海，路两旁是一排排的货架，架子上摆满了红红的对联。往里走，各种年货应有尽有，林林总总，我有些眼花缭乱。母亲早就已经计划好了，买了糖、瓜子、花生、刀鱼，又进到店里买了鲤鱼、豆角、芹菜、韭菜、调料，往回走时，还买了对联、挂历。我跟在母亲的身后，拎着年货，东西沉甸甸的，心情却格外明媚，听母亲说，这在山东老家叫赶集。赶集，是母亲怀念家乡的日子。

腊月二十七，母亲安排父亲杀鸡。

腊月二十八，母亲在习俗和习惯中，过油，贴窗花，发面，化肉。煤炉上的小耳锅煎出的刀鱼熏黄脆香，看着时就已经垂涎三尺了，吃着时发现外黄里嫩，味道鲜嫩舒爽。母亲煎鱼时的样子，家里的火炉，屋里的温暖，一直跟着我的生活，成了最美的童话！

看着父母忙碌的身影、姐姐认真打扫屋子的景象、两个弟弟在一个又一个新年中逐渐长高的个子，我的内心里装满了憧憬和希望。

腊月二十九，一家人开始享受生活。屋里、院里都打扫得干干净净，父亲和大弟把塑料制的大红灯笼高高挂起。清晨三四点钟，母亲就把带着麦香的白面馒头蒸好，放到盖帘子上凉着，然后开始烀肉，切酸菜。母亲"铛""铛""铛"的切菜声是我听过的最温暖的音符！"妈妈，谢谢你，谢谢你给了我幸福，将来我一定有出息，一定报答你！"心里这样想着时，泪水夺眶而出！有一年，母亲回山东看望姥姥，那段母亲不在家的日子，让我明白，我和父亲、姐姐、弟弟的幸福，是母亲给的，我的幸福年里，有母亲的辛劳！

大年三十清晨，母亲早早地起来，给我们姐弟四个每人发一双红色新袜子、一套新衣服。我和姐姐每人一对红色和绿色扎头用的绸子。母亲给我们姐弟四个每人一份压岁钱，据说压住了"岁"，能保我们姐弟四个一年平安无忧。

吃过早饭，便开始贴"福"字。按着母亲的意思，先贴大门，然后贴仓房门、房门、东西屋门，每扇门贴上一个大"福"字，意味着"五福临门"。最后苞米楼子、牛圈、猪圈、鸡舍、水缸、灶台、衣服柜子，凡是有用途的地方，都贴上一个"福"字，这样一来，家里到处是福，处处有福，"福"字满堂，一片喜气洋洋的景象！

这时，母亲正准备年三十的中午饭。每一年的三十中午，母亲都要准备六个菜，吃饭前，对我们姐弟四个叮嘱了又叮嘱："过年不能说'完'，要说'好'，比如，不能说'饭吃完了'，要说'饭吃好了'，还有，衣服穿'好'了，事情做'好'了。吃饭时一定要小心，不要打了盘子、碗。破碎，破岁，打碎了东西，会一年都不吉利。"我们姐弟四个用格外小心去心疼父母，珍惜幸福！

母亲做得最精细的饭是每一年的年夜饭，饭菜里不能有头发、沙子等，不然吃到了会影响一年的运气。母亲说："六六大顺。"六个菜里，一定要有鸡，象征着"吉利"；要有鱼，代表着"年年有余"；要有韭菜，寓意"久久有财"；要有豆腐，表示"吉祥有福"。另外，还有两道硬菜：红烧蒜蓉排骨、红焖肘子块。饺子馅儿是肉沫芹菜，芹菜意为"勤财"。

吃年夜饭前，要放鞭炮，接财神。我们姐弟四个到院子里看父亲放鞭炮，院子里红红的灯笼光照红了农家小院和小院前的村路，照红了父亲的身影，照红了我们姐弟四个的笑脸，我们的愉快融进"噼噼啪啪"的鞭炮声中。后来，我们长大了，母亲给我们买了二踢脚、烟花、窜天猴、魔术弹。在过年的时候，魔术弹把我的梦想绚烂到天边！

三十守岁，初一守财，初二送财神。送过财神，就可以洗漱，收拾屋子，倒垃圾了。红绸子、绿绸子被母亲给我们姐妹编到头上，我们穿上新衣服，去给大爷、大叔、姨姨、哥哥们拜年。拜年时，看到了平时看不到的家家户户的幸福。

过年时的说道会很多，母亲说："一鸡二鸭、猫三狗四、猪五羊六、七人八谷、九果十菜。"尤其是初七和初八，是人日子和庄稼日子，母亲看得很严，不让我们姐弟用刀子、剪子、锤子、锥子等利器。这些习俗，不知道城里人是否遵循，但在农村，鸡、鸭、猪、羊、谷、果、菜是农民的命根子，健康是幸福的源头！一年之初，要小心谨慎地守护！

过了年，天气逐渐变暖，"一九二九不出手，三九四九冰上走，五九六九沿河看柳，七九河开，八九燕来，九九加一九，耕牛遍地走"！这首民间广为流传的"九九消寒歌"，同样适用于东北这个地方，母亲就像一条河，用流淌的爱，呵护着孩子，幸福年年！我的父母姐弟，我的乡亲们，在春光的召唤下，开始了春耕、夏锄、秋收、冬藏的忙碌。

　　随着时代变迁，过年形式发生了很多变化，尤其进城后，没有了在农村过年的乐趣，可不管世事发生了什么变化，能生活在和平年代，一家人在过年时团聚在一起，享受天伦之乐，就是幸福。

写于 2017 年 1 月 11 日

这组散文 2017 发表于《远东文学》第四期

/ 拜见大伯父 /

2015 年的 6 月 14 日，我去拜见大伯父。大伯父那年 88 岁。

我和母亲早晨 5 点 40 分出发，一路颠簸，到了和大伯父家的大哥约好的地方下车。等了一小会儿，大哥来了，他带着我和母亲右拐进了一个院子，我一眼就看到了大伯父。大伯父安安静静地坐在一个小板凳上，原本不高的个子现在看上去更是瘦小，但眼睛还像 30 年前那样慈祥明亮，脸上几乎没有皱褶，有一种童真的感觉，只是嘴角微动，很像先祖父。我弯腰抱住了大伯父说："大爷，我是你五弟弟家的二姑娘。"我蹲下摸着大伯父的帽子、肩膀，之后握着他的手。大伯父看上去很激动，和我说："我身体啥毛病没有，我心脏'咚咚'地跳。"大伯父的声音温和可亲。我给了大伯父一点儿钱。

我站起身来和大哥唠嗑，大伯父和母亲唠嗑。大哥说，大伯父特别爱笑，经常就自己笑出声来；喜欢吃自己做的饭、自己种的菜，自己骑自行车去领工资；喜欢养狗，这是他最大的爱好，在九坑住的时候，满院子狗。大哥邀我和母亲进他屋坐会儿，我搀扶大伯父，他犹豫了一下，然后和我们一起进了屋。大哥说："不用搀扶，他自己能走。"

进屋后，大伯父没等我去搀扶，就自己坐到了床边，动作虽不麻利，但也不费劲。我挨着大伯父坐下，母亲坐在大伯父那边，大哥坐在椅子上。我就静静地看着大伯父，看着他的慈祥和安静，摸着他的手，觉得他特别亲切，甚至羡慕他能这样单纯地活着：一个小热炕，一个小火炉，一个小厨房，一个小院，一片小地，几只狗，每月 1000 多元的退休金。

我给大伯父看了父亲的照片，他的手并不抖，指着照片说："这是我弟弟。"

父亲辈中兄弟五人，父亲排行老五，忠厚老实的兄弟们心心相依，互相倚重，大伯父对我父亲更是情深。我和他说我父亲腿疼，不然这次也来了。给大伯父看我们姐弟四个的照片时，他夸大弟忠诚厚道，老实能干；他尤其关心我的二弟，当说到二弟家生个儿子时，大爷笑出了声儿，连连说着"好！好！"还说我二弟和弟媳妇这几年来看他，给他的钱都没花。又坐了一会儿，大伯父说要去南屋，也就是大伯父住的屋，他起身走了，没一会儿又回来了，右手拿着馒头，边走边吃。当时我心里有点儿酸酸的，觉得去早了，耽误了大伯父吃早饭，可没办法啊，我还要在上午赶回绥芬河，下午参加市运动会彩排。大伯父左手拿着钱，又坐回了床上，然后把钱给我母亲，说他不缺钱花，他有工资，说我母亲需要钱，这钱让我母亲拿着，回去给学（学，我父亲的名）。

记得我和我二弟在四中上学时，有一年冬天，每到中午放学时，大伯父会在学校门口等我和弟弟，给我和弟弟送糖葫芦吃。记忆中，他面带腼腆，总有不好意思的感觉。可大伯父哪里知道，在我和弟弟的寒冬里，他送糖葫芦的温暖情景我们永远地记着。30年来，在我如意不如意的日子里，我一直都不曾忘记，不曾忘记中午快放学时的那份惦念，不曾忘记大伯父对我和弟弟的爱，也不曾忘记大伯父自认为做得不够好的那份羞涩。

大伯父写得一手好字，虽没上过大学，但读过不少书。

8点多了，大哥要出活儿去，我们也要去赶车了。

我们走时大伯父一直追着、撵着，我和他挥挥手，他看见了。

大伯父，您一定好好的。等我放暑假再来看您。

写于2015年6月15日

/ 石 /

　　喜欢清晨，清晨里仿佛一切都重新开始，经历了一个黑夜的休息整顿，在秋风里生命仿佛又一次复苏。

　　走在路上，福就在这步履起落的呼吸间，肺腑畅通。走到了学校门口，大门左右两个门卫室之间，有一条笔直的校园主路。沿着西边的弯路行走，就走到了"又是一年草木凋"的秋季。

　　走到靠西边处，一棵树下，有一块约一米高不很规则的大宽石。春天里，我经过时，它就在这里，就这样立着，敦实无语；夏天里，我从它身旁来来去去，周围的花，在阳光里，紫着、粉着、蓝着、黄着，高高矮矮，参差不齐，大大小小，一片片，娇媚赤艳。柳树泛着浓浓的绿，舞起婀娜的姿，舞动了整个夏季。唯有石，无动于衷，听风、听雨、看花开、看柳绿，静身、静心、静日月、静天地，稳稳地立于大地上。秋季，许多花都凋零了，落叶满地，唯有石不悲不凄，就这样默默静卧。

　　在这个大大的园子里，每一个繁华高度里，都暗藏着一块儿巨石。每一个高飞的学子，背后都站着炼石补天的女娲。园中高楼的高，在于巨石的坚实，淡去光华，更好地承担重任。一颗承重的心，不能有诸多缝隙和空虚供养外物和世界，所以它表里如一，无须哗众取宠，无须有什么动作，只要埋头苦干，把青春的身影埋向简朴的案头，任凭世事喧嚣，华彩生辉，石不为之心动。因为，它要承担一段又一段重大历史，放飞一个又一个希望。

　　石，燃起人类的第一缕火光，拉开人类文明历史的第一页，因为钻燧取火，人类结束了茹毛饮血的状态，生命的种子得以延续至今。石是火的种子，火是人类文明的第一缕曙光，因为石之光，人类生龙活虎，华章熠熠。

经历了漫长岁月，石从未改变姿态；任凭花姿摇曳，动摇不了石的质朴。

"烈火焚烧若等闲。"每当自己为尘世浮华躁动、消损，看到了一场秋风就是花草树木的又一次谢幕，看到了奔腾的小溪在寒冬凝固，看到了隐藏的洞穴，方知所有一切的不同都是源于内心。心志恒定，便无关高山、堤坝、沟渠、道路，这是奉献的精神，让石在光影摇曳中，保持着淡定和从容的气度，一年又一年。就像这个大园子里的人民教师，三尺讲台一站就是三四十年，时光流转，青丝变白发，擎起一个又一个学生的未来。

石之灵气唯坚，唯实，唯守，唯由内而外。

写于 2016 年 10 月 28 日

/ 珍惜 /

　　父亲来了快一个月了，每年冬天农村没有活儿时父亲来绥芬河和母亲团聚，春天返回大弟家种点儿地。我只是在父亲来后的第一个周日，带着父母和侄女去马克西姆咖啡厅吃了次西餐，之后，再没去看望父母，理由很简单，我是真的很忙！

　　心里放不下时，就拿起电话聊几句。父亲年纪大了，耳朵听不见，电话里，只能和母亲沟通，"妈妈，你好吗？身体怎么样，我爸好吗？""我和你爸都挺好的，姑娘，你怎么样，胃疼好点儿了吗？""我爸还出去背水吗？路很滑，一定嘱咐我爸慢点儿，看路，看车，千万别摔倒了哈！""嗯，行，我都告诉你爸了，姑娘，你放心吧，你一定要好好吃饭，小米还有吗？吃完了再来拿，你爸带来很多。""嗯，行，妈，你也挺好的吧？燕好吗？"

　　我也说不清，自己在忙什么，但那些忙的事儿，不忙还真不行。蓦然回首，发现看望父母这件事儿，被排在了最后。

　　昨天上午9点多，我给母亲打电话："妈妈，今天中午我去你家，方便吗？你和我爸还吃两顿饭吗？""姑娘，行，你来，妈给你熬小米粥！"母亲总是想着要为我做点儿什么，放下电话便开始为我熬粥。

　　下了班车，我去水果蔬菜店买了父亲和侄女都爱吃的巨峰葡萄，也买了母亲爱吃的豆角。快到家门，母亲听出了我的脚步声，候在门口，迎接我，这让我想起了胡适《我的母亲》里的一段："远远地，看见母亲，坐在房前的凳子上，在等她的儿子回家！"父亲笑着说："丽英来了！"

　　每每这个时候，我的心都不由得一酸，能得到父母对我的厚爱，我知道，只是因为我是他们的姑娘。

饭桌上，母亲端来了新蒸的苞米面和白面的两掺馒头、新熬的小米粥、一盘肉炒韭菜、一盘肉炒芹菜，母亲知道我喜欢吃这些。侄女中午不回来，我和父母一起吃饭，三个人，幸福地你一口我一口，重点是我们坐在一起吃饭。

有一种爱叫"孩子，你吃得太少！"母亲让我吃一个馒头，我吃了半个，母亲说："你吃得太少了，把这一个都吃了！"父亲自责说："韭菜买老了，没买好。""爸，你多吃，妈，你吃菜！""不饿，你打电话时，我们刚吃完饭！"我能看出来，母亲为做这一桌子饭菜，真的辛苦了！这就是有父母的日子，一桌子的饭菜，满心的暖。在有父母的日子里，我们始终是个孩子。

我始终害怕，如果有一天，我失去了父母，会不会为自己做得不好而无尽地自责。所以，我尽最大努力去做，但做得好的还是父母，他们生怕连累儿女，大多数日子里，自己照顾自己。

在岁月匆匆中，父母日渐老了，弯曲的脊背，花白的头发，听不见声音只能看动作、表情的父亲，这些经由我心时，便找不出任何的道理不爱他们。想想看，我们是怎么来的，又是怎么长大的，谁在冬天里牵挂你的寒，谁在深夜为你受的苦失眠。

珍惜有父母的日子吧，放下手中的活儿。如果有一天父母不在了，你会不会问自己："我忙了半天，一直在忙什么！父母还会再回来吗？"

当遗憾写进岁月里，那是无尽的折磨。

珍惜有父母的日子，除了给他们安稳的生活，还要常回家看看。

写于 2016 年 11 月 30 日

2020 年 6 月 22 日发表于《海丝商报》

/ 收麦子 /

那一年，家里在南山种了一片麦子，收割的时候，母亲说："你二弟还小，留在家里，你们三个都跟着你爸去收麦子。"我第一个高兴起来，仿佛母亲在帮助我实现心里的一个愿望。拿好父亲磨好的镰刀，穿上军绿色的水袜子，戴好白色线手套，我跟着父亲出发了。

父亲右肩上挂着长长的麻袋，领着我和姐弟，就像领着三只小麻雀。

走在那段宽阔闪光的乡村路上，放眼万里青山和大地的青黄，头顶的蓝天和阳光带路，一路平坦。随后翻过高岭，下了山坡，我们像小燕子一样，跟着清新的空气上下翻飞。

当快跑追赶走得很快的父亲时，我看到走在我前面领路的父亲，很瘦，父亲薄薄的灰蓝色衬衫随着走路带起的风，摇摆着。我心里跟着风产生了说不出的滋味，在我心里，我希望父亲能够像村西头孙大爷那样，胖胖的。

麦地在一片树林中，很安静，太阳并不毒热。父亲取下右肩上的长长麻袋，挂在地边的树上，然后拿起镰刀，走到我们跟前说："右手握紧镰刀柄中间往后一点儿的地方，左手抓住一把麦子，刀与地面平行，贴根向后用力。但一定不能用力过猛，镰刀已经磨出了锋，你们要试探着，慢慢割。"父亲给我们做完示范，又让我们试割了几次。

之后，我们弯下腰开始收割。收割麦子不像收割玉米，收麦子的姿势很像一个人在向大地深鞠躬，鞠躬成一个近似倒立的"U"字形。我割了一小会儿，腰开始隐隐地疼，站起来直腰，才发现麦垄很长，父亲一垄地已割出了很远，姐姐和大弟也在我的前面。我弯下腰继续割麦子。又过了一会儿，我腰疼得就像有很多锥子扎向腰眼。我开始跪着割,觉得好多了。没一会儿,膝盖又开始疼,手也开始疼了。跪在麦垄间环视,我才发现,那是一大片麦子地,很大一片。站一会儿,跪一会儿,我终于割完了一垄。那一大片麦地,已被割了将近一半。我坐在地头,看着父亲瘦瘦的身体,一直在向大地鞠躬。父亲的小腿,扎在灰黄色的麦地里,就像扎在我后背的锥子一样,瘦硬。那时,我从来没见过像父亲那样瘦细的小腿,我的心晃动得厉害。

我注意到麦子,麦粒紧紧地团结在一棵棵麦秆上,麦子的芒在闪闪发光,一律向上,它仿佛在为麦粒吸收阳光,为麦粒遮风挡雨,向下看到它的根紧紧地包裹着每一颗麦粒,包裹得结结实实。顿觉麦秆和麦芒很像父亲,我们很像麦粒。原来,麦子,不只是雪白的饭香,也是父亲和母亲,更是茫茫无垠的大地上奔腾的血液和传承。原来,我是沿着麦子的生命来到人世。我站了起来,继续割麦子。

晌午已过,我又渴又饿,坐在麦地上发呆,看到父亲走到那棵树下,摘下长袋子。父亲说:"都过来吃饭吧。"

父亲从麻袋里拿出一个小布袋子,从小布袋里取出母亲摊的煎饼和凉好的白开水。我们和父亲站在地头,开始吃煎饼。我说:"姐,你腰疼吗?"姐说:"疼。""那你咋能割那么快呢?"姐说:"老妹,慢了,咱爸会着急上火,你没看咱爸越割越快。""老妹,你看到爸爸的小腿了吗?"我说:"嗯。""姐姐,我们就这样干嚼煎饼呀?"姐姐说:"老妹,我和咱爸上地,长年吃这个,带菜带不了,天热,酸了,吃了会拉肚子。""那怎么不带小咸鱼呢?""小咸鱼吃了会渴,渴了要喝水,喝水多了又上厕所,时间都浪费了,爸爸会着急上火的。"我看见父亲边吃边绕地边走。我问姐姐:"爸爸怎么不过来?"姐姐说:"爸爸着急,用脚步量一下还有多少,今天要把这片麦子割完。"一会儿,父亲过来说:"明天可能要下雨,快点儿吃完好收麦子。"

那天,我站着割,弯着腰割,跪着割,到最后,腰疼得实在挺不住了,看着还剩下没有收割的麦子,看着父亲、姐姐和一直不说话的大弟,我坐在又矮又细的麦子间想着心事。"以后,我要让父母姐弟不这么受累。"天已经黑了,父亲依然领着我们割麦子,我累得有些不耐烦了,跑到父亲跟前说:"爸爸,什么时候回家?"父亲说:"割完麦子!""什么时候能割完?"我问。父亲说:"今年麦子矮,没长起来,收割很费劲儿,不管怎么费劲儿,也要把它们都割下来,拿回家。"我说："那明天来收吧！"父亲说："如果今晚下雨，这一地的麦子就会长芽，麦子就得全扔了。"我说："爸爸，有没有更好的办法收麦子？"父亲说："没有。用镰刀割，是最好的办法。"

那一天，天已经黑得让人想家了，仿佛天空在下沉，在挤压我们。终于，我们收完了所有的麦子。父亲从长长麻袋里拿出一捆细细的湿荆条段。"麦子太矮了，只能用这个捆扎。"说完，父亲便教我们用荆条捆麦子。从地头起，每两三堆为一抱，捆扎到一起。捆扎时先交叉扭紧，再对换荆条头方向，插入到勒紧的荆条下，再往一块儿一提，就捆好了一捆。我捆扎得不好，父亲让我搬麦捆。搬到父亲指定的地方，每三垄地码一个麦垛，父亲让我自己琢磨着放，但要慢一些，尽量保住每一颗麦粒。后来大弟和我一起搬，姐姐一个人捆麦子。父亲码麦垛，先将每一个麦捆倾斜摆放，麦捆尖对着麦捆尖，摆出一个圆形，然后，再在两捆麦子中间，向上码麦子，这样循环交叉码垛，码起一个半人高的圆塔。记得当时父亲码起 10 多个垛，最后拿出麻袋里的塑料布，苫好了所有麦垛。我和姐弟用地里的石头沿着麦垛边压住塑料布，这样才算安全了。

直到回家，一直没有下雨。到家了，雨下了起来。那一夜，我一直惦记着那些麦垛是否会被雨淋湿。

后来，天晴时，我们又跟着父亲将麦捆搬上小牛车，将麦子拉回家。到家后，将麦子码放在家中南院的东南角，码成一个一个高高的圆塔。等到大晴天时，就打麦子了。

这是我唯一一次参加收麦子的劳动，从那以后，父亲两条瘦瘦的小腿，就扎在了我心里。我必须爱惜粮食，不忘勤勉。我会终生深深地爱着父母，爱着我的同胞姐弟，深深地爱着麦子。

写于 2020 年 8 月

2020 年 12 月发表于《五里桥文化》第十八期

/ 有个女人来过 /

这是一个真实的故事，发生在我十三四岁时。

万物沉睡了一个冬季后，在春的温暖感召下，开始复苏了。暖阳阳的农家小院里，男孩子在玩弹溜溜，女孩子在玩她们去年、前年、每一年都要玩的老鹞子抓小鸡的游戏。

偶然间，我们看到了一个女人，在小院前的路上很奇怪地晃着。她头发散乱，中高个儿，身材丰满，穿着不整洁，衣服有点儿破烂，裤腿一长一短的。男孩子放下溜溜，女孩子停止了喧闹，都跑向大门口，趴在篱笆门上看她，看她的奇怪。夜晚静下来时，我问母亲："她是谁？"母亲说："她是外地人。""妈妈，那为什么她怪怪的？""她得了精神病！""精神病是什么病？""很痛苦的病！"母亲说到这儿，看着我和姐姐，说了声："这个女人被她的男人抛弃了，之后就疯了，再之后就成了这个样子了，很可怜！女人无论如何要懂得控制自己，疯了，就没有尊严了。"我很清楚地记得这段话，母亲继续说着："做女孩子很不容易。"听了母亲的话，想想白天看到的女人，心里有说不出的感受。

村里有人给那个女人拿吃的，母亲也会在那个女人情绪比较稳定时，把她请到家里，拿湿毛巾给她擦手和脸。我在一旁看到了，她很乖，当母亲用手拨开她的头发把她脸擦干净的刹那，我看到了她有一张很美丽的脸：眉毛弯黑着，椭圆脸蛋儿饱满、清秀，大眼睛，略带一点儿羞涩。擦干净了手和脸，母亲把一碗饭端给她，她也是带着羞涩地接过，然后就大口大口地吃了起来。

我在一旁想：到底发生了什么，会让一个这么漂亮的女人变成了这个样子。

那个女人真的很奇怪，她会来无影去无踪，这一刻好好的，下一刻就会不安宁，呼呼地，不可控制，像一阵旋风。那个春天，她在村里飘着，乡亲们虽然给她饭吃，但没人敢留她过夜，因为怕她犯病时会伤着孩子。

那个女人没有住的地方，是非常不安全的，尤其是她疯的时候，没有概念，她会不避河、不避蛇地乱走。天气不好时，电闪雷鸣，瓢泼大雨，对她都是伤害。

那一年的春天，那个女人就这样过着。在某天之后，那个女人再没有出现过，母亲说："她跑了，具体跑哪儿去了，没有人知道。"第二年的春天，她又来了，这一次，不一样了，去年略带韵味的身体枯瘦着，娇美的脸儿黑乎乎的，还被黏糊糊的结团的头发半遮着，不喜不怒，不恐不羞，只是疯着。这一回，她并没有得到好的待遇，很少有人靠近她，大家都说她脏，可能会有传染病。后来不知道她去了哪里，身归何处。那一年春天过去了，之后，那个美丽的疯女人再没来过，她像一束闪电一样，一闪而过，可她凄苦的命运却扎根在我的内心。至今，有时候，我还会想起那个女人，想起她的事。在那之后的几年里，每遇到大雨瓢泼、寒风刺骨、大雪封山，以及每一个令人感到危险的时刻，我都会担心她。母亲说："她死了，可能是饿死的。"

乡亲们说："她长得很漂亮，曾经是个护士。"

悲剧往往会呼唤两个词：慈悲，厚道。

写于 2016 年 10 月 13 日

/ 回家 /

1985 年的冬天，那一年，我读高二！

记得那天是周六，下午五点放学，天已经黑了，也没有了公交车！那天，我想家，整个下午一直在想家！放学了，我拿起早已经准备好的东西，径直走向通往回家的路！

那天特别冷，迎风走，冻得脸疼，侧身走冻耳朵，脚也冻得生疼。真是冷极了！我有些犹豫："天这么冷，还黑沉沉的，要不就不回了吧！""不回又怎么能行呢？三周没回家了，父母姐弟很想我！"犹豫时，我已经走出了很远！

我沿着主路借着昏暗的路灯光，迈开脚步，快速地走着！路上看不到行人了，只是偶尔有骑自行车的人与我擦肩而过，道上跑着拉煤的货车，偶尔也有小轿车飞奔！周围的昏暗令我有些害怕，走到白灰窑子时，路过叔辈二伯父家，我不禁向左手边道下人家看去，砖瓦房一家挨着一家，一院毗邻着一院，一大片一大片，从大恒山贯穿到山南。家家都亮着温暖的灯光，借着地上的雪光，能看到整齐的房子间的小道。走在寒冷、昏暗中的我，想着屋里人的温暖，内心无比羡慕，觉得小屋灯光里的人很幸福！这温暖的灯光，加快了我脚步的速度，坚定了我回家的信念！我的家也是这样的温暖！

走到山南时，下起了雪，周围很安宁，雪似乎是温暖的，一大片一大片，缓缓慢慢，从天而降，雪飞舞着，飞舞在我的头顶，飞舞在我的身前身后，飞舞在我的周围，飞舞在路途两旁的房屋上！这一刻，我一点儿都不冷了，也一点儿不害怕了，仿佛间，自己成了另一个人，幸运，幸福。走在回家的路上，雪来陪我，还这样浪漫！雪越下越大，周围的一切越来越白，我的视线也越来越清晰、明亮！"天无绝人之路！"说的是今夜的我吧！我这样想着，差一点儿哭了！

走过六坑，就到民主了。天真不太冷，不知道什么时候走出了汗，浑然没有了刚出来时的冷气袭人！快到家了，走过一队，就是我的家了！脚步越来越快，浑身越走越有劲儿，我也越走越开心！感谢勇敢和双腿，带着我走出寒冬，走到了家的门口！

因为要回家，寒冷、昏暗都没能阻挡得了我，渴望温暖灯光的心，带着我，忘了危险，阔步向前！

我的手搭在篱笆门上时，我看到了茅草房，房里有温暖的灯光，害怕、委屈、温暖、庆幸，种种心情一拥而上，泪水簌簌流下！"妈妈，我回来了！"全家人都很惊喜！

到家了，就一切都好了，也一切都安全了！那天晚上，我用我赤诚的心，实现了我强烈的愿望——回家！

如果想家，就一定要回！如果有爱，什么都挡不住出发！

写于 2017 年 1 月 8 日

2017 年 1 月 12 日发表于《今日绥芬河》

/ 父亲的土地情 /

　　土地，之于父亲究竟是什么？我是在成长过程中一点儿一点儿明白、理解的！

　　春天，种地前要先翻地，父亲收拾好歇了一冬天的犁铧，然后把犁铧放到家里一个小木车上，牛拉着车上的犁铧前往要翻的土地！我坐在我家的木车上，一路跟着父亲，享受坐木车的痛快！春天，泥土的气息涌动升腾，跟着春光，洋溢成愉快的呼吸！父亲说："春迟一日，秋迟一季！"春天种地一定要应节气，不能耽误！我的二十四节气歌就是跟父亲种地时学的！到了地头，父亲把犁铧拿下来，把牛套好，然后开始了翻地。平地翻后有了垄沟、垄台、垄趟。翻地后，把牛拴在草多的地方，辛苦的黄牛开始"用餐"！

　　当我父亲、我姐姐、我弟弟和我，用弯腰起身的重复动作把种子种在土地上时，就种下了一年的希望。我们，翘首期待！

　　记得那时，我和姐姐还有两个弟弟还小，爷爷去世了，家里活儿忙不过来，母亲很要强，总是很着急地做着一个活儿又一个活儿。父亲却不一样，总是慢慢地一下儿一下儿地锄草，小心翼翼地绕过秧苗，然后再用锄尖除掉长在秧里的杂草，很仔细、很慢，好像在伺候一个一个可爱的孩子！这样下来，地恐怕就锄不完了，母亲嘟嘟囔囔，一边干活儿一边数落，父亲用时间安抚母亲起起伏伏的心！每天凌晨，乡村还有些凉意，还有些寂静，还有枝头露水，父亲的脚步就起落向乡间小路和土地，开始了耕耘，弯腰慢慢向前，一垄又一垄，来来回回。在那些个寂静又辽远的晨光中，父亲很像神农！

　　那时候，常常是左右邻家已经吃完晚饭关灯睡觉了，我的父亲还没到家，还在地里干活儿，我们姐弟就趴在炕上窗前向外望，有月亮的时候，我会望着我家的院子和夜空；没有月亮的夜晚，母亲和我们很担心，母亲一遍遍说着："你爸这个人死心眼，这都看不着了，还能干活吗？"我跟着母亲的唠叨，心里默念着："爸爸快回来，快回来！"院子的柴门响了，父亲回来了，身上泥土和汗水的气息散漫了我那时的家！

父亲种地，总是观察了又观察，端详了又端详。我们姐弟，跟在父亲身后种地，不能说话，父亲嘱咐道："伺候地要用心，不能三心二意，一个苗眼里有五六棵苗，留哪一棵很重要，留错了，这眼苗就瞎了，这一片地的收成就会减少。农民靠地吃饭，你糊弄它，它就给你减产！"

"爸，那你种地前为啥要观察呢？"我之所以问父亲这个问题，是因为我和母亲的想法一样，相地显得多余！中午和父亲坐在地头吃饭时，父亲会和我说其中的道理。父亲一边吃着煎饼，一边说："每一种庄稼都有自己喜欢的土质，苞米、黄豆、谷子、小麦喜欢黑土，咱家西岭岗的地是黑土，爸就把它们都种在那些地上；后沙包子是黄土，地势高，适合种土豆；西河套那块地潮湿，适合种白菜！""爸，这个还用观察了又观察吗？"父亲慢慢地说："用。每一年，土的颜色都会有变化。变化的原因是土里的土质成分发生了变化，要种啥，先把土质看清楚，然后根据植物特点给土施肥料！""地周围环境对有些植物也有影响，不处理掉会串花，整片地会减产！"父亲对种地很上心，做到了精益求精！

"苞米、黄豆、小麦可以重茬，但种完苞米的地，不能种黄豆，谷子、西瓜不能重茬，谷子重茬，肯定砸！"在跟着父亲种地时，才发现父亲不是不讲话，父亲一直在跟他的土地对话，而且情谊甚笃！

如今，父亲年纪大了，已经73岁，应该颐养天年了。我们姐弟能做到，也能做好，让父母安度晚年。母亲喜欢城市生活，喜欢住楼房，可父亲喜欢住平房，舍不得他的土地。每到春天暖和时，屋里就很难住下父亲了，父亲还和母亲唠叨着："天暖和了，得回去种地了。"父亲的心里，最可靠的就是那些一直缠绕着父亲双脚的泥土和大地！

写于 2017 年 10 月 10 日

2017 年 10 月 18 日发表于《今日绥芬河》

2018 年 3 月发表于《散文选刊》下半月原创版

/ 刻入生命的味道 /

　　我这满头的黑发，来自家乡；我的全部执意赤诚，来自家乡的远山和广袤的大地。每每胃口难受，舌尖缺少味道，家乡的野菜就会跑出来。

　　寒冬里，萝卜、土豆、白菜、酸菜、粉条、土豆干、豆腐、豆腐干，这些菜，母亲换着样做给我们吃，尤其土豆炖白菜，口味清新舒爽。每当大地回温，天气转暖，家乡的野菜萌芽破土，总有一种芳香直接从荒草、田间、地头、河边，从每一个缝隙里，涌动而来，一股股泥土的芬芳飘散。

　　春天，我拿着挖菜的小弯刀，拎着荆条筐，去往田野。地里长出来一层荠荠菜，荠荠菜不大，叶纤细，叶上有锯齿，它们主要长在空地里。我每一次都要挖很多，拎回家后，母亲把荠荠菜洗好，焯一下，然后炒几个鸡蛋，捣碎，和剁好的荠荠菜和馅，用它包苞米面包子。与此同时，家乡的沟趟子、路边、野地等长出了柳蒿芽，柳蒿芽嫩嫩绿绿，长满了一切可生的地方。这个时候，把它们的芽掰下，拿回家炒好后蘸东北大酱，蒿草的香，跟着蠕动的胃，诠释了东北人舌尖上的味道，柳蒿芽好吃到让人忘乎所以。大约一周后，前往山脚下草里、石头下、河套边挖婆婆丁，田地里长满了一垄又一垄的曲麻菜，路边长满了车轱辘菜。婆婆丁和曲麻菜拿回家洗干净蘸酱，配上大煎饼和小米粥，再来点儿春天的发芽葱，好吃到不想停下来。车轱辘菜，长在道边，叶子圆形，翠绿，挖回后熬汤，菜入口细腻滑爽，汤清新淡雅，再吃上口焖得又黄又亮的小米饭，会让人情不自禁地脱口而出：我爱。

　　几场雨之后，刺五加的叶苞缀在枝头，晴天后，只一个上午，叶苞便会绽放，嫩叶长满一枝枝一树树。去树上摘下一朵像花儿一样的刺五加嫩叶，母亲把叶子放到一个晒干菜的圆荆条筐里，然后用水反复冲洗，冲干净后，放到热水里焯一下，刺五加嫩叶就可以吃了。蘸酱、熬汤、包饺子，都有一股叶子香，清新可口。过个六七天，又是一场雨后，四叶菜、蕨菜、山菠菜、猫爪子、山芹等野菜漫山遍野。最好吃的是猫爪子，它的名字和它的样子有关，一根主干，两边和头顶的叶子形状像猫的爪子。猫爪子的主干较之其他野菜粗重、肉厚，用热水焯过后蘸酱，厚厚的肉入口，越咀嚼越有山的味道。蕨菜用热水焯过，炒肉丝，口感滑腻，微苦，营养丰富；如果晒干，需要时用温热水泡开，拌辣蕨菜，拌时里面加上辣椒、毛葱、香菜，劲道，有咬头，耐咀嚼，也没有了微苦口味。四叶菜焯后蘸酱，炒肉，包包子。山芹菜和山菠菜焯好后，放到冰里冻上，冬天包包子、饺子，在寒冬里感受春天的气息。与此同时，沼泽和甸子等一些潮湿的地方，有一种叫广东菜的蕨类正长得茂盛，草儿出土时，绿绿的菜身上有一层红黄的绒，顶很像蕨菜，但比蕨菜叶要略大一些。广东菜焯后炒肉，脆嫩爽口，没有蕨菜的滑腻。和广东菜同一时期长在同一环境里的还有猴腿，之所以被称为猴腿，是因为它的茎干上长了一层红绒，像极了猴腿。它和广东菜齐名，但味道没有广东菜那么清新，可也多了一份草甸子的香。

5月，我们总有野菜可吃，当猫爪子等野菜老了，刺老芽开始形成一个大大的圆苞，圆苞被绿叶包裹，越来越显示出苞的红润。刺老芽是东北山上很名贵的野菜。芽一开始不老，根粗厚，叶包裹在一起，这个时候采回家，用水焯过后蘸酱，香甜可口，脆生，咀嚼感好。母亲用它包出的白面肉包子，皮薄馅多，刺老芽的香，是抚慰灵魂的味道。

5月后，所有的野菜都开始结籽，它们的杆、茎、叶水分渐渐减少，褪去稚嫩，开始接受夏的火热和秋的冷风。最后，在冬天，把种子埋向随遇而安的理想，埋向大地，埋向深雪的厚度，沉寂成生命的火种。来年的春天，这些养育生命的野菜，又会应运而生，蓬勃向上，跟着四季，周转命运的轮回。我在寒风里，总能感受到那一股股的野菜香，扑面而来。

大自然总会给欲生者以生路，当野菜的旺季成为沉寂的时光，园子、田地里的芹菜、豆角、黄瓜、茄子、西红柿、韭菜等新鲜蔬菜，在晨露中闪着光。东北肥沃的土地，给生活在这里的勤劳的人，提供了醉人的美味和芳香的生活。

进入8月的第一场大雾后，东北一切山坡、山岭、森林、草甸子、沟帮子等不管是否有草的地方，菌子均如雨后春笋般，迅猛生长，铺天盖地。山上、地边一些干爽的草木里，藏着一颗、几颗，或成片的榛蘑。榛蘑晒干后，冬天就会有一道小鸡炖蘑菇的东北炖菜，鸡肉的鲜美有了榛蘑的味道，就有了肉的香和蘑菇的鲜，而腥味全无；灰蘑干爽，焯水后包蘑菇肉饺子，蘸上蒜酱，一口一个，好吃莫过于此。另外，松树地里的松蘑，肉厚，切成片炒着吃，味道很别致！还有很多种蘑菇，只要不是毒蘑，就都是东北土地上的珍宝。

　　舌尖里最美的味道，来自故乡和母亲。

写于 2017 年 12 月 6 日

/ 四伯父 /

　　四伯父年轻时真的很英俊，在人群里很出众，浓黑眉毛大眼睛，眼睛里藏着深邃，身高一米七五，在那个年代，四伯父属于高个儿。无论如何，从外貌上看不出四伯父嗜赌。

　　母亲说，听二队的老人讲，当时村子里有一户人家，队里人都叫他王二麻子，在家排行老二，之所以这样称呼他，是因为他的脸上长满了麻子。在那个久远的年代，在一个远离城镇，四面环山的村庄里，有不少孩子得了天花，得了天花病的孩子，只能听天由命，大人们没有一点儿办法。王二麻子小时候得了天花，出了满脸的疮疹，父母没照顾好，落下了满脸的坑，像麻豆一样。家里穷，加上个子矮，脸上又有麻子，40多岁了也没成家。王二麻子常常见到人不夸好，不说孬，只是说："这雨天喝点小酒最好。"或者说、"西河涨水了，下游应该有鱼了，弄点儿回来，是好下酒菜。"队里的一些男人，无论年长年少，都愿意往王二麻子家里跑，王二麻子家有两间草房，屋子不大，但屋里总是坐满了人。一开始，只是唠嗑，后来，他们研究钓鱼，钓回来的鱼拿到王二麻子家去做，然后边喝酒边唠嗑。夏天钓鱼，可冬天呢？他们就研究打猎，四伯父一冬天能猎到很多野鸡、野兔子，还猎到过一头野猪。王二麻子等人觉得四伯父这人不仅长得帅气，还是捕鱼、打猎的好手。四伯父虽说捕猎时是一个人去的，可捕回的猎物总是按着王二麻子的意思拿到王二麻子家去做。那时，爷爷很看不惯四伯父和王二麻子过这种不务农的生活，但没有关心四伯父的情感和内心。渐渐地，四伯父把王二麻子家当成了自己家，没早没晚地、没时没晌地和王二麻子混在一起！后来，王二麻子说："这大冬天的，咱们除了吃吃喝喝，也得弄点儿啥玩儿。""这样，咱以后除

038

了吃喝外，我教你们掷骰子！"四伯父开始和王二麻子学掷骰子。掷骰子就是赌。记得当初四伯父回家找到一块儿木块，然后用锯锯成一个小方块，在每个小方块上滴上墨水点，最小点是1，依次是2、3、4、5、6。每一个点就是1个圆点，最大点是6个圆点。

王二麻子家两间屋很小，一进屋是一个小厨房。爷爷生病时，母亲让我去王二麻子家找四伯父，我记得那是一个不温暖的厨房，地上坑坑洼洼的，石头裸露，硌脚。一只鸡在灶坑旁边使劲地挠，然后抬头看看，点点头，吃点儿东西，又挠。狗食盆放在一个低矮的盛水缸前，一个木架子上放着盆碗筷子，裸露着，只有那个灶台和黑锅是温暖的，还有锅台上的黑嘎巴。穿过厨房右拐是一个卧室，卧室的南面是一个小炕，阳光透过小窗口，投进来几缕光束。在这个有阳光的小炕上，有一床褥子、一床被子、一个枕头，也都看不清底色了。然后炕上有一张与我家吃饭时用的一样的那种方形小炕桌，很多个人围坐在桌子的四周，在掷骰子。炕上地上都是看热闹的人，小屋里乌烟瘴气的，掷骰子的、看热闹的，都在抽烟！我站在厨房门口许久，想告诉四伯父，赶紧回家，爷爷生病了。后来，我大喊一声："四大爷，爷爷生病了。"可四伯父并没听见我在喊他，没有反应。我回家和母亲说："四伯父没听见我喊他。"母亲听了很生气，转身就去王二麻子家，我跟在母亲身后，听到母亲说："凤鸣子，你还玩儿呀！老爷子快不行了，得赶紧送到七坑医院，不然来不及了！"这一回，四伯父听见了，下了地，回家了。

四伯父那一次没有和母亲闹别扭。

那天，四伯父和父亲把爷爷抬到小牛车上拉走了，爷爷再也没回家，等小牛车再次拉着爷爷回来时，爷爷躺在了棺材里，经过后山，去了西山，爷爷被永远地埋在了西山坡！

后来，王二麻子改变了玩法，他把掷骰子改成推纸牌，纸牌也叫牌九，常听四伯父说："推牌九谁也推不过王二麻子。"王二麻子在家里设了牌局，这个牌局是收钱的，无论玩家是谁，赢家是谁，都要交钱，赢家交两块，输家交五角，一天下来，王二麻子的吃喝问题都解决了。有一次，四伯父已经有三天三夜没离开牌桌了，不吃不喝，只是一直一把一把地推牌九，四伯父推牌九很入迷，甚至到了废寝忘食的地步。三天后的一个夜晚，四伯父在王二麻子家牌桌前"嗷"的一声躺下了，不吃、不喝、不睡觉的四伯父晕倒在了牌九桌前。

那些人把四伯父送到了我家中，记得送来时天黑乎乎的，我和姐姐、大弟在东屋北炕睡觉。四伯父被放到了北炕，那些人就急忙地走了，又回到王二麻子家，继续看热闹。父亲说，四伯父还有脉，没事儿。四伯父在我家北炕一直睡着，后来，母亲说："四伯父睡了三天三夜。"第四天醒了，吃完饭，喝了很多水，就又急急忙忙地去了王二麻子家，父亲生气地说："这个人没救了。"

四伯父玩推牌九，很少赢，大多数时候，都是在输。爷爷活着时，看不惯四伯父捞鱼捕虾，爷爷说："捞鱼捕虾，饿死全家。"四伯父自己有口粮地，爷爷怕他不务正业的习性影响到我们姐弟，于是给他在西头道南盖了两间茅草房，四伯父从我们家搬了出去。那时我忙着上学，也不知道四伯父的生活具体怎么样，只是，他会经常到我家吃饭。那时候，爷爷已经去世多年了，四伯父还是经常到我家吃饭。母亲说，一到饭口，他就来了，记得他每次吃饭前都要说"吃点儿"，然后拿双筷子，拿起干粮，就开始吃。母亲是不乐意的，我也觉得四伯父不劳动，整天赌博，然后总到我家吃母亲辛苦做好的饭挺不对的。

有一阵子，四伯父很久都不到我家了，母亲说："学，你去看看他们的四大爷，不会出什么事吧？"父亲说："打扑克牌呢！怎么说也不听。"母亲说："不会听的，要钱的爪子，不玩儿手刺挠，心长草，不去都不行。"父母对四伯父一通担心和一顿抱怨之后，让我觉得他真的有些糟糕。我也常常想：他为什么偏偏要赌博呢？难道就停不下来吗？

突然有一天，我家的狗在院子里大声吠叫，母亲说："听这狗叫声，应该是你四大爷来了。"不知道为什么，四伯父每次来，我家院子里的狗都要拼命地吠，这时我站在卧室顺着狗吠的方向望向大门，果然看到四伯父。他一天天地消瘦、衰老，脸已经瘦成了一条，且长满了皱纹，已经没有了年轻时的帅气和让人羡慕的长相，身上的衣服基本春、夏、秋、冬就那一套，总之，已然颓废了。母亲这样解释狗见四伯父就吠的事："人敬有的，狗咬丑的。"四伯父因为沉迷赌博，荒废了全部的青春和体力，也没了精神追求，俨然什么都没有了，连当初我爷爷和父亲给他盖的房子都让他输掉了。母亲说："你四大爷输得就剩房子了，没钱给，把房子给了人家。"四伯父没了房子后，想搬到我家住。母亲说："我的四个孩子还小，你会把孩子带坏了的！"于是，四伯父住在了王二麻子家。

住在王二麻子家，不能白住，四伯父要出去打猎，他打猎很有经验。具体情况，四伯父并没有留下一个字，但我也偶尔能听到些他的讲述，就记住了。记得最生动的一段是四伯父讲述"挖獾子"的过程。獾子很有意思，它的两个前爪子，挠挠挠，不停地挠土，然后挠出一个洞，它钻进去，再挠挠挠，挠出土把洞口堵上，于是在洞里开始了冬眠。四伯父说："有霜的洞口，里面一定有獾子，因为獾子在里面喘气。"四伯父打猎的经验很丰富，猎到过很多野鸡，有的卖了钱去赌博了。四伯父还猎过一头黑色野猪，那时，我心里想："四伯父真的很有本事。"前些天，二弟来，席间说到四伯父，二弟说："四大爷，其实是一个好人。那年我带秀（秀是二弟的媳妇）来咱家，那是她第一次来咱家，那时候家里也没啥吃的，四大爷打了个大鸟儿，然后用灶坑火烤，秀吃了。她到现在还说四大爷好，给烤大鸟儿吃。"二弟还讲了一件趣事："那个时候家里吃不到啥好吃的，天天馋，有一天四大爷叫上我和大哥。'走，老金子，老铁子，四大爷带你们抓蛤蟆吃去。'他拿了一个破麻袋，到了西河套。四大爷会看，说'这个石头底下肯定有蛤蟆！'我和大哥在四大爷对面，把麻袋放到石头底下，四大爷一搬石头，石头底下的蛤蟆就都跑进了张口的麻袋里，可多了。一会儿就弄了大半袋子。完了路上还嘱咐我和大哥'别让你妈知道带你俩了'。"二弟说完这段话，"唉"了一声，然后说："可惜四大爷就是嗜赌。"

四伯父识文断字，爷爷一直供几个孩子念书，四伯父学习好，脑子里储存的知识也多，还写得一手好毛笔字。当初村里缺老师，四伯父被村主任看中了，选到村里做老师，上了一个月的班，说啥也不干了，他说："粉笔末子太呛肺。"我常常幻想，他如果一直做老师，会很体面地生活，也会娶妻生子。

四伯父把爷爷给盖的房子输掉了，没有了自己的房子，也就没有了家。父亲对他说："盖个房子吧，这回不能输掉了，我给你出钱。"王二麻子家住在村西头，父亲说，这回盖房子离王二麻子远一点儿，房场选在东山。四伯父盖房子，所有帮工吃喝都是母亲一个人张罗，母亲刀子嘴，豆腐心。在离二队400米的东山，两间茅草房建成了。母亲说，如果再输掉这房子，就再也不管他了。四伯父之后就真的守住了那两间茅草房。房子盖好后，四伯父赌博的势头减少了很多，只是在挂锄或过年时去。因为这事，还有人不乐意我的父母。这是真事儿，赌博的人就那样想的，都是因为我的父母，他们赢不到四伯父的钱了。

记得我上初一的时候，村里来了一位漂亮的女人，这女人个子不高，身材略丰腴，齐耳短发。一张美丽的脸，就像清晨一样，闪着光和希望，声音不粗不尖细，如铜铃般悦耳，女人真的很美，她叫耿娟。耿娟是山岭后七坑的女人，村里人说她丈夫下坑，因瓦斯爆炸被夺去了生命，耿娟没有孩子，没了丈夫，又不想再找七坑的，就一个人跑来农村，母亲收留了她。四伯父经常到我家吃饭，就这样，耿娟相中了他，母亲说他赌博，只是这两年比前些年强点儿了。耿娟说结了婚就好了，她想和四伯父结婚。母亲征求四伯父的意见，他犹犹豫豫地同意了。

母亲开始给四伯父操办婚事，记得买了一套绿花、一套红花被褥，以及两套枕巾、枕头、枕套，外加一个红色瓷花盆。母亲给耿娟和四伯父各买了套新衣服。结婚那天，耿娟是从我家走的，她穿上母亲给她买的红衣服就更漂亮了。四伯父穿上新衣服，又能隐约地显出年轻时的帅气。四伯父领着耿娟去了他的家。二队人都说："凤鸣子结婚了。"凤鸣子就是我四伯父。结婚那天，耿娟家里没来人，村里有人揣测着，她会不会是骗子，说母亲胆子大。母亲说："骗啥，要钱没有，要命一条。结婚一共花了不到 200 块钱，骗能骗到哪儿去？"那时候我也懂事儿了，跟父母一样，心里踏实了很多，觉得四伯父有媳妇了，就有了家，就有饭吃，就不会再去赌博了，他也可以有自己的孩子。之后，四伯父有 20 多天没到我家了，母亲说："这会儿耿娟是不是怀孕了？要是现在怀上了，那腊月时的月子，正好有时间伺候。"话音刚落地，院子的大门响，狗没叫。母亲说："他四大爷来了，这回可真成稀客了。"我看见四大爷的脸是皱在一起的，不像结婚那天那么舒展。母亲问："耿娟呢？"四伯父说："她说回家一趟，走了两天了。"在每一个知道这件事的人的猜测中，过去了十多天，耿娟回来了。她没有回四伯父家，直接来了我家，我们都高兴得不得了似的，觉得她人不坏，不是骗子。那一天，我见到耿娟时，她还是那么漂亮。四伯父不知道耿娟回来。没等母亲开口，耿娟说："姐，对不起了，为我和凤鸣的婚事，让你破费和操心了。我们结婚这么久，凤鸣一直睡在厨房，他自己搭的铺。我怎么让他上炕也不上，让他脱衣服也不脱，他连瞅都不瞅我。我要给他洗衣服，他也不让，就是夸我做的饭好吃。姐，我想了很久，我还年轻，凤鸣是个好人，可我需要的是一个丈夫。姐，我回来和你告个别，就走了，家里结婚的东西和凤鸣的东西我都没动，只带走我自己的衣服。"耿娟没容母亲劝说，说完就走了。之后就再也没回来过，有人说，她又回七坑了，和一个下井工人结了婚。

在有婚姻的短暂日子里，四伯父几乎不赌博，也不到我家吃饭。东山上的两间茅草房炊烟缕缕。之后，四伯父再无婚姻，耿娟走的时候是春天，夏天挂锄后，四伯父又开始了赌博，但无论输到什么程度，他也没有输掉那两间茅草房。

四伯父家房后有一棵大杏树，杏花开时，茅草房像童话世界里的"红房子"，像仙境，被青山绿野环抱。那时候，在杏成熟的时候，四伯父摘下一筐给我们姐弟送来，杏又大又甜，瓤细汁水多，杏核砸开，里面的杏仁又大又脆又香，他惦记着我们呐。

后来，四伯父就不大赌博了，因为王二麻子去世了。改革开放后，土地承包到户，多劳多得，不劳不得，很多耍钱人在春耕夏锄时，没时间赌博，秋收时也会忙得饭都吃不上，只是冬闲时聚在一起，重操旧业。有的人顶风冒雨种地换来的几个钱，一夜就输没了，一年也就白干了。四伯父只是在冬闲时去玩，后来，很多年轻人都进城打工，年老的有的去世了。于是，那个当年犹如蚁群的牌局渐渐地散了。四伯父，也到了照顾不了自己的年龄，人生犹如白驹过隙，转眼一生。

母亲说："还有一周，你四大爷就去敬老院了，啥都办好了，房子卖给了二队小胖。"卖了房子的第二天，小胖说，他过去和四伯父再谈谈地的事儿，发现四伯父倒在厨房进卧室的门口。他是趴着去世的。关于四伯父的离世，二队人有的说是让人害死的，因为四伯父说了一句话："我知道我弟弟家丢的那五头牛是谁偷的。"当初，发生了一件二队从未发生过的事儿，我父亲养的五头耕牛一夜之间被偷光。四伯父为此很心疼，也很气愤，据说他说的那句话，传到了偷牛人的耳朵里，偷牛的人怕四伯父去了敬老院还继续说。也有人说，四伯父上火，心脏病突发。不管哪一种版本，四伯父是因为他的老实厚道的五弟丢了视为命根子的五头耕牛而惹祸或上火才离开人世的，这个，我们永远都不会忘记。

我家找人将四伯父安葬了。我哭了很久，也想念了很久，觉得四伯父一生，被赌博荒废，过着饥一顿、饱一顿的生活，过着抽抽着脸的日子，一生荒遁，想起，心间不免荒凉。

可四伯父作为我们的伯父，他真心疼爱我们。

写于 2017 年 11 月 23 日

/ 根 /

有时候，我会产生莫名的缺失感。父亲却从未有过，他的心理很简单：土地、孩子、妻子，然后是辛勤劳作。

17 岁前我生活于农村，从记事起就记得生活的艰辛。父亲从未有过安歇，一年四季，围绕着土地，有干不完的活儿，准备犁铧、翻地、种地、锄地、收地、送粪养地等。父亲一心想着干活儿，不擅长和人沟通往来，除了见面打个招呼外，再无其他。父亲不知道，人间除了土地，还有其他。姐姐常常被几个女孩子拦在半路打得哭着回家；弟弟的头被弹弓打得流血；家里二亩地有人相中，实则是父亲伺候得好，但也被强行换成村里没有人愿意要的二亩地，母亲气得不得了，最后终究是"胳膊拧不过大腿"。父亲也不知道，他的勤劳老实深深影响着他的孩子和妻子。姐姐喜欢用各种线编织手套、围脖、帽子，村里女孩子来向姐姐学习编织，姐姐手把手地教，后来那些个女孩儿和姐姐成了好朋友。那些年农村院子卫生环境不太好，每到春天总会有一些人患头皮疮，母亲把从爷爷那里学来的疮药配料买好，起早贪黑烘烤、晒干、研磨，用黄纸包好，送给村里得病的人。母亲说："得这病遭罪，抹上几回就好了。"后来，我在光阴里细细咂摸、回忆，觉得当年那些发生在故乡里的事儿，都很让人眷恋，无关是非。

父亲正悄悄地改变我们的命运，他用勤劳去解释，这世间的事，一切都可以改变。土地的善良公平异乎寻常，对于那些用汗水和爱心伺候它的人，它总是给予那个人以丰厚的回报，父亲把土地看成他的生命和孩子，土地给了父亲生命和孩子。每一年，父亲的地里苞米长成了棒子，谷子金黄低垂，黄豆豆粒饱满。我们守着父亲的希望奋斗着，展望着。就这样，时光匆匆，大弟长大成人，娶了村里最漂亮的女孩儿孙亚英为妻子，女孩子相中了大弟人品好，能干；二弟考上西南交通大学，现在在省某局工作，独当一面；我考上了省内唯——所重点师范大学，毕业后来到边陲小城当了一名高中语文教师；我的姐姐后来在我大学毕业后跟着我进了城做生意，现在在国外。在以往日子的激励下，我们姐弟四个一直拼搏在自己的岗位上。

母亲在姐姐来到我这里后不久，来到姐姐家。父亲离不开他的土地，仍和大弟一起在农村种地。父亲种地的样子，种地的情怀，无时无刻不在解释着生存的道理。父亲种地没有阴晴寒暑，不分黑天白昼。父亲一辈子兜里没有一分钱，即便有了卖粮食、卖菜的钱，也会一分不留地给母亲，父亲对钱没有任何概念，只知道他的土地能够生产出粮食，粮食是好东西，能养活他的老婆、孩子，能养活自己，能养活很多人。

后来，父亲在冬天来到城市，常叹气，饭量见少。母亲不高兴地嗔怪："你看你爸可怎么整？"我心疼地问父亲："爸，你这是怎么了？"父亲说："家里的活儿还没干完，在这儿闲着，这是犯罪啊。"母亲因为腿疼，只能在城里住楼房，上厕所方便。

姐姐说："爸爸、妈妈，我哈尔滨房子装修好了，上下楼有电梯，累不着。"为此，父母去了一趟省城姐姐家，回来父亲说："再也不去了，你们可别折腾我了，我哪儿也不去。"我劝父亲："来城里吧，爸，也享两天福。"父亲大声反驳着："享福，你知道啥叫享福？你们让我种地就是让我享福。"等着我们答应了父亲回老家继续种地时，父亲又像以往一样安静，言语少，脸上泛着红光。

到这个边陲小城工作近30年，慢慢地对这座城市有了依赖。我的小城舒适惬意，宁静淡远，是个缓解疲劳的好地方。尽管如此，我记忆的大部分仿佛锁定在父亲的身影里。

父亲是一个有根的人，每当想到如果父亲不是一个有责任和担当的人，那我们姐弟四人的命运就可能会由此狼藉时，就会倍加感恩。

写于 2018 年 3 月 30 日

2019 年 10 月 24 日发表于《今日绥芬河》

/ 端午情 /

小时候，在与父母一同生活的那些年，每逢五月初五，大约凌晨三四点钟时，母亲都要将父亲叫醒，母亲说："要顶着露水去采艾蒿。"

在我们还只有七八岁时，父亲一个人去采艾蒿，我们姐弟四个躺在炕上睡觉。等到我们醒来时，发现父亲已经将艾蒿插满了房前屋后，房前屋后飘满了浓浓的蒿草香。后来，等我们长到十多岁时，每逢五月初五，母亲不只叫醒父亲，还要叫醒我和姐姐，还有大弟，让我们和父亲一同去采艾蒿。那时候，二弟还小，母亲不舍得让二弟也跟着起早。天蒙蒙亮，我们姐弟几个贪恋被窝和睡眠，不愿意起来，只是母亲一遍遍地说着："快起来，去采艾蒿，五月节的艾蒿驱邪，治脚气，驱百虫。"就这样，我们懒洋洋地起来，母亲帮着穿好了衣服，再给我们每人一把镰刀，我们跟在父亲身后走在村路上，发现路上已经有很多人了，都是乡邻乡亲的，大人、孩子同在路上，有说有笑的，起来时的不情愿感渐渐淡去，很快便陶醉其中。第一次起那么早，第一次顶着露水跟着父亲采艾蒿，朦朦胧胧，模模糊糊，有种新鲜的味道。走在乡间路上，天越走越亮，父亲说："艾蒿到处都是，地头、沟塘子、田间、山野，咱家房后园子也有。""爸，我们去哪儿弄艾蒿？"我问。父亲说："去咱家地边，正好割一下地边草。"父亲干活儿，总是精打细算到每一时分，统筹兼顾，家里六口人，在我们还小时，只父亲一个劳动力，母亲常拉长语气说："吃不穷，穿不穷，算计不到才受穷。"五月初五这一天露水挂满了艾草，父亲教我们割草要贴住蒿根，镰刀略倾斜，用力不能过猛，但用力一定要稳。熹微晨光中，我们在西南山脚下的农田地边割艾蒿，艾蒿的露水打湿了裤腿和双脚。后来，父亲又砍下地边的几棵矮树——玻璃棵子。父亲说玻璃棵子和艾蒿一样，不挑选生存环境，生命力旺盛。乡村的清晨，每一种植物都跟着晨光明亮，微风过时，艾草的香萦萦绕绕。

　　每一年的冬天，母亲用这些经过夏阳、秋光、寒霜、风干后的艾草烧水泡脚，虽说那时双脚常常赤裸在污浊环境里，可是一家人从未有过脚气之症。母亲说："艾蒿是个好东西，你二大爷把《本草纲目》都研究透了。那些年，他瘫痪在炕上，想治好自己的病，天天研究《本草纲目》。他告诉我艾蒿的作用，尤其端午节前后，正是艾蒿长得最旺盛的时候，药效好，顶着露水的艾蒿清香、辟邪、杀百虫、驱蚊蝇。"母亲用艾叶熬水，给我们姐弟洗头发，我们就真的不长虱子了。后来，我的二伯父并没有治好自己的病。我二伯父走在爷爷的前面，因为二伯父一生未娶，一直和爷爷与我们生活在一起，二伯父走了，带走了那本《本草纲目》。

　　端午节来临之际，我想起了父母的种种，想起了二伯父。

写于 2018 年 5 月 29 日

2018 年 6 月 16 日发表于《东南早报》

/ 黄牛 /

　　父亲压了一摞又一摞豆饼，然后泡成豆饼水。豆饼的香味儿，四处飘散，那时我只十多岁的样子，闻着豆饼香，羡慕那头父亲买回来的黄牛。父亲在房后大榆树下，搭了一个结结实实的架子，然后在每一根崭新结实的椴木上铺上厚厚的麦草，在麦草外又压上苞米秆子。除了一扇门，四周都围得严严实实的，那时，我还偷偷地羡慕黄牛住的房子不漏风。父亲每一天为黄牛收拾卫生，清理粪便，然后铺上新的麦草。苞米秆子铡得很细，放到牛槽子中，拌上一小碗压碎的豆饼粉，和豆饼水一同搅和到苞米秆里。父亲还每天为黄牛梳理身上稀疏的毛，夜里醒来也要顶着凉风，去房后牛棚看看。

　　一个冬天过去了，也许卖牛的人以为这头父亲买回的黄牛挺不过那个寒冬。天很冷，零下二十八九摄氏度，外面的树冻得嘎吱嘎吱响，地冻得裂开了一条条宽宽的缝隙，院里的大鹅两只掌冻得缩到羽毛下，外面滴水成冰，在外站上一会儿，脸、手都有如针刺般。有时，一股清新的寒气穿透身体，我从炕上爬起，掀开窗帘，看到窗外是一个白色的世界。白天时的园子，樱桃树、草房、后山、泥土，都盖了一层厚厚的白雪。那时雪花大如兰，一片一片地飘下来，覆盖万物，覆盖家园。我躺在北炕，听躺在南炕被窝里的母亲说："房后的牛棚会不会被雪压塌？"父亲说："放心吧，结实着呢！再下这么厚也不会塌。"

　　整个冬天，我都没有去牛棚看看父亲花 200 元钱买回来的那头黄牛。父亲又开始清雪了，木掀戳到地上，发出的摩擦声，像极了父亲心里的爱，温暖厚重。

　　父亲又早早地醒来，躺在南炕的被窝里，和母亲说话。南炕清晨里的被窝是父母说话的地方，白天，除了吃饭，父亲一直在屋外。父亲说："打春了，该种地了，黄牛打栏了。"我没听懂后半句，只听母亲说："黄牛要生崽？"好像她很吃惊。父亲说："我得牵到街里，找个品种好的，多花点儿钱。"那一天白天，我和母亲还有姐弟都跑到牛棚看那头黄牛。

我看到，黄牛油光的黄毛，在老榆树下发着光。我还看到牛的眼睛像个孩子似的，充满期待。那时，我多么希望，我家有很多牛，那样，父亲会非常高兴。等父亲把牛牵到我家大门外，从我家去街里，走在村里头的路上时，一家一户的人，都出来看，就像看新媳妇。他们不说话，只是目瞪口呆。

黄牛来到我家，有了父亲的悉心呵护，便有了崭新的生命。即便外面下着小雨，父亲也要在天蒙蒙亮时起来，穿上雨衣和靴子，去放牛。黄牛替父亲干了很多活儿，拉柴火、趟地、拉庄稼，一切父亲需要它干的活儿，黄牛都替父亲完成了。黄牛，很本分老实，它仿佛明白，它的命，是父亲给的，除了替父亲多干活儿，再无以回报。

父亲说："上一个主儿不拿牛当牛，没少打它。"冬天一个清晨，从睡梦中醒来，我看到一头小牛犊，它摇摇晃晃，身上有着一层黏黏糊糊的东西。等着小牛犊有些站稳时，黄牛用舌头，一下一下地舔着小牛犊。小牛犊很弱，总是跌倒，又努力地站起。经过这样几次后，它终于支撑起它的小身体，开始吃奶。牛不会说话，它的全部情感，都深埋在它的劳动和眼神里。我看到小牛犊吃奶时，黄牛的眼里充满了慈祥，这就是"舐犊情深"。

父亲说："牛不能打，刚买回来黄牛的时候，我一抬手，它就一抖。浑身瘦得只剩骨头，喂它啥都吃不了多少。"

多年后，黄牛走不动了，没办法，父亲不忍心看着它受折磨，也不忍心让它再干活儿，当初花 200 元买的，又 200 元卖了。

2005 年秋天，黄牛留给家中的五头耕牛，于一夜间被偷光，父母花了不少钱找牛，五头牛像人间蒸发了一样！但经历找牛事件之后，整个村再也没丢过耕牛！

再后来，机械化农具进农村，代替了耕牛，整个村庄几乎看不到耕牛的身影。"九九加一九，耕牛遍地走"的时代结束了。

写于 2019 年 10 月 20 日

/ 好好活着 /

母亲今年 77 岁了。

每一次去看望母亲，先打个电话，和母亲说一声，母亲很高兴。有时候，母亲会附带着说："丽英哈，你要是忙，就不用来，你一定要吃好饭哈！"我说："妈，你别惦记我，你一定要照顾好自己，我心里才踏实。"母亲说："你放心，姑娘，我一定照顾好我自个儿，我不能生病，生病了你们谁有时间伺候我，妈不能给儿女添麻烦。妈心疼我姑娘，一天到晚挨累。"母亲，你已经做得足够多了，在母亲的呵护下，我走过了一个又一个关口。因为，我还有母亲，就必须好好活着。

每一次去母亲家，母亲都早早地在门口等着。我上楼时，母亲就说："老姑娘？"我忙答应："妈！"母亲很开心："我听脚步声是你。"见到了母亲，母亲总会关心我："累瘦了没？"眼里满是慈爱。母亲依然把家和自己收拾得干干净净，花一盆盆地"长"满了窗台。

母亲和我说："姑娘，电视坏了。"我说："你怎么不早和我说？"母亲一个字儿不认识，没法儿看书。那几年，母亲腿不疼时，喜欢溜达，为了解闷，我给母亲买了随身听，里面有 200 多首流行歌曲，还有很多小品相声。母亲拿着随身听，白天走到哪里听到哪里，夜晚睡不着觉时，就听歌，听坏了，给母亲再买一个。母亲有了这些歌、音乐、小品、相声，每天很开心。

第二天，我将崭新的大电视送到母亲家，母亲高兴得一直说："这个电视真好，还是我姑娘心疼我。"我喜欢看到母亲开心。

我不能给母亲任何压力，所以，很少和母亲说起我的境况。我的生活一向逼仄，常常节外生枝，有些事情，比小说的故事情节还离奇。生活有时像一锅沸水，我在沸水里拼命挣扎。有时候，喜听佛音，当那一声"南无阿弥陀佛"响起，一股子的心酸在心头翻滚，瞬间苦水溢出，心里也就好受了许多。

再难，不能难为父母。在我们小的时候，父母是这样对我们的：再难，母亲都要为我们做好吃的，要把好吃的留给我们。母亲每一次出门，我就会像房檐下的雏燕，望着母亲出行，翘首以盼，等着母亲回来，给我带回来花生、麻花、脆糖等。我在家中东屋等母亲，在东屋南炕上的阳光里心里想着母亲，走出院子的大门外望向村东盼着母亲。现如今，母亲就像我小时候期待着母亲的眼眸一样，母亲常常期待着我们姐弟的身影和脚步声。中午急急忙忙交完有线电视费，立即回母亲家，不能耽误父亲看电视，母亲说："你爸可爱看电视了。"回来途中，去俄货店给母亲买了马加丹虾和蟹腿。每一次去母亲家，想着母亲在等我，就想着带上好吃的，就像母亲当年带着好吃的回家一样。

我们还小的时候，母亲奔走在泥里、风里、雨里，心里最大的愿望就是我们长大，然后，住上不漏雨的房子；记得母亲在累了时，队里分苞米分得不公平时，家里几次丢牛、几次大鹅被毒死时，所有事情发生的时候，母亲都会难过地说："等孩子长大了，长大就好了。"

来绥芬河上班之初，我常常站在办公室的窗前，望着窗外的城市和楼房，就和自己说："一定要把父母亲接到城市里生活，让父母也过城市生活，也住上高楼。"这些心愿，在我们姐弟共同努力下，逐一实现了。

母亲喜欢城市生活，喜欢楼房，喜欢吃用自由，而父亲喜欢种地。两个老人，只能在冬闲时相守。春、夏、秋的日子里，母亲要一个人生活，孤单寂寞，想念儿女。我把家里人相聚的照片都制作成音乐相册，通过微信传给母亲，教给母亲打开方式。母亲说："姑娘啊，你给妈妈的这个可真好，我没事儿就看，睡不着觉也看。"

夏天，我和母亲去日月湖享受阳光，看绿草、湖水的光，母亲需要这样的自由。记得前年，我和母亲一同荡秋千，她开心极了，满面春风的。我喜欢母亲高兴时的样子，健康、快乐、活泼，觉得那种样子会让母亲远离生病，只要不生病，就一切都好。

父亲来了，母亲做好饭，我们围着方桌吃饭。我说："妈，你可真年轻。"母亲跟着我的话音高兴地说："年轻吗？我姑娘年轻，你一走过，楼下的阿姨都夸你年轻。"永远要赞美我们的父母，告诉他们，他们不老。母亲边吃饭边说："哎呀，你三姨都打不了电话了。"我说："怎么了？"母亲说："你三姨两个耳朵，什么都听不见了，一点儿都听不见，没听你老姨说吗，跟个傻瓜似的。"我说："妈，你知道我三姨是因为啥听不见的吗？"母亲说："因为啥？因为振利。"振利是我三姨的长子，32 岁时被查出肺癌，经历六年的病痛折磨，38 岁离世。现已经离世六年了。今年暑假我去了青岛，去了母亲的故乡莱西，本意是拜见母亲的两个妹妹——三姨、老姨。母亲兄弟姐妹六个，大姨 27 岁时去世，大舅 50 岁出头时去世，老舅去年也过世了。现在只剩两个妹妹，几年前二弟带母亲回过一趟莱西，老姨、三姨也来东北看望过母亲。

我和母亲说："莱西发展得特别好，现在划归青岛了，有一排排整齐的砖瓦大房子，有阔绰的道路。我老姨、三姨家房子都很大，装修得和城市楼房一样。妈妈，莱西是个好地方。只是直到现在，三姨还流泪。三姨、三姨夫心疼和想念他们的儿子。"母亲说："所以，你们姐弟一定要好好的。"母亲嘱咐我："姑娘，好好的啊，现在的生活多好哇，别想些没有用的，伤身体。"我每次走，母亲都送到门口，这一次也是，只是多了一句话："姑娘，好好的，你们都好好的，妈就能多活几年。"我笑着和母亲说："好！"

写于 2019 年 12 月 18 日

/ 趣事记忆 /

这是不能不写的一段记忆，只因那些日子，不可复制。

生命要和许多的趣事交往。

1. 打冰溜

冰溜，仿佛保存着我的一段生活，能在瞬间唤醒某一段记忆。

那个时候冬天特别冷，仿佛在和整个村庄较劲，和人们的生存较劲。风很大，很"世故"，跟着寒冷破坏树木、茅草屋。在春天将临的时候，太阳也就越来越暖，积压在房顶上的厚厚的雪，会一点儿一点儿地融化，融化的水沿着房檐向下流，遇冷后，又慢慢结成固体。积雪不停地白昼融化，夜晚结冰，慢慢地形成了一个又一个的冰柱悬挂在东北人家的房檐上，这就是冰溜。一根一根、一柱一柱，看上去，就像悬挂在房檐的铜铃，或者像镰刀弯钩，有的还像一座小山，厚墩墩的。大人并不叮嘱冰溜会砸到小孩子，那时候，孩子们怎么开心就怎么玩儿。冰溜在阳光里透明，小孩子们会拿起院子中一根小木棍儿，打向房檐的冰溜，打一下没打到，就举着小木棍再打，后来换了一根长棍子，待到被大人发现茅草跟着冰溜落了一地时，孩子们便从大人的怒喝声中跑散了。

2. 麻雀

经历了漫长的冬天，小城仿佛有一种复苏的气息。

向阳的路面湿漉漉的，路旁的树依然黑黢黢的，我听到了鸟儿的叫声，不觉停在树下抬头看，去年的这个时候，经过这棵树时，鸟儿就是这样鸣叫报春的。今年在 3 月末的清晨我经过这里，还是去年的树，鸟儿却弱弱地鸣声。我用手机相机寻找，一只黑黑的麻雀，缩在一根树枝上，偶尔地叫上一两声。小酒馆门前的一排榆柳一律黑色，与路的西边和城市的高楼一并沉默在小城的清晨里，我站在树下，想着树上的麻雀。

我喜欢麻雀，对鸟儿的概念形成始于麻雀。它是一种小鸟儿，灰黑色。春天的时候，成群的麻雀在我父母家后园的树上，忽地离开一棵樱桃树，飞向另一棵樱桃树，从青黄草的一边飞向另一边。夏天的时候，它们在田间地头，忽地飞起，又落下，四下里张望。秋天的时候，有一部分依然留在田野，留在金黄的庄稼地；另一部分则跟着农人的脚步来到了农家院子，它们就像要和院子里孩子、大人友好相处一般，一会儿蹦，一会儿跳，一会儿抬头四下看看，一会儿用它们的尖尖的小嘴啄食。只要有人出现，它们就又忽地飞起，飞得不高、不远，有的飞到苞米楼底下堆着的一堆苞米核上，有的飞到了大门西边的一棵矮榆树上，有的落在了鸭子、大鹅的食盆旁，很高兴地叫两声，呼唤同伴一同享用。麻雀总是成群结队，总是呼朋引伴。寒冷的冬天，麻雀在院子里的雪里觅食。冬天有些漫长，最有趣的是大雪和麻雀。

2017 年，我因事在北京住了半年，清华园地面上的麻雀，常常惊讶行人的脚步，忽地飞起，行人会震惊麻雀浩荡地飞行；走下楼，会看到楼前道南高高的树上，在一枝一杈上站满了麻雀，它们中会有几只偶尔地飞起，那一份欢乐就瞬间写满视野，树叶发出"唰唰"声。

我想从心里说：麻雀是我天地间的精灵！

3. 打雪爬犁

漫长的冬天里，那个小村庄会发生很多有关雪的故事。

打雪爬犁。雪爬犁，是父亲做的，原本，它是一种工具。我看到做一个雪爬犁要花费很多的时间，最难做的部分是爬犁的两个犁，要选粗实的木段，刨光，做雪爬犁的犁头，犁头前要向上成弯钩形，在两个犁之间钉上木板，一个结实的雪爬犁就成了。冬天，父亲用它往回拉留在地里没来得及收回的冻萝卜。

父亲不用它时，我们会拉着雪爬犁，去往村外上学的路上。那里有一段坡，我们几个女生坐在雪爬犁上，从高处滑向低处。当雪爬犁从高坡滑下去的一瞬间，我们会抱得紧紧的，发出惊恐的叫声，然后就是一同欢呼。到了最低处，雪爬犁停了下来，我们几个女生又将雪爬犁用力地拽回大坡上，再从高处滑下去。这样玩儿，身心格外地酣畅无阻，能找到了生命的感觉。如今，只能沿着时光的隧道，回忆！

4. 玩脚滑子

上初一时，同学们将脚滑子装进书包。放学后，将脚滑子绑在脚上，一路滑着回家。

后来，我们就都学着做脚滑子。先找到一块儿硬实的木板，拿着铅笔和格尺，比量好，用锯子一点儿一点儿地锯成比自己鞋子大一点儿的两块儿木板，然后在木板下安上两条平行钢筋。要在安钢筋的木板处，用木工刀削出一条浅浅的槽，然后把钢筋下到槽处，再在两边各用铁钉铆固定。最后在每一块儿脚滑子的四边钻出眼儿，系上麻绳，脚滑子就可以穿在脚上了。

打脚滑子就是滑雪。在雪上，跟着身体的重心移动、摇摆，在冰冷净白的雪世界里，自由地狂欢。

5. 红油灯笼

每逢过年时，母亲会让我们扎红油灯笼。扎红油灯笼，很简单，准备一些能用我们手腕弯动的铁丝，先将双铁丝扭到一起，弯出两个圆圈，扭结实，然后在其中一个圆圈上交叉扭上单铁丝，形成渔网形，接下来在两个铁圈间绑上铁丝，铁丝要留出能够弯曲出弧度的余长，一圈一圈地扭好后，再弄出一个一个的弯弧，一个小灯笼就做成了。最后要在灯笼头和灯笼尾用铁丝缠上几圈固定结构，防止松弛。

母亲早就打好了一钵子黏黏糊糊的糨糊，我们姐弟四个开始在一个一个的弯弧线上糊彩纸。纸的颜色很好看，有红色、粉色、绿色。母亲和我们姐弟四个说："过年要糊红灯笼，迎接一年红红火火的日子。"母亲还说："姐弟间要互相帮助，一起糊完，然后，洗手吃饭。"

吃过年夜饭，换上新衣服，头上扎上红绸子、绿绸子，点上红油灯，灯笼红彤彤的，从外面能看到跳跃的光。

我们提着红油灯笼，推开家门，走向新年。

6. 花口袋飞上天

过年时，母亲会给我们做新衣服、新裤子。会剩余一些很好看的布头，有着各种花色、各种花纹，拿到手里，就爱不释手。

我和姐姐在征求过母亲意见后，开始缝口袋。姐姐手巧，先将花布折叠，折叠成正方形，然后用剪子剪出一块儿一块布。剪出方块儿布后，我和姐姐分工协作，我穿针穿线，姐姐缝布。姐姐先将两块儿布缝到一起，接着纵向缝上两块儿布，再将第一块儿布和最后一块儿布里子朝外对缝，最后沿着两侧的四个毛边，里子朝外各缝一块儿布，留一个小出口，将口袋翻过来。

我们向母亲要来苞米粒，或者黄豆粒，开始一粒一粒地填充口袋。口袋不要填满，大概填到放到手里，向上扔一下又能原路回来就可以将口袋缝结实了。

村里的姐妹们，她们的名字就像一个时代一样，丫蛋儿、二丫儿、大满儿、二满儿、小芹、小翠、小花、小秀，还有邻居家的大丫儿，不管是寒暑假时，还是天气好的周末，一年四季，大家聚集在我家东屋，玩姐姐缝制的花口袋。

我们相互比赛，一个人手里拿着两个口袋，上下转动，有人查数，口袋飞出一个记一次，如果没有接住，就停止。一个人仰着头抛口袋，其他人都跟着口袋目光流转。一个小姐妹结束，另一个接着抛。苞米粒、黄豆粒在口袋里发着"唰啦唰啦"的声响，很像音乐的节拍。

后来，姐姐缝出了很多口袋，我们开始两只手倒换，抛接三只口袋，三只口袋像三朵花儿一样飞来飞去。三只口袋玩够了，我们换成两只手倒换抛接四只口袋。为了能够倒换过来，速度要加快，注意力要格外集中。

玩花口袋是一段欢快的时光。

7. 跳格子

小时候，我们还在土院子里跳格子，一跳就是一上午，一跳就是一天。

那时候，没有粉笔，我们拿起母亲的烧火棍，或者院子里的木棍，找到院子里最平坦、石头最少的地方，开始画格子。

先画出一个大大的长方形，然后，在长方形的正中间画一条纵向垂直线，再横向画出一个一个的方格。

开始玩时，格子画得大一些，玩得熟了，就画相对小一些，再熟一些，那就画更小一些。我们就在画出的格子间蹦跳着。

蹦跳有平行蹦跳，有交叉蹦跳，有翻滚蹦跳，还有花跳。蹦跳的时候，如果踩到格子间用棍子画出的线上，就要下来，换成另一个伙伴蹦跳。另一个伙伴踩到格子，下一个等了很久的伙伴便迅速跑上去。两根辫子跟着蹦跳甩啊甩。一个伙伴蹦跳时，其他伙伴数着"1、2、3、4、5……"真的很难跳过 10 个。有的小伙伴喊着："跳格跳格，潇洒活泼，不踩格线，不崴脚脖。"

我们还玩跳格分组比赛。我只会平行蹦跳和交叉蹦跳。平行蹦跳简单，一直往前蹦，两只脚落在格子里就行。交叉跳会将自己绊倒。记得当时的小三子会翻滚跳，翻滚后，两只脚结结实实地落在格子里，一瞬间，他高兴得两只手举过头顶，伙伴们齐呼："小三子，小三子，翻滚跳格小三子。"

花跳，是从一点出发，不跳直线，下一个跳哪一个格子不可捉摸，但最后每一个格子都要跳到才算赢。

8.丢手绢

"丢，丢，丢手绢，轻轻地放到小朋友的后边，大家不要告诉她，快点儿快点儿抓住她，快点儿快点儿抓住她。"

童年的时候，一块儿手帕，就是一个接着一个的欢乐。那时候，家里的南院子，又大又宽敞，太阳的光从天空直照过来，照到那个三间茅草房前的大院子里。我和村里的七八个伙伴围成一个大圆圈，其中一个女孩子，拿起花手绢，跑啊跑，唱啊唱："丢，丢，丢手绢，轻轻地放到小朋友的后边，大家不要告诉她，快点儿快点儿抓住她，快点儿快点儿抓住她。"接着把手绢丢到一个憨憨的女孩儿身后，丢手绢的女孩儿唱着、跑着，那个被丢了手绢的女孩儿跟着唱着，大家都装作不知道的样子，笑着、唱着。"被抓到啦！"那个憨憨的女孩儿被推着到了圆圈里给大家唱歌，她羞涩得用手捂着红红的脸，不知所措。后来，她给大家鞠了个躬，就下来了。接着，她开始丢手绢。她拿着手绢，站到一个伙伴身后，停了停，拿着手绢开始跑，那个蹲着的女孩儿从脚步声中听到了丢手绢的女孩儿停了下来，回头看，那个憨憨的女孩儿拿着手绢继续跑。她在每一个女孩儿身后都停了一会儿，却一直没有丢下手中的花手帕，而是拿在手里，不停地跑。后来，大家就不欢而散了。她在那里哭着说："我到底把手绢丢在哪儿呀！"

9.跳绳

父亲为我和姐姐搓出来两根儿麻绳：一根儿中粗麻绳，可两个人跳或单人跳；一根儿中细长麻绳，可两个人跳或多人跳。

两个孩子跳着，另外几个排着队，数啊数，摇啊摇。我们自觉排好了队。排队时，可以看着伙伴儿跳绳。两腿一前一后迈开一步，眼睛盯着大绳，大绳正摇过来时，跳进绳里，跟着大绳的起落上上下下，左左右右。单跳一轮结束，开始追跳，前面一个跳过，后一个紧追，如果没跳过去，就要下来重新排队。一群小女孩儿，在小院子里沸腾，麻绳打着土地"啪啪"地响着。有时候，我们还玩多人跳，我们在一个大绳里，一起起蹦，一起欢歌。

那时候，我们还玩跳皮筋，边跳边唱着《马兰开花》。

写于 2020 年 3 月 23 日

/ 一副对联 /

有一年，大舅从山东莱西来到我的父母家，在帮着我父母干活儿之余，教家中的二弟写毛笔字，那时二弟十一二岁，在大舅的辅导下，写得一手好字。大舅鼓励二弟："以后过年，就由义良（二弟的名字）写对联，这样可以省几个钱，还锻炼了义良的能力。"

大舅春天时来，秋天帮着父母收完地里的庄稼后返回了山东。那一年临近过年时，母亲买回了大红纸。

裁好红纸，二弟拿起笔，沉思着，这副贴到大门上的对联要写什么呢？母亲说："你们都上学识字了，对联你们自己想。"大弟说："年年平安，岁岁有余，横批四季平安。"姐姐说："再想想"。大家想了很多，都难免集中在"发财""兴旺"等字样上。

后来，在外面干活儿的父亲进屋，问对联写好了没有，我们都说没有，实在想不出太好的词。父亲说："一副对联，不能只看成简单的两行字，写好了这副对联，会起到好的作用，形成凝聚力。我和你母亲就你们这四个小孩儿，拉扯养育你们不容易，尤其你们的母亲，吃尽了辛苦，起早贪黑。现在国家政策好，承包到户，可以有多大力气，使多大力气。咱们家要想日子过得一天比一天好，除了勤劳，还要团结，我在外面边干活儿边寻思这副对联该怎么写，贴到大门上才一家人心里踏实。之前，都是你们母亲买现成的，就不能改了，现在可以自己写，这个词要写得合乎咱家的现实。"

大弟说："爸爸说得对，那写啥呢？""父子同心山成玉，兄弟团结土变金。"父亲说出后，我们姐弟四个赞不绝口。就这样，二弟将这副对联写在了红纸上，第二天年三十的早晨，我们早早地起来，将这副对联贴到了家中的大门上。

从那以后，这副对联每年过年，都由二弟重新写一遍，贴到大门上，一直到二弟结婚成家。

大舅回山东时嘱咐我的父母："义良聪明懂事，学习好，千万不能耽误了。培养孩子读书别不舍得花钱，现在攒块儿八毛的没有多大用处，把孩子培养成人，将来你好有个福享。"就这样，二弟上小学四年级时，离开了农村，去恒山区里上学。

二弟年纪小，母亲将二弟寄养在家住恒山的大伯父家。大伯父在外地工作，二弟由大伯母照顾，母亲每个月给大伯母伙食费，而我当时又在城里上中学，家里的担子一下子加重了。

家里只剩下大弟、姐姐和父母在农村。大弟说："家里得有干活儿的，父亲一个人既种地又放牛的，太辛苦了。"后来，大弟撇了书包，回家帮助父亲放牛。姐姐常常请假帮父亲种地，帮母亲喂猪，卖樱桃，做家务。最后，姐姐也撇下了书包。

二弟又瘦又小，大伯父家大哥、二哥上夜班，半夜回来，因为下午上班，要到近中午时才吃饭。二弟有时候早晨和中午吃不上饭，就这样，饥饿成了习惯。两年后，二弟和我同在四中上学，他学习很用功，刚刚上初一，便和我一同上晚自习。

后来，我之所以喜欢《平凡的世界》，是因为里面的生活写得仿佛就是我的经历，人物熟悉到仿佛就是我和我的父母姐弟。

大弟结婚，大弟媳妇进门，家中大门上，依然是红红的14个大字："父子同心山成玉，兄弟团结土变金。"

我们姐弟四个人，都相继成家立业了。

我上大学一年级时，姐姐结婚。我上大学二年级时，大弟结婚。我大学毕业，来到绥芬河工作，二弟在我大学毕业的第二年，也大学毕业。

大学毕业后，我和林爱先结婚。在林爱先的努力下，二弟和二弟的女友在老家市里顺利上班。当年夏季，我在单位给的房号上盖房子，姐夫放弃家中的土地，来绥芬河帮盖房子。房子盖好后，林爱先将姐姐一家接到我们的新房，给姐姐、姐夫找了活儿干，给外甥女安排了幼儿园。

接着，又将大侄女接到绥芬河读书，住在姐姐家。大侄女来绥芬河第二年，姐夫出国，母亲来到绥芬河住在姐姐家，帮着照看外甥女和大侄女，姐姐在商场做生意。父亲由大弟照顾。

不久，大弟翻盖了家中的老房子。

家中的每一个变化里，都藏着父亲的期待。

二弟上班后，工作认真被提拔为车间主任。第二年，大侄子出生。二弟在铁路工务段工作，管理1000多人。二弟每一天都记工作日记。工作十几年，记下了厚厚的几本每日检测、检查问题应对记录。适逢省铁路局检查工作，二弟对每一根铁轨都很熟悉，领导很赏识二弟的工作态度。恰好那一年有一次调动考试，二弟参加了考试，顺利调到省铁路局工作。

在省铁路局，二弟一直负责高铁高寒道路检测工作，2019年，二弟被评为省铁路先锋标兵。

二弟常说一句话："我不到10岁离开了家，去外地求学，最感谢的人是父亲、母亲、哥哥、姐姐！"

后来，我问父亲当年是怎么想到这副对联的，父亲说："我在别处看到的，我读后，就记住了。"

再后来，我在书中知道，父亲的这副对联出自《增广贤文·下集》："父子竭力山成玉，弟兄同心土变金。"

写于2020年7月9日

/ 我们的童年 /

楼下小区里孩子们在奔跑，玩耍。有一个女孩儿，大概七八岁的模样，身穿绿色布拉吉连衣裙，脚蹬红色凉鞋。她没有扎羊角辫子，头发弄一根儿黑色皮套简单一拢，长得黝黑，在楼下小区里和四个比她年龄小的孩子玩耍。

坐在窗前，我常常听到女孩儿"嘎嘎嘎"的笑声，笑得开心且卖力，另外几个孩子也跟着笑。我听到笑声就会浮想联翩，于是与老公、女儿下楼，沿路行走，看到小区除了南北两条狭窄的人行路，就是路边生锈的单双杠、漫步机、健步机、压腿杠、大转轮等简单的运动器材。小区中心有一个小凉亭，凉亭外观破旧，斑斑驳驳，大部分露出水泥本色。凉亭周围是小区里的人栽种的一大片步步高和金丝菊鲜花，亭里有一个灰黄色的破旧布艺沙发，几个孩子在那里抢着沙发的座位，抢到的会高兴地大笑，没抢到的孩子也在大笑，大声说着："你，你，你赢了。"孩子们又爆发出一阵开心的笑。

长大后在意太多便失去了快乐。小时候，不了解大人的内心和眼光，不知道生活对人的约束和要求有多苛刻。正因为不知道，所以才能沉浸在自己的游戏里，哪怕简单得在大人们看起来有些许"寒酸"。看不到世界的瑕疵，这就是童年。

7月的夏夜，夕阳下，广场的热潮还没到来。几个孩子贪恋夏日的阳光和绥芬河舒适的夏风，在中心广场奔跑，有个大概八九岁的女孩儿从广场中心的下坡向上坡跑，边跑边大声说着："快来追我呀！"在下坡的几个男孩儿、女孩儿奋力向上坡跑，女孩儿绕了个圈，打了个旋儿，像风一样，躲开了；那几个孩子也绕了个圈，打了个旋儿，像风一样去追了。他们跑啊追啊，跑着、跑着长高了，追着、追着长大了。留下一地的少年脚印和欢乐，将来，他们中会有人一直想着一句话"快来追我呀！"然后就是呼啦啦的童年。

小城中心广场地面铺着黑色磨砂瓷砖，一个扎着羊角辫的小女孩儿，手里拿着口袋扔了出去，然后，她单腿跳格子，去取口袋，她一跳，羊角辫一摇，一个猛跳，羊角辫画出了一个圆圈。小女孩儿在玩跳格子。

童年的本真，让他们能够玩得陶醉。其实，孩子能像孩子一样玩儿，这就足够了。

如今，无论大城市，还是乡村，有的孩子，缺少童年的欢笑。他们没有奔跑，没有和伙伴一起玩时的大笑，没有机会体验玩耍时所需要的智慧，他们只有许许多多的必须这样，必须那样。

昨日，听一位年轻爸爸说："我给我儿子报了钢琴班、滑雪班、游泳班、舞蹈班、写字班、写作班，我还要给他报个口才班。"将来，这个孩子还要"替"父母去上数学班、物理班、英语班。一个善良、活泼、率真的儿童在父母的催促下，迅速成长为冷漠沉寂的"成人"。

曾记得，我童年里的西河、西山、南山、北山、东山，我童年里的炊烟、后园，我童年里的花口袋、方格子、麻雀，是那么亲切。那个我们玩疯了的童年，在梦里都在抛口袋、跳格子，嘴里数着"1、2、3、4、5……"数着，数着，外面的天空就又放白了。我透过小小的窗口，看到了小院子里一层厚厚的欢喜。

长大后，那段拼命玩耍的童年，成了活着的幸福。

写于 2020 年 8 月 12 日

/ 我的姐姐 /

1. 在老家

那时，母亲常常要早晨两三点起来做饭，喂养家禽、家畜；父亲起得更早，收拾前后院，铲地，放牛。我们姐弟四个都小，有些贪睡。姐姐是老大，母亲舍不得叫醒我和两个弟弟，但一定叫醒姐姐起来帮着干活。姐姐十二三岁跟着母亲为我和弟弟做饭，做家务。姐姐听话，从不叛逆，一开始饭做得并不好，烀大碴子烀得半生不熟，还用了不少的柴火。母亲就一点点地教姐姐："烀大碴子不能一直添柴，不能一直用急火、大火。锅一直呼呼开，就要一直不停地加凉水，大碴子就烀夹生了，这样费柴火、费水，烀出的大碴子不烂糊、不黏糊，汤是汤，水是水。"姐姐听了母亲的话，开始心疼起家里的柴火和水。母亲又说："做最简单的饭，也要按着道理去做，大碴子粒儿硬，急火是烀不熟的，一开始用急火烧开，然后撤火，灶坑里放上两根粗木棒，慢慢烧，慢慢烀，两三个小时后，就自然熟了。这样烀出的大碴子，又香，又烂糊，还黏稠。"后来，姐姐跟着母亲学着用大锅焖小米饭，蒸两掺馒头。当时还没有闷罐，都是用大锅焖饭，将米洗好，放到大盆里，然后放到添好水的大锅里。这样焖小米饭，盆里放多少水是有量的，母亲告诉姐姐，水放到离米两指处，焖出的小米饭才劲道。

爷爷当年曾为家中第一个孩子是女孩儿而担忧，他对母亲说："大的是男孩儿，能帮学（学是我父亲）干活，女孩儿力气不够。"

那时候，家家喝井水，当时二队一共有两口井：一口在村西头，一口在村东头。村里没有一户人家能在院子里挖出水，村里人喝水要到东西两头的两口井里挑水喝。一年四季，不论怎样的天气，只要厨房那口缸空了，姐姐就会拿起挂在房门左侧外墙上的扁担，在扁担钩子上一边挂上一个大水桶，挑在肩上，去西井打水、提水、挑水。因为个子矮，水桶经常碰到地面，一挑满满的两桶水，到家仅剩下两个半桶。后来，姐姐将扁担链绕了一圈在扁担上，两桶满满的水就很少外溢了。满满两大桶水压在姐姐的肩上，姐姐鼓足了劲儿，迈开步子，脸憋得通红，到家后，又吃力地一手把着桶把手，一手托着桶底，把水倒进大水缸里，这是1978年左右的事儿。那时候，我家前院陈家生看到姐姐挑水吃力，经常帮姐姐。姐姐为家里挑水，一挑就挑了十年，直到二十二三岁，这副重担才卸了下来，重担一头转给了父亲，另一头转给了前院陈家生。陈家生后来成了我姐夫。

母亲老家在山东省莱西市，母亲常说："我嫁到东北，离娘家这么远，想妈也回不去。"没等说完，母亲就掉下了眼泪。母亲除了想家，生活再难也很少流泪。母亲每一次流泪，姐姐都会哭泣。有一次，姐姐小声和我说："老妹儿，咱都得对妈好，要不妈走了，咱就没有妈了。"

姐姐个子矮小，却格外精致可爱、能干，到十七八岁时，喜欢姐姐的人家就有不少来提亲的，但姐姐都不同意，她和我说："我不嫁人，我等你和老弟都考上大学再说。"

大集体时，姐姐拿着锄头，和壮劳力一起铲地，从不落后。铲菜地，比较麻烦，小白菜、小萝卜苗，它们都比较嫩小，下锄不能重，哈腰要哈到几乎与地面平行。一开始姐姐腰疼得恶心，但仍每天和父亲一起参加队里劳动，挣工分。铲苞米地时，姐姐的脖子被苞米叶子划出一道一道的红线。后来，实行分产到户制，我也去铲苞米，品尝了被苞米叶子划红的滋味。汗水顺着划红的伤口流过，盐水渍得肉像被蜇了一样疼。农民庄稼地里的每一粒收获，都是用汗水浇灌出来的。每一粒粮食的背后，都凝聚了种地人的青春和岁月。

村里人都说家中姐姐手巧。姐姐喜欢钩织，经常钩织帽子、围脖、手套。姐姐织过一条红色毛裤，她说："穿在身上可暖和了，不冻腿，不冻腰。"我去四中读高中时，姐姐把她的红毛裤送给了我。姐姐说："你在外面上学，要穿得好些，我在家里干活儿，穿什么都行。"我穿上红毛裤，就想姐姐，那时，我下了一个决心，将来，我有出息了，也一定让姐姐过上好日子。后来，母亲说："你姐把红毛裤给了你，秋天收地，她只穿一条线裤，冻得腰疼、腿疼，后来落下了病根，现在还老腰疼。"

我家前院陈家生常帮姐姐挑水、摘樱桃，帮姐姐干地里的活儿。

姐姐恋爱了。父母发现后，都不同意，说陈家生家待儿媳妇不好。姐姐很执拗，毅然地嫁给了陈家生。姐姐不是不听父母的意见，这件事，姐姐每当说起，都会流泪。那时，我还在上大学二年级，放寒假回家，姐姐说："老妹儿，姐姐想结婚了。"我说："是前院陈家生吗？"姐姐说："老妹儿，我什么都可以听爸妈的，我也知道爸妈是为我好。可是，你知道吗，他为了我，腿烫坏了，遭了很多罪。"我问姐姐怎么回事，姐姐说："那天，天晴朗得很，陈家生背着一壶开水，拿着锄头，来找我，说去西岭岗帮咱铲地。咱爸撵他，说不用他帮忙。可是他不走，跟着我和咱爸去西岭岗。等走到西河套时，他说刷一下锄头，不知怎么的，竟忘了他背在后背上的一壶开水。等他低头弯腰时，壶盖冲开，一壶开水从脖子淌到脚底。夏天穿得少，他脖子、胳膊、腿都烫伤了。天很热，伤口已发炎、化脓，我偷偷去看他，他说为了我，这不算啥。老妹儿，我心都碎了。他说他要一辈子心疼我。"后来，姐姐和陈家生结婚，有了唯一的宝贝女儿陈曦。

我大学毕业后，来绥芬河的第二年，便把姐姐、姐夫接来绥芬河。那时，绥芬河刚刚掀起对外开放的热潮，老家农村也已全面实行土地承包制，姐姐、姐夫在老家土地少，便从农村走向城市。那年是 1992 年。

2. 来到绥芬河

姐姐、姐夫在老家，除了两个人的口粮地，再无其他土地，还有一栋当初花200 元钱买的茅草房。就这样，结婚后，两个人在恩恩爱爱、吵吵闹闹中，不觉已过去六七年，转眼我的小外甥女陈曦已经五六岁，有土地的人家日子过得日渐殷实，姐姐、姐夫能干，只是土地少。我大学毕业来到绥芬河的第二年，那年的秋天，我家小林（我爱人）回老家二队将姐姐、姐夫接到绥芬河，陈曦暂时留给我的母亲照顾。我现在还记得我家小林和姐夫扛着行李走进我家那个时候的院子，姐姐跟在后面的情景。

小院子和三间砖瓦房是姐夫帮着盖起来的。姐姐、姐夫和我们一同住在那个我们一同努力盖起的平房里。姐姐、姐夫安稳下来后，开始想挣钱的事儿，来到这座城市，很重要的目的就是挣钱改善生活。

1992 年，绥芬河正处于对外开放发展期，随着外来人口增加，有些需求悄然而生。有人开始做窗帘，在当地销售或出口俄罗斯。在一个朋友的帮助下，姐姐揽到一份做窗帘的活，为一个小生意人做窗帘边。母亲曾为了让我们长大后能多一份生存出路，想了很多办法。姐姐读书不很行，母亲培养姐姐做女工。姐姐曾花 200 多元钱，去街里学习缝纫、编织技术，当初村里很多人笑话母亲疯了，有钱没地方花。可当姐姐进城后，为找不到活犯愁不知道能做什么时，当年母亲花的钱，姐姐学到的缝纫和编织技术给了她来到这座城市后的第一缕阳光。做一套窗帘边能挣一元钱，姐姐不计黑白地做着。姐夫一时找不到活儿，在家里给姐姐和我们做饭。后来，我发现姐夫满嘴起泡，是心急引起的。

我和我家小林说："给姐夫找个活儿吧！"第二天，小林回来，说他们经理同意姐夫去他们单位当保安。当年，绥芬河政府成立了绥芬河边贸总部，下有多个分公司，称为边贸一部、边贸二部……小林在边贸九部。当初我家在东山，边贸九部在桥洞西，姐夫和小林上班要徒步走上一个小时。

那之后，小林又帮助姐姐找到一份活儿，在边贸总部食堂做饭，边贸总部只五六个人吃饭。姐姐在家时，为替母亲分忧，常给父母和弟弟妹妹们做饭。姐姐那些年付出的辛苦，最后成全的不只是我们，去边贸食堂做饭是姐姐来到这座城市后谋到的第一份正式工作。后来，边贸总部撤出绥芬河，分部也陆续解散了。一时间，边贸各部不知去向，姐姐又一次没活儿干了。

姐姐在边贸食堂上班期间，认识了和姐姐一起工作的任姐，姐姐在老家时就人缘好，任姐也是一个很善良的人。她曾和姐姐说："现在绥芬河正是享受国家改革开放优惠政策的时候，俄罗斯来绥芬河买货、上货的人会越来越多，外来人口也会越来越多，做生意吧，也许会发财。"姐姐回家和我商量，我说："行。如果不是咱妈不同意我舍弃现在的这份工作，我早去做生意了！"

也是在任姐的建议下，姐姐选择了位于市中心绥芬河最大的市场——国贸大厦。姐姐多次考察，终于有了一个机会，有一个人家里有事儿，回老家不干了，姐姐把那个小厅租了下来，就这样，我的姐姐开始做生意了。

第一次做生意，就像姐姐第一次来到绥芬河一样，一切都很陌生。姐姐对做生意还有些恐惧感。离开老家一年多了，来时兜里只有路费钱，要做生意，没有本钱。姐姐和姐夫回趟老家，把茅草房便宜卖给了本村人，口粮地给了父亲，姐姐知道，父亲喜欢土地，土地之于父亲，是弥足珍贵的。就这样，姐姐没了土地和房子，就只有在城市拼下去的决心和勇气。姐姐回家那天，先找她的女儿，姐姐看到她日思夜想的女儿，看到她的女儿满脸泥巴，也没有了漂亮的小辫儿，见到妈妈也不喊妈妈时，一下子抱住女儿哭了起来。姐姐回来和我讲这些，我跟着姐姐一起掉眼泪，决定让姐夫回家把孩子接到绥芬河。

姐夫背着外甥女陈曦进院子时，是下午 6 点多钟，我们都在家翘首企盼。第二天，我领着陈曦去找幼儿园，经过山城路时，一直没开口说话的陈曦用小手指着一辆大客车说："老姨，我和爸爸就是坐那辆车来的。"当时，我的心倏地酸了。安顿好外甥女上学事情后，我决心给姐夫找个活儿干，孩子上学要很多费用。姐姐的生意刚开始做，还是往里投钱的时候。

我鼓足勇气去找王磊（那时她是我班生活委员）的妈妈，有了王磊妈妈的帮忙，姐夫进了当时俄罗斯人最集中的宾馆——兴亚宾馆干活儿。入住兴亚宾馆的俄罗斯人，有些像当时去俄罗斯的中国人中的倒爷。他们在异国上货、打包，然后运回自己的国家销售，从中挣差价。姐夫在宾馆给从中国拿货的俄罗斯人打包。那时我每个月工资 350 元，姐夫在宾馆干活儿，一个月能挣 2000 多元。命运从与俄罗斯人交往时，开始悄悄改变着。

姐姐勇敢地迈开了一步。装修好租厅后，一位临厅大姐要带姐姐去牡丹江上货，姐姐说："她一夜都睡不着觉，心里怦怦直跳，觉得自己即将做一件大事。"第一次上货回来，衣服上架，一套女式西服 50 元，姐姐售卖 200 元，几乎每天能卖出去两套，去掉每天 100 元的其他费用，两套能挣上 200 元。其他服装搭配着也能挣上百八十元，第一次做生意，姐姐做得很开心。那时姐姐住在我家，每天回来后都很开心，也常带回好吃的，之前不舍得买的熟食、苹果，姐姐几乎每天回家都带些给外甥女和我女儿。姐姐说："老妹儿，谢谢你把姐姐接进城里，做买卖挺辛苦，选货、买货、取货、卖货，一天下来，累得腿也酸，胳膊也酸，腮帮子也疼，就是心里好受，每天兜里都进钱。'嗖嗖嗖'，钱进我兜。"姐姐说着，开心地笑着。

后来，国贸大厦装修，每一个厅都做了装修，看上去奢华大气，改掉了之前的简陋，但是每个厅的租金翻了两番。姐姐回家和我说："成本增加了，客流量不增加，要想挣钱，就得上大品牌，卖得贵些。可是，这里的人不大买大牌子，我一个姐妹卖大牌子，根本不挣钱。国贸的生意姐姐不能做了，但我还得继续做生意，姐姐得继续选地方。"当初绥芬河商场除了国贸大厦，还有一个卖杂货的兴隆商场。姐姐在对市场进行几天调研后，选中了兴隆商场。一是兴隆商场是一个大商场，虽然只有一个楼层，但面积大，进去选东西的人能在里面转一大圈，有很大的选择空间；二是厅位便宜；三是适合姐姐的定位。因为入厅晚，没有好位子，姐姐说："这个厅便宜，只要我能在那里做生意，就不愁没有客户。"姐姐和我说："我要改行，不卖外套了，改卖内衣。"

姐姐来到绥芬河后，格外灵通。姐姐说："老妹儿，在家里时，我不笨，只是尽我所能帮你们。进城了，我也不笨，因为我得活下去，我和你姐夫得把陈曦养大。"

姐姐在兴隆商场卖内衣，除了夏天的丝袜外，每一件商品都是棉质的。姐姐说："女人都爱自己，爱自己的女人舍得给自己买贵的内衣，外套可以上便宜的货，内衣不行，上就上质量好的，穿着舒服。"姐姐每天早上早早去，把厅打扫一遍。单袜子就有丝袜、棉袜、小孩袜、大人袜、男袜、女袜、过膝袜、露趾袜……姐姐按照颜色、种类等用长链夹挂在厅门右侧，便于选择；各种内裤只能按照种类摆放；内衣种类就更多了。所有摆在厅面的物品，都只是一部分，每一物品物件小，种类多，姐姐只能将另一部分待卖物品储藏在柜子里。当有人要买柜子里的东西时，姐姐都能记住它们在哪里，再多再小的东西，她也能记住它们的价格。

在兴隆商场，姐姐的生意做得风生水起，每天都有大量回头客，记得当时单位的许多女同事都是姐姐的回头客。客人都说姐姐人好，待人和气，怎么挑都不厌烦，说话声音好听。她们都愿意找姐姐唠嗑。那时，我工作忙，还要照顾家庭，就格外羡慕姐姐的生活。姐姐说："老妹儿，我们每天都得乐，不乐，钱都不得意你。"我说："真的？"我姐说："真的！我要是撸撸脸，这一天都不卖货。再难，别难在脸上，有时候也别放在心上，你看咱妈带着咱们多辛苦，现在不都好了。""姐也不是天天都大卖，不卖的时候更得乐，第二天就好了。老妹儿，人就得自己给自己加油。"那一天，我穿着一身白色裙子，姐姐夸我有气质，很迷人，很有女人味儿。我知道，姐姐打心里爱我。

后来，兴隆商场老板娘患癌症病危，她把整个她买下了近十年的兴隆商场过户到她儿子名下，并交给她儿子管理。再后来，老板娘的儿媳妇张罗装修改造，所有业户都得搬出，姐姐再一次没了做生意的地盘。在兴隆商场时处的那些姐妹兄弟，也都散了。姐夫在宾馆的活儿因为俄罗斯来绥芬河上货的人越来越少，大多数俄罗斯人坐火车直接去哈尔滨或大连上货，宾馆的货也越来越少，不挣钱不能挺着。每天开门七件事——柴、米、油、盐、酱、醋、茶。

正好绥芬河新海关大楼盖成，搬离市里，旧海关大楼腾出来后，经由承包人改造成了商场。姐姐去那里租了厅。可是，那时没有微信和 QQ，信息传达不能四通八达，姐姐这次换地方，一开始运气不很好，新商场还没有人气，客流量少，很多回头客一时找不到姐姐。接连两三个月，商场冷冷清清，姐姐都没卖货。

后来，姐姐查看手机号码，凡是存在手机里的客户，姐姐都一个一个地发短信，很多回头客接到短信后，都很高兴地去找姐姐买东西。就这样，生意又渐渐好起来。一年后，兴隆商场装修好，厅费涨到了几万元，和之前的几千元相比涨得太多，姐姐和许多业户都不再回去。

姐姐还在海关商场卖货，生意越来越好。姐夫在兴亚宾馆的活儿没法儿继续之后，经由做生意的表妹夫介绍，去国外发包，给一个发包公司的老板仲兆群打工。姐姐、姐夫为了生活，一个在国内，一个在国外。两个人，除了靠打电话联系外，其余的日子，都得靠自己，姐姐还要照顾孩子。

姐姐卖的内衣质量好，穿在身上舒服，去姐姐那儿买内衣的有很多是出国的人，她们每当换季时，都会买很多，带到国外，或者由出国的人捎带到国外。买内衣的基本都是女性，她们喜欢和姐姐唠嗑。唠嗑就不免说到在国外做生意人的生活，姐姐也想知道。有女人说："男人在国外时间长了，都找搭伙；女人在国外时间长了，也找搭伙。"姐姐和姐夫两个人感情好，姐姐能做到守身如玉，一心一意。可姐夫有一段时间电话少，有时候，姐姐打电话姐夫不接，也不回。姐姐原本可以通过给朋友打电话找到姐夫，但为了不影响姐夫在国外的工作，她没有那么做，只是默默地伤心、着急。后来，一个买内衣的女顾客说，她在抚远看见了姐夫。姐姐就着急了，不停地打电话，货不卖了，脾气很不好，对孩子也发脾气。

有一天，姐夫突然出现在商场里，姐姐忘了身在商场，一下子扑到姐夫怀里

"呜呜"地哭着。姐夫有些不高兴:"哭啥呀,这是?"然后,他转身就走了。晚上回到家,姐姐想诉诉苦,姐夫没有心思听。姐姐和妈妈说:"他不心疼我了,他变了。"回到家后的姐夫,言语很少,经常没影没踪。有一天,姐夫突然和姐姐说:"离婚吧,我净身出户。"姐姐瞬间哭得天塌了似的。两个人闹得一塌糊涂。姐姐、姐夫在说着什么,我和母亲不知所措,陈曦说:"爸爸妈妈,别吵了。"然后,奔向阳台。我母亲说:"快去拽住曦。"母亲年纪大,但也一下子奔过去,抱住陈曦。陈曦说:"姥,我爸我妈要是离婚,我也不想活了。"我母亲喊着:"家生,快来,孩子想不开啊。"我们都跑到阳台,陈曦和姐夫说:"我就一个条件,和我妈好好过日子。"姐夫说:"行。"然后陈曦平静了下来,姐夫却哭着说:"爸都是为了你和你妈好。"

不知道什么时候,姐夫的手机摔在了地上,碎了一地,不知道用了多大力气。

一场惊心动魄后,仿佛每个人心里的委屈都释放出来了,暂时风平浪静了。后来,姐夫留在家里,在海关商场和姐姐一同做生意。有一天,姐夫说要自己开个发包处,姐姐百般不同意,她对我说:"你姐夫没那脑瓜,转不过弯来,看人家干发包挣钱,人家长了赚钱的脑袋,你姐夫的脑袋是实心的,你给他个活儿干,他就一个心眼地干活儿。在国外的时候,你姐夫能干,打的包多,挣钱多,有人使坏,故意把包弄丢,然后让你姐夫赔钱,好几万块钱,你姐夫一气不干了,又怕我上火,不和我说。这要是单干,还不得让人给祸害死,不能干,咱就干点儿咱能干的,怎么都是凭力气吃饭。"于是,姐夫的发包处没开成。

后来,陈曦考上了大学,姐姐开始甩货,她说:"老妹儿,我要和你姐夫出国了,我们到国外做生意,这一回,姐姐要闯一闯俄罗斯。"

3. 姐姐在国外

姐姐出国前,母亲来了绥芬河,帮着姐姐照看孩子。我侄女来绥芬河上学,也住在姐姐家。姐姐家一共60平方米,姐夫在家时,小楼里住了五个人,除了两个孩子有时候拌个嘴外,一个屋檐下的三代人,相依为命。母亲除了照顾两个孩子,中午得给姐姐送一顿饭,有时姐姐和商场的姐妹吃外面的盒饭,母亲就给姐姐送点儿水果，顺便看看姐姐。那个时候，有了固定电话和手机，母亲用家里座机接打电话，姐姐用手机，当时还没有微信。那年是 2010 年，姐姐来到绥芬河第18 个年头时，就和姐夫一同去俄罗斯做生意了。

这一次，姐姐没有卖掉在绥芬河的房，但带上了全部积蓄。姐姐去的城市叫哈巴罗夫斯克。

姐姐踏上异国他乡，开始了更远的飘摇。

姐夫在国外时，认识了一些中国朋友，也结交了几个俄罗斯朋友。姐夫的这些朋友，和他在国外的那些日子，是姐姐和姐夫奔赴异国的勇气，而最大的勇气是去赚钱，赚生存的保障。

到了哈巴罗夫斯克，在当年姐夫发包处住了下来。

漂泊久了，就会心明眼亮。小小的姐姐，在强大的生存世界面前，不害怕。姐姐说："老妹儿，我来这里半个月了，一直住在朋友家，我每天给他们做两顿饭。你姐夫还留在发包处，我俩每个月能挣 10000 多元。"我说："也行。"姐姐说："老妹儿，如果做这些，我就不用离开家做了，我不能这样。"

姐姐有空就出去考察市场，后来，相中了哈吧大市场。这个大市场是中国一个老板在哈巴罗夫斯克开的综合性大商场。那时候，还没有微信，只有 QQ，姐姐不擅长用 QQ，我接不到姐姐商场的影像，很是牵挂姐姐在国外做生意的进展情况，最牵挂的是姐姐、姐夫的安全。

姐姐、姐夫会因为做生意的事儿偶尔吵架。吵架就是两个人都在大声表达自己的想法。姐夫不同意把辛辛苦苦攒下的钱，放在别人的商场里，那么多钱一下子都不属于自己了，这让人心里发虚。

姐姐说："像你这样，一辈子给别人打工，一辈子看别人脸色，一辈子为别人挣钱。"姐夫说："咱们好不容易有了房子，有了这些钱，我开发包处你不让，那咱就在这儿老老实实地挣钱吧，可别折腾了。"姐姐说："我来这里，不是给人做饭的。这钱放在卡里不会生钱，放在商场里，能天天生钱，你说哪个合适？"就这样，姐姐把积蓄拿出来买了厅。

姐姐说："老妹儿，姐姐出来时就已经下定决心在这里做生意，我和你姐夫没有土地。我们得活下去。"我心疼姐姐、姐夫和外甥女。

买下厅，姐姐按照之前的考察装修、上货。这一次姐姐卖鞋。绥芬河一位大姐在哈巴罗夫斯克批发鞋，可以赊货。姐姐去她那里上了很多货，一样一样地精心挑选，姐姐说："老妹儿，选货是关键，选对了就可以大卖。"每一次选货，姐姐都觉得比卖货还累，但是卖货就会轻松很多。做生意的人，没有捷径可走，否则，干不下去了就是捷径。

姐姐在国外，和商场里的人都和气相处，她说："走到哪里，最终都不是为了与谁斗气，而是为自己争口气，放过别人，自己才更明白取舍。"只是有些事，不是人品与和气的事儿，而是利益的事儿。鞋，一年四季各不同。姐姐上货很用心，但市场是动态的，每一年换季，都会积压货，厅的空间越来越局促。没办法，姐姐和商场老板说在商场里找个放积压货的地方。老板给找了一个地方放货，每个月按半个厅收费。大市场里卖货的都是中国人，而且多是中国农村人。姐姐说，那个厅她没放货之前，有人往里放货，但那家白用这厅。姐姐没想到，老板让把这个白占的厅腾出来租给她，结果白占厅那家占不到便宜，便把怒气都撒到姐姐、姐夫身上。姐姐、姐夫把货放到厅里后的第二天，那个白占厅的女人，大清早，刚一到商场，仿佛在围堵着谁，看到姐夫就指桑骂槐，姐夫没吱声儿。后来，姐姐往里放货，她又冲着姐姐撸撸脸、翻白眼。姐姐就装没看见，但心里闹腾，和我说："咋办呐老妹儿？我不是怕她，我是想等她想明白这事儿不怨我。"姐姐和我说这些，我也不知怎么回答她，在处理人际关系和矛盾问题上，我是弱者。

第三天，姐夫去取货时，她还指桑骂槐，姐夫像蒙受了什么不能再忍的羞辱，生了两天气后，终于在那个自以为是的女人谩骂声中愤怒了。姐夫大声说："你这个女人是不是欠揍，我租厅花钱，碍着你什么事儿了？你再给我骂一个试试？"姐夫说完了这些话，既痛快又担心，担心女人倒在地上耍泼，或者进一步闹腾，但女人什么都没做，仿佛泄了气的皮球，脸一阵红一阵白地懵了。看来，面对无理取闹、有些嚣张的人，必须得给他点儿教训。

这事儿，后来也就慢慢平息了，女人看到姐姐也渐渐地态度缓和了很多。后来，她还主动帮着拿货、装货。出门在外，有些事不能怕，而是你要有自己的态度。

在哈巴罗夫斯克，太阳一样地东升西落，日子也会流逝。十年来姐姐在哈巴罗夫斯克，没有一天不想妈，姐夫从来都是沉默的，他不说话。

在哈巴罗夫斯克，要说俄语。当年，姐姐从我的家民主二队来绥芬河的时候，不知道世上还有俄语语言。绥芬河是一座对俄贸易城，这一边是广大无边的祖国，另一边是俄罗斯，来到这里的人，要会说俄语才能在这座城市赚到他想赚的钱。

　　姐姐没有老师教，买了一本当地俄语老师编写的《俄语通》，白天卖货，在时间的缝隙间背俄语单词，晚上回家忙碌后在该睡觉的时候背俄语单词。《俄语通》是一本中俄对译学习小册子，认识汉字，就能对应读出俄语单词，对应识记。姐姐边学习边运用，姐夫的俄语，也是这样学会的。那时，姐姐在兴隆商场做生意，我去商场，看到姐姐用流利的俄语和俄罗斯人对话、卖货，我就心生敬意，一路走来，她的每一步都写着平凡人的奇迹。

　　到了哈巴罗夫斯克，姐姐没有语言障碍，在国内时积累了很多做生意的经验；生意场上，姐姐具备友善的天赋。在哈巴罗夫斯克做了两年生意后，买厅的本钱赚了回来，可就在要赚钱时，俄罗斯经济进入了寒冷的冬天。郑板桥有首诗很贴切——"衙斋卧听萧萧竹，疑似民间疾苦声。些小吾曹州县吏，一枝一叶总关情"。

　　大市场几乎天天不卖货，商场里很多人都撤商铺返回中国了，走的时候，哈巴罗夫斯克的空气流着眼泪。姐姐、姐夫承受着超低温度，一切都像封冻了。大市场冷冷清清，哈巴罗夫斯克冷冷清清。姐姐在那时，又买了一个厅。姐姐说："一切危机都会过去的。"那时，姐姐靠着一份信念在异国谋生，但她也清楚，在不挣钱时，缺钱的不是一个人。

　　后来，姐姐生病了，在同胞们的倾力帮助下，姐姐、姐夫坐上了返回中国的飞机。当时飞机飞到哈尔滨已经半夜，二弟在飞机场接机，然后直接去哈尔滨医科大学附属第二医院。

　　到了医院，姐姐被检查出乳房右侧有肿瘤，要做手术。姐姐在哈巴罗夫斯克时就已醒来，只是浑身没劲儿。她得知要对乳房进行手术，加之一段时间来各种艰难，倾刻间委屈化作喷涌的泪水。但是，身体里有了瘤，无论良恶，都要除掉的，留在身体里就是一枚定时炸弹。

　　最后，经过医生反复研究，姐姐可以做微创手术。就这样，仿佛在那一刻，姐姐觉得不用做乳房切除手术，也就一切乌云散去，突然间，阳光万里，仿佛人生重新开始了。

姐姐生病时，二弟跑前跑后照顾姐姐，安排最好的医生。术后，医生说姐姐的情况是最安全的那种，很顺利，但是麻药的劲儿很大，怕病人睡过去，要有一个人在床边，和姐姐说话，直到病人醒过来。姐姐后来说："等我醒来时，二弟蹲在床头边，我听到了二弟喊着大姐、大姐。"

一场惊险过去后，姐姐因为看病花了很多钱，经济危机也在继续。只是，人生却突然开阔了，只要还活着。

出院后，姐姐重新回到哈巴罗夫斯克，姐夫不再惹姐姐生气，家务活儿原来就几乎都是姐夫做，生病后，家里一切活儿都不用姐姐去做。在商场里，那些一起顶着压力做生意的兄弟姐妹都去看望姐姐，开导姐姐，为她能平安归来高兴。

那次生大病之后，大市场的主管再没有找理由向姐姐要钱，大市场里留下做生意的中国人，经常在一起聚聚。姐姐、姐夫每逢过节，会请大家到租住的公寓里聚会，吃菜喝酒，姐姐每次晒照片、晒视频，都给我带来许多的感动。相聚总是很美好的事情，尤其国内去了新伙伴，姐姐总是要请一些人到家里迎接、祝贺。有时候，姐夫开着车，带着烤串，和朋友们去海边吃串、喝酒、唱歌。

成稿于 2020 年 2 月

第二部分 —— 我的小城

/ 我的小城 /

1. 我的小城

南山山脚下，有两个单位：一所学校，它是小城里的最高学府；一个报社，它是小城的权威媒体。

小城几乎没有春天，"人间四月芳菲尽"，小城却还冬寒犹存，时时飞雪，有时会漫天，然后一大片一大片地飞着，飞舞的雪，白茫茫一片，覆盖了校园，覆盖了报社，覆盖了整座小城。暮春时节，道路两旁，一树一树，一夜梨花开。

一栋三层黄色弯月楼，醒目地矗立在校园东侧，在白雪中安宁，它就是报社。自从写作以后，我才知道，原来，天地巧合，在南山山脚下的两个单位，有着相同的情结——文化。

于是，站在一楼走廊候课，我会经常抬头，望向它——那座弯月黄楼。

久了，会望得远，会看得多，会看到雕塑的孔子像。抬头远看，孔子立在大理石上，仿佛手持书本，披卷受益，也仿佛在"传道受业解惑"，看到周围没有人时，我会默默向孔子鞠躬，以表达我的敬意。

小城三四月，总是带着凄迷的忧伤。伞却必不可少，雪会来的。花也会开的，花开在 5 月后。冬天来临之前，小城就像一座花城，一片片串红，娟秀的石竹，许许多多的花，靓丽着这里的视野。

自从学校搬到这里，我的家就在这座小城的北方了。我每日南来北往，穿过黄河大桥，感受小城的心跳，也书写着我的日记。

城市很小，我喜欢用脚去丈量它，也常常在湖光的波动中，跟着跳跃的夜色，走向纯真的童话，仿佛置身于仙境，和梦幻里的海市蜃楼融为一体。

这座小城，小巧玲珑，别致怡人。尤其它的夏天，当一些城市被太阳炙烤着，被照得到处发白晃眼时，我的小城——绥芬河，正用它的雨，它的凉，为你避暑。高山气候，不管白天有多热，晚上一定会凉爽。

我的小城，秋天时，五花山姹紫嫣红；冬天时，银装素裹。在我离开小城的日子，每天都会想它，以及小城里我的亲人、朋友，还有那些我熟悉的日子！

在小城，我的梦落地生根，就像石头也能绽放出美丽的花朵来！

写于 2017 年 7 月 26 日

2017 年 9 月 7 日发表于《今日绥芬河》

2. 小城悠悠

有一条河蜿蜒流经黑龙江、吉林两省，然后流入俄罗斯境内，最后经符拉迪沃斯托克（海参崴）向南流入日本海。这条延伸的河流，有一个诗一样的名字——绥芬河。"绥芬"，满语是锥子的意思。绥芬河里生长着一种尖锐如锥的钉螺，满族人称这条延伸的河为绥芬河，说："该河系山溪性河流，水流落差极大，弯曲迂回处也多，其形状如同链子，故得名绥芬河。"绥芬河这条跨越国界的河流将中国和俄罗斯紧密地连接在一起，它在蜿蜒流淌中书写着"东方旗镇""国境商都""百年口岸——绥芬河"。

24 岁那一年的夏天，大学毕业后为了工作，我坐上了通往绥芬河的火车，那一年是 1991 年。绥芬河与家乡不同，这里有很多欧式建筑，包括火车站，虽然规模不大，但欧式风味浓厚，这是我初踏这片土地的第一感受。我来到这里的第二年，也就是 1992 年，国务院批准黑龙江省绥芬河市为中国首批沿边扩大开放城市，这将会使绥芬河这座城市走向俄罗斯远东地区，经由东北亚这条大通道，和日、韩、东北亚区域，以及北美等国家和地区握手相拥。绥芬河迎来了它的划时代巨变。

在市政府的统一规划下，政府办公大楼巍然耸立在北山脚下，站在大楼前的台阶上远望，绥芬河尽收眼底；向东是大光明寺，它护佑着这座城市；继续向东是国门，门上有"绥芬河口岸"五个大字和中国国徽，大门敞开，两侧风帆，气宇轩昂，寓意走出此门，扬帆起航，它身后一二百米处就是俄罗斯。当年规划的北海公园，现在在盛夏、初秋的夜晚，湖光山色，迷离多姿，人们在腾起的霓虹中放松心情，在那些个时光里感受城市文明。大量淘金的外地人蜂拥而至，一个个木材加工厂在绥芬河优惠政策下于建西、黄河路西、北山西等地落户；中东铁路，担当起新时代运输木材及木材成品的重任，每日隆隆，输来运去，小城呈现腾达之气；随着人口增多，市里提出打造新城、再造一个绥芬河计划，黄河路上一桥飞架南北，将绥芬河南北贯通，新华街跨线桥、黑龙江省第二大斜拉桥，将绥芬河东西城连为一体，通天路环型桥是在老城区、北山新区和贸易综合体之间架起的便捷通道，使三个区域形成了有机联系的整体；城市新旧隧道在悄悄发挥着作用；大楼如雨后春笋，拔地而起；各大商场商铺，俄罗斯人云集，俄货店鳞次栉比。绥芬河告别了"稀泥汤子没脚脖"的过去，迎来了一座焕发青春气息的边陲小城。在新时代里，绥芬河走在前列：国家为绥芬河投资建设了电气化铁路，绥芬河人坐着舒适的电车，去往牡丹江、哈尔滨，去往远方。

　　我时常去绥芬河最大的西餐厅——马克西姆西餐厅吃西餐，置身于优雅的环境中，在举止间感受着优雅，偶尔会看到俄罗斯女孩儿，金发碧眼，如初春的冰凌，超凡脱俗。俄罗斯人的浪漫为这座百年口岸敲响了动听的音符。吾心经处，情丝悠悠。

　　我常常一个人走着，走在黄河大桥，走在斜拉桥，走在环形桥，走在人工湖每一处弯道，走在冰天雪地，任风肆意扰动我的衣帽，却动摇不了我的赤诚——绥芬河，我的第二故乡。吾心经处，烙印着她的腾飞和沧桑。

写于 2016 年 11 月 13 日

3. 小城之秋

　　小城今秋来得早，就如今晚，外面下雨了，雨丝丝缕缕，在黑夜昏黄路灯光里！小城在哭泣！多情的小城，我能做什么呢？我愿今夜无眠，陪伴你的风，你的冷，你的这一轮回的秋雨！

你可知，我来时，那一年是 1991 年！

大学毕业后，我一个人，带着梦想，坐上了火车！火车开往一座小城——绥芬河！来时，兜里有母亲为我辛苦攒下的 200 元钱，有一个自己努力学习 10 多年得来的大学毕业证，还有我的青春，其余都是未来！

来时，小城在深秋！

那一年，小城的秋天，就像我 24 岁的青春，阳光暖暖的，后来那些希望燃烧的日子就跟着那个秋天开始了！

我就像小城臂弯里的孩子一样，日复一日，享受着小城的爱！在雪染的风霜里，欢歌、奋斗、挥汗！母亲，你懂我的！我瘦瘦的身体里，包裹着一颗火热的心。26 个寒暑里，三尺讲台，坚实的脚步，我来来回回，未曾远离。狐死首丘！一个人，一旦投奔一座城市，这座城市便是她人生的起点，也可能是她人生的落幕！在这样一个地方终老一生，青山埋骨！

在那个有青春的季节，我和小林相识于前后桌，后来，他为了我，早我一年来到了绥芬河，来小城等我，等一个陪伴他一生的人！那个秋天，我们同诵《上邪》！第二年的秋天，女儿，我的小小生命，来到了我们的世界。从此，我的心，像刚蒸熟了的芋头，洁白、柔软、热乎，三个人牵手在一间屋檐下，晴也同舟，阴也同舟，心里的雨瓢泼成河流，仍笑对人生，即便身处最落寞的秋！

"父母者，人之本也！"生养之身，不能离我太远！来到这座小城后的每一天，只要空闲下来，就想着把父母接过来，过好日子！毕竟，他们也跟着岁月渐入人生之秋！辛苦了一辈子，要老有所终！我来小城的第二年，姐姐一家来到了这里，后来侄女也到这里求学，再后来，我的母亲来这里定居，父亲冬来春回。小城，几度秋！

几乎我所有的改变和不改变，都在这里发生。还有很多的心愿都在路上，除了继续奋斗，无路可走！

窗外的柳吐露着最真诚的告白，在这个凉风摇晃柳枝的秋天，柳叶日渐泛黄，恐怕难以抵挡一场霜降了。

写于 2017 年 9 月 14 日

/ 故乡如兰 /

朋友，我快回家了。走了这么久，我知道，你会偶尔想起我，或者很想我，或者不知道我离开了。

出门在外，久了，就会对比，我住的外面是北京。北京，会给你一个不一样的自己，置身大都市，一切最历史的、最现代的、最前沿的，都聚集在这里，跟着陌生的脚步，感受着她的政治、文化、科技，以及处处林立的钢筋水泥。我的绥芬河似乎缺少这番气度和景象，它有着小家碧玉般的冰清玉洁，只是好像寂寞了些！

北京的3月，偶尔刮风下雨，带来春寒或风沙。只是更多时候，北京3月的阳光，仿佛经历了冬雪的过滤，一尘不染，干干净净，纯洁地亮在北京的天空，洒向人的身心，产生召唤的力量。跟着它的明媚，出行于北京各处，沿途，心跟着一树一树含苞待放的玉兰花，一簇一簇金黄的连翘花欣喜。3月的光，唤醒了万物，北京的春天来了，来得如此静默娇美。日日行走在清华园，除了在光里敬拜闻一多、梅贻琦、周培源、钱伟长，还走访了很多名人故居，如梁思成、林徽因的故居，钱锺书、杨绛的故居，当然还造访了朱自清那些年日日走过的河塘，此时虽无荷花开，但3月的光，正唤醒它的沉睡！待到蝉声响起，那时荷花满塘！在北京的暖光和新绿绽放枝头时，绥芬河正下着厚厚的雪。4月，是北京城一年里最美的时候，花开处处，温度格外舒服，雾霾的时候极少，有时候还很像家乡的天空，澄澈碧蓝。这个时候，老家路两旁一树树的花苞，还在忽然降温的寒冷中，经受着考验。

在北京，坐在家里，拿着手机，按着想法选择需求，各种外卖会把美食送到家里，快递小哥的服务很到位。在北京，想吃啥有啥，想买啥有啥，玩儿、看、学、保养、思想、眼界、大学，等等，都是中国一流的。可如果出行，没有开车，要一站一站地坐地铁，转上一两个小时是常有的事儿。如果自己开车，碰到出行高峰，一两个小时是过不去的。在老家，一个上午，就能逛完整座城市，然后打车回家，自驾车就更方便了！线车在固定路线里来回地跑着，几分钟一趟，没有颠簸的疲劳，自然会觉得安逸！

北京的人，很多，人山人海的，只要白天出行，地铁很少有空座位，更多时候，人多到站到门口还要侧着身，那些急匆匆的人流，晃动了北京城的各种存在和北京的经济。清华西门、中关村周围、宜家，是我经常去的几个地方，到了饭点，吃饭的地方，坐满了人，像徽菜馆这样的特色菜馆，晚餐时，要排队等候。再说说看病，来北京看病，要提前挂号，如果检查结果不乐观，需要做手术，那就要等着，等个三五个月，也是可能的。在北京生活，要保持清醒，要学会静候。小城里的人，吃饭排队只是偶尔的，饭店里多数时候会虚座候客，看病除了 B 超室需要排队，其余尽管来去从容。30 多万元，都能住上百余平方米宽敞明亮、装修一新的大房子了。

我喜欢北京，这里有中国最好的一切！如果我的人生可以倒退，回到 20 岁，即便苦，也要留在这里，和北京一起在路上！

老舍先生在《四世同堂》中写道："富善先生是个典型的英国人，……他已经在北平住过 30 年，他爱北平，他的爱北平几乎等于他的爱英国。"久住成故乡，如入幽兰室，历久弥芳。来北京的日子，天天想着，想着那个生活了 26 年的小城和温暖的日子！

写于 2017 年 7 月 27 日

/ 与时光同行 /

我喜欢"时光"这个词，时间与光阴，总是给我们很多经历，这些经历和经历里的人，给了我生命的光泽。

1. 夜色

没有人不牵挂自己的母亲，我也一样！无论多难，母亲在，我就好很多！无论多忙，每到周末，我也一定去陪伴我的母亲。母亲不容易，我时刻没有忘记！

母亲住在东山区，我住在北山区。周末陪母亲洗澡、吃午饭、唠嗑，有时候会在一起吃晚饭，然后我再回家，因为周一我要上班，上班的事是一定不能含糊的！每一次从母亲家出来，如果没有下雨或雪，我都要一路向北，走着回家！

有人说，重复做一件事，往往会拖垮人的兴趣，消磨掉人做事的乐趣，并非所有的事儿都是如此！一年四季，我时时往返于从母亲家到我家的路上，每一次都开心极了，那是爱的力量带动了我的全部。穿着高跟鞋，走过一段过道，走过四小东侧小广场，沿着外运大库北街，向西北经由伊戈尔大厦，越走越快，越走胸腔也越开阔，走过一条南北畅通的大道，到了人工湖南游乐场，到了梦幻般的小城北！

那是一个四通八达的游乐场，南面出口一条路直通市里步行街，东南出口通往东山区，北面的路环绕着人工湖，方向自己做主，西面一条小路直通迎泽市场。四周楼房环抱着游乐场和人工湖。东南角有各种骑车和游乐车，一旁有人在卖棉花糖。今天，这里并不繁华，略微有点儿清净，往日跳舞的人们和悠扬欢快的音乐不知了去向！

坐在长椅子上，看夜色中的小城人，以及小城人的生活。一个穿着一身红黑花衣服的七八岁小女孩儿，骑着一个不大的绿色小怪兽，在游乐场里唯一一棵树下绕着圈，头发随风扬起，神气成天使的样子！两个孩子在玩碰碰车，母亲在车旁陪着。一个母亲和她六七岁的儿子坐在电动车里，电动车唱着动听的歌，母子两个在时光中快乐地飞转，云在天空堆积成厚厚的雪，慢慢移动。这个傍晚，当我行走的脚步停留在这里时，我发现，这世间，最爱你的人，是母亲！母爱，是时间里的善良，岁月里的力量，就像今晚电动车上的小男孩儿，等他长大了，遇到了羁绊的事，他也许会想起今夜，今夜的童年里，身旁坐着的母亲！

坐在椅子上久了，忘了天越来越黑，恍然醒悟，急忙站起，沿着人工湖北边的栅栏，跟着波光，向西阔步走起。每一次走到这儿，我都要放眼远望，城市被夜幕笼罩，天空低垂。走了一段路，上了一座小桥，这是绥芬河唯一一座水上桥，我常常带着怜爱之心抚摸她的小巧孤独的身，也会轻轻告诉她：有我，还有很多个热爱行走的人，来这里陪你，你在，我就会来，他们也会！

有一种喜欢是我为你照相，把你带走！来来回回，照了又照，可每一次照下的都不一样。小城的光，变幻莫测，湖上起起落落，现而今，不知什么时候，水上电影成了历史，只有留在水里的残骸，在变幻的光中尴尬成伤心的样子，世事变迁，将来，我也会成为一堆废弃的物品，被丢在不知道的地方，沉寂成黑暗。任何人，都没有理由不可一世！

写于 2017 年 9 月 18 日

2. 出行

火车在铁轨上滑动着，这一天，无论温度、阳光，还是空气，都提供了出行的理由！

我跟着火车起起伏伏地行走在路上！

火车前往牡丹江市，牡丹江市有一个英雄故事——八女投江！牡丹江市有知名的堰塞湖——镜泊湖！牡丹江市有一条弯弯绕绕的河流——牡丹江！牡丹江市有安逸温暖的情怀，朦朦胧胧的雨天里一街一街、一道一道的人家，有寻常人家里寻常人的日子！它的周边有林海雪原、中东铁路、百年口岸！

车上人很多，每一个座位上都坐着乘客。我喜欢窗外，窗外的风景，像一双温柔手一样，轻轻抚慰我隐隐痛痛的心！金秋的山坡，树叶呈现着黄、红、绿、灰等多种颜色，相间在火车带动的两山，跌宕起伏的山峦像铺展的巨幅刺绣，如泼下的华彩，一坡一坡如波浪般起起伏伏的锦缎！流淌着一坡又一坡赤橙黄绿青蓝紫的光，带着我的情感飞奔！车和我与这壮美的山，在时间隧道里匆匆相遇！铁轨和枕木像动漫般穿梭又离去，如同穿身而去的青春！原来，出行时除了脚步，还有万般景致，和一段又一段奔腾起伏的心！

女人，大多喜欢商场，喜欢商场里的衣服、鞋子、首饰、化妆品，看了又看，试了又试，选了义选。从牡丹江百货大楼一楼一直逛到五楼，但凡自己相中的，每一样标价都不菲！突然感觉，原来，自己一直生活在尴尬中，我努力赚的钱，永远也撵不上正在上涨的物价！

走出百货大楼，沿街道前行，去往南湖。南湖，湖水较浅，在夕阳的光里闪着金色的波！我被吸引到桥身，跟着它千娇百媚的柔，留下我这一次出行的脚印和时光。离开时，回头望，南湖在一座桥下蜿蜒，岸边高耸着绿树高楼，它们相映成我莹润温馨的记忆！

和城市沟通得多了，心就会融入它的世界！放眼望去，街道宽阔整洁，建筑井然有序，绿化树流动的色彩与午后的心情共舞，隔离带穿着华丽，延伸着城市风情的身姿！路上的行人稀疏也稠密，跟着理想匆匆缓缓，在城市的街道，在我的视野里！车辆多而不挤，给予我心灵的空间，我觉得这里的一切，明丽而有节奏，从容而又安逸，牡丹江人，有着自己的福气！

脚步穿越斑马线，走上了江南大桥！大桥连接城市部落，总有一番气度和景象！我投入它厚厚拱起的桥身，依偎向汉白玉的桥翼，抚摸它的金色镂空雕饰。牡丹江舒舒缓缓的静美，闪着多情的眸，经由江南大桥，从远方来，又流向远方！

当站在桥上，就像站在城市的一个高点，产生了自己也是一个"像"的想法，仿佛我是桥下的流水，也是晨起的雾，或者是远方的模糊。我是谁，我和红尘美景相拥，也来过，也没来过！50岁时，因为许许多多事情堵住了去路，也因为许许多多事情奔涌而出，我开始了写作，写那些一直深藏在岁月里的往事，写多了，岁月便薄了，离最初的自己也越来越近了。可我今天在这里，未来又在哪里期许！

　　坐在返回绥芬河的火车上，火车启动时，也启动了这一天我跟着光行走的情思！

写于 2017 年 9 月 22 日

3. 相遇

　　出行的那一天，不是太冷，我拉着我的黄色小皮箱，一个人，去火车站。

　　火车站离我家不远，很快就到了，进入大厅，过了安检，坐了一小会儿，就去排队，上车。只要生命在路上，脚步就难免匆匆！

　　绥芬河市到牡丹江市有一个小时的路程，原以为就这样平平静静地度过一段路程，可生活不管你怎么以为，它只负责它原来的样子。我的对面来了两个女人，穿着较时髦，能看出应该是娘俩，看表情，两人的心情不是很愉快。一会儿，那个年长的开始大声说话："你种我地，就应该给我钱，当初你答应我的，如果你不给我钱，我明年就不让你种了。我租给谁，谁会不给我钱？女婿凭啥不让我住你家？"果真是娘俩，母亲满肚子委屈，她的女儿好像心中有愧，在安抚母亲的情绪，但母亲一直安静不下来，说到委屈处，还哭了。我感觉周围的人都看向这里。说实话，个中缘由一定是有的，听起来都是钱惹的祸，听多了，还想也不全是钱的事儿，因为母亲的情绪一直高亢，会不会生活中的她一直这样，不懂心平气和。对我而言，越来越老了，也越来越喜欢理智，情绪只属于年轻时，那时，很可爱。

　　下了火车，拖着皮箱，走过长长的出口通道，然后又走过长长的入口通道，过安检，入站等候，我要去北京。候车室里坐满了乘客，我想找个地方坐下，这样可以避免站着的尴尬，有一个座位恰巧空着，我就坐了下来。坐在冰冷的椅子上，看着候车室里的人，觉得这世上，能同时容纳这么多普通人的地方，除了电影院，就是火车站了。人多的地方，有一种乌泱乌泱的感觉，就在这时，右手边南侧传来骂人的声音，顺着声音我看到了两个年轻男子在往一块儿冲，旁边一个男子拽着其中一个，一个女子拽着其中另一个，被拽着的两个年轻人仍然奋力冲向对方，说着："这个座位是我的，我上趟厕所回来，怎么就是你的了？"另一个说："这是你家呀，我怎么知道这是你的座！你凭啥攥我？"候车室里站起来围观的人越来越多，两个人吵架也越来越凶，后来，警察来了，带走了他俩。于是，大家也都该坐下的坐下，该坐车的坐车去了。人生路上，诸多不顺的往往不是路，而是心中的气。也许这世间最消耗体力也最无意义的事，就是气儿不顺，和自己、和别人、和事情。我们常常感慨人生苦短，却忘了苦短的原因。

车上，人满满的。火车，同一时间，带着许许多多的人奔跑在生命路上，让很多人邂逅。我在晃晃悠悠的前行中，有些不适，只好安安静静地躺在我的铺位上。对付了两碗面后，也就稀里糊涂地到了晚上，狭窄的铺面，翻身都困难，只好保持平躺姿势，车身比较晃，不敢看手机，看会儿就有点儿恶心。闭上眼睛，进入催眠中。有人在听歌，有人在唠嗑，一个女人在宣传人生："活着可得想开，千万不能生气，我这些年不生气，身体好多了。"这段话说得极好。夜深了，我还在半梦半醒中，听着邻铺的呼噜声和右下铺的鼾声，还有自己的呻吟。这一夜，没有太多睡眠。当晨光洒向车窗，这一夜过去了，我们又迎来了新的一天！我下铺和右下铺的老哥也都醒了，下铺老哥指责我邻铺："这家伙呼噜打的，我一宿没睡，那声音才大呢。"好像也在说我："我上面这个妹子就一直哼哼。"大约8点多，大家都起床了，我们坐在一起唠嗑。下铺两个老哥的孩子都在北京安家了，他们去帮着照顾孩子的孩子，中铺小老弟英俊帅气，唠嗑后知道，他是生意人，卖家具的。谈话中，他反复说一句话："现在做买卖没有前几年舒服，钱不好挣了。"一夜未眠的老哥大发感慨："人生过于匆匆！"路上，因为遇到了不同的人生，自己的人生也从模糊中醒来。

回来时，女儿和我同行，一路上，有了这个美丽可爱的生命，心里眼里少了很多事情，只要有你就好。遇人遇事，和蔼低调，也遇到了好心人的帮衬。

行走在人生路上，每一程都会教会我做人做事的道理，扪心自问，修心修德，方得始终！

写于 2017 年 10 月 5 日

这一组散文 2018 年 3 月 30 日发表于《上饶文艺》

/ 雪冬 /

我在寂静的时光里，等待着一场冬雪的到来。在我的北国，雪来了，冬天才真正地来了。

天在雪降下之前，总要打扫一遍人们的心灵，于是乎天降小雨。"一场秋雨一场凉。"雨的凉，凉入肌骨，最后杀退万物生，真正的荒凉景象到来了，连枯黄都显得可贵，一切植物除了万年松外，都只剩下枝干，跟着凉风摇晃，在这番景象里，雨就直接落向心头。动物也躲藏了起来。慢慢地，一切开始冰封。

我也仿佛开始了冬藏，将往事尘封在记忆里，喜欢一个人静默思考！

心意沉沉成寂寞的午夜，窗外起起伏伏的温度，还有冷风，看来，天气不够友好了。常常是雪来之前有征兆，仿佛即将分娩新生儿一样，难免会有阵痛。

一再降温之后，雪来了。只可惜，那一天我在上晚课，没能充分感受今年的第一场雪带给我的诗意。课间，我的学生边高兴地喊着"下雪了"边跑出教室。我走向窗前，打开窗户，望着窗外正飘着轻盈的雪花，雪花舒舒缓缓地落向校园，扑上孩子们的笑脸，俨然成了校园灯光下一个个透明可爱的精灵！

雪静静地飘向小城，飘在寂静的夜空和我疲惫的梦里，飘了整个夜晚。

我从酣睡中醒来，天还没亮，现在是后半夜丑时，窗外却亮着白光。我驻足窗前，这是小城唯一一座四合院，所有人家灯都关了，楼顶被下了一夜的雪呵护着，一盏红灯泛着微弱的光站立在雪中，车库房顶、地面、台阶，还有台阶下的一辆辆车，每一个白天时裸露着的表面，都覆盖上了一层厚厚的雪。

11月7日立冬，昨夜是11月9日，在立冬两天后，雪来了。雪啊，你可知道，我等你时，你已经在我的天空、我的睡梦中，翩翩起舞，千朵万朵的情怀，把夜空照亮，成为北国最有诗意、最纯洁、最浪漫的情人，带着最厚的温度。看着那厚厚的雪，冬天就不冷了！这也是今冬的第一场大雪。

当另一个清晨到来时，阳光明亮，雪挂满了一棵棵、一排排柳树，"忽如一夜春风来，千树万树梨花开"。雪覆盖了一切污浊晦暗，空气清新，那些个昨日枯萎的蒿草，戴上洁白的雪帽；秋日里的五花山换了颜色，远山披上了薄薄的素绢，有一点儿舞动的韵律和说不出的冷。今冬的第一场雪没有挺过两天就被回温的大地和天空收回了，这几天气温偏高，暖洋洋的光，没有了冬的气息！

北方人有一种惊喜是南方人难以体会的，这份惊喜会跟着晶莹的雪花脱口而出："下雪了！"小城入冬后的第二场大雪，来得急匆匆，一阵紧似一阵，很快，洁白的雪花飘成了厚厚的一层又一层。

原本要去山中看雪，可这入冬后的两场大雪停留得都没多久，就被阳光收成了水，雪斑斑驳驳在小城的暗处。这种不够酣畅的雪景总会让我情不自禁地怀念起我小时候农村的大雪。

那时候，当我从温暖的被窝中醒来，拉开小北窗的窗帘，小窗户已被厚厚的雪堵得严严实实，母亲已经把炕烧得热热乎乎。我听到了木锨"哧溜哧溜"的厚重声音，父亲在用木锨推雪。推开房门去上学，雪厚过了膝盖，白茫茫，亮晶晶，厚厚的覆盖着一间一间的茅草房，覆盖了远山和大地，保护着房里的温度，保护着山河和土地。走在上学的路上，每迈出一步，都很吃力，一会儿就走得浑身是汗。我的鞋、裤子、书包、手闷子，都挂满了雪，空气被雪清洗，阳光里充满了雪的清新味道，我的步子很慢，心却无比欢快，喜欢那又冷又有大雪的冬天。学校停课清雪，我们把雪堆积成一堆又一堆，形成一个又一个的雪山，然后我们把帽子扣在雪堆顶，围脖围在雪堆上，把从家里带来的黑色、红色、黄色豆粒儿按在雪的眼睛、嘴和衣扣位置上，一个个的雪人厚墩墩地墩在我那时的校园里。第二天，我们还会为雪人穿衣服，雪人活灵活现，个性鲜活，成为我冬天世界里另外的一种生命。我爱冬，爱冬天里的大雪。那时，雪给了我童年和青春的纯洁梦想；那时，雪也格外清香。幽远的情怀，包裹着我内心的世界，让我爱上北国，爱上北国的冬天和大雪。那时，我们堆雪人，打雪仗，玩雪爬犁、脚滑子，快乐成了冬天里的金丝雀。那时候的冬天够劲道，雪也极酣畅。

也许，雪明天又会来，但无论怎么样，也很难寻那时的雪和那时的时光。可我仍然喜欢走在雪地里,听脚下雪"嘎吱""嘎吱"的声响,那是来自心灵的天籁之音。

我在这个冬天,也仿佛要开启一段冬眠的日子,去和雪邂逅一段美丽,感受大雪纷飞的天堂!

有雪的冬天,如诗如画,如清冷美艳女子的芳华。

写于 2017 年 12 月 5 日

2017 年 12 月 6 日发表于《今日绥芬河》

/ 那一年 /

那一年，我经常一个人行走在绥芬河的街道上。

那些个日子，生活里发生的事情，就像乱飞的雨。混混沌沌中，忘了季节更替。

在一座城市住久了，你会慢慢地依赖上它，比如，一座桥、一座寺庙、一个湖、一座山，以及一片小白桦，自自然然地来，又自自然然地回。走路，可击碎心中的壁垒。

那一天，窗外的阳光，亮着白，天蓝成了高远，是的，绥芬河的天大多数时候是蓝色的，蓝得人心澄澈。好天气呼唤我走向街头。在街头和我家小区的出口处，有很多人，卖东西，买东西。那些摆在地上的萝卜、白菜、土豆、青玉米、青黄瓜、青辣椒、青豆等，摆满了生活。走过这里，向东进入正街，街南、街北是两栋楼，楼下是一家紧挨着一家的小饭馆和小商店。20年前和如今，崭新与斑驳陈旧。内心和风同行，沿着路，随着想走走的心，走到了小广场。广场很小，四周高树环绕，有一个出口通向大路，这里的春、夏、秋三季的夜晚，一曲又一曲的音乐轻扬，老人们跟着乐曲转动、起舞。那些树木年年岁岁，经历过寒冬的禁锢后，有过孢芽的希望和流着鹅黄嫩叶的豆蔻年华，更有过枝繁叶茂的流年和绽放的色彩。如今，叶子枯黄，落叶满地。一棵树的叶子飘飘零零地轻轻地拐了弯，飘向另一棵树的根，落叶满地，叶子的黄，是硕硕的金秋。

我最喜欢的日子，就是把自己交给自己，尽可能让"身"跟着"脚步"在一起，行之所致，心之所依。

家是我的栖身之地。天寒雨雪，我都会感谢我的屋；艳阳高照时，我的心就会飞，想跟着以天地为家、时时雀跃的麻雀和燕子一起高飞，绕着那远处的大山，追随野花，拥抱森林。羡慕它们，离宇宙、本真那么近，风来雨来，可以做自己。

有一天，我应朋友之约，走出家门。我一直忍受着肩周炎带来的疼痛和不方便，也一直习惯着。上午9点多到了朋友处，朋友和我说："你的肩周疼痛，是因为肩周有炎症。""为啥会得肩周炎呢？"我不解地问，朋友说："五十肩，年纪大了，劳损所致。"我明白了。"为啥有时候有撕裂的疼痛？""因为里面粘连了，再次撕开就会有那种痛感。"肩周炎主要的还不是时时疼痛，而是不能自由活动，那种不方便，更多的是力不从心。

我从朋友处出来，外面的阳光明晃晃的，在这暮秋的时节，处处亮着暖，有着明媚的光。我走下那道又长又宽的台阶，走上街道，右拐向一个坡。那个坡，我来来回回，越走越兴奋。如今，落叶漫山之际，亭子、沟壑、山坡，铺满了黄，绒绒又绒绒。叶子一片片、一层层，泛着金光，有一种柔柔的静美。我想躺在它的怀里，那感觉应该是善良的。

我也爱黄河大桥，它不必和谁比，只是我熟悉它，它也在见证着我的生命和热情，在我和它的来来回回间；我也爱从未谋面的河流——绥芬河，这是宿命，走着走着就相遇了，相爱了，却未能有过一次相逢，只是一直这样流淌着，在生命里，在情感的日记里。一座老房子、一座桥、一个城市，处久了，就会有亲近感；一种寄托，久了就成了不离不弃。有时候，不会与人相处，环境就会在默默中走进心里，走进生活，就会和心灵呢喃低语，我也会在情感里和它相依。

那一年，我离开这里，出去办一件家中的大事。那些个需要用身体和心灵扛起的日子，差点儿改变了我，我只是在心里不停地默念着："一切都会好起来的！""人来一世，再难，也要好好活着！"说来奇怪，人在困难的时候，就会回忆。会想起熟悉的老屋、小桥，想起窗外经年的老树、从阳台探出的烟囱，以及那缕缕炊烟。只要是生活，就都暖心。

我在父母姐弟我们共有的家里生活了17年，17岁时，我去离我家较远的市重点第四中学读高中，之后便如浮萍般无根。只是读高中的几年里，母亲因为我是女孩子，夜里，忙了一天了，本该倒下就睡，可母亲却牵挂着我，甚至设想了我遇到了什么样的伤害，常常对着夜晚想了很多。那时没有任何通信方式，母亲想知道我的处境，就只有去学校看我。母亲没有时间，时常让姐姐带上很多煮好的笨鸡蛋和母亲炒的榨菜丝去看我，望着姐姐瘦瘦小小的身影，我思量了很久。晚上，寝室的同学都睡去了，我在想我的亲人……

当我在人生最难的时候，我的亲人们，给予了我帮助，每份帮助之于我就像一个人走在寒冬里，遇到了暖屋。侄女说："我们回民主，爷爷第一句话就问：'你老姑还好吧，回绥芬河了没？'"

那一年，真的很难，但都成了岁月。

写于 2018 年 3 月 13 日

/ 春生物华 /

冬雪，漫漫飘向温暖的村庄，跟着地球的转动，去了远方，告别了天空，脚下的土开始萌动；蚂蚁用纤细的触角敲醒了禁锢了一个寒冬的记忆；房后大柳树下，小松鼠听到了万物呼吸声；洞穴里可爱的小獾子抖落了冰尘，掀开春光的日历；蚯蚓跟着泥土的复苏，开始慢慢蠕动。春天，爱的使者，赋予一切生命重见光明。

我听到流水声，西河在悄悄地融化，来不及思考，跟着回温的大地奔腾。小树，褪去枯黄，吸吮着大地母亲的乳汁，孕育着枝头的蕊，微红；枝丫间小小的苞，渐渐地跟着光，泛着鹅黄，稚嫩的、绒绒的，抱着树干和枝头；西山坡一些小小花儿在草中、树下、河边伸开它们纤细的腰身，打开含羞的笑脸，柔美成心头的软，那是我童年的记忆，最美的田园山林。

春天的阳光，像我身体里欲飞的风，河边的柳轻轻地跟随春风，山坡也在鹅黄中流淌着嫩绿色的光，空气里，有湿湿的味道，有树叶新生的气息，有泥土的芳香。

家乡的春天，是恒久的。无论走多久，也无论走多远，它永远地驻足在心头，在寒冷的冬天，也能看到当年的山花、河边柳，听到布谷鸟的声声啼鸣。后园的樱桃树沐浴春雨，小叶如梅，春意浓。

去年，因为家中有事儿，我在北京过春天，方知在另一个大城市里，它的春天花开簇簇：有着洁白或深粉的玉兰花、金黄色的连翘花、微粉的迎春花、白色的梨花。它们开满了清华园、北大西门，开满了北京的一街一街、一路一路，开满了大北京城。我恍然明白了林徽因"你是一树一树的花开，你是人间的四月天"

的情由。

那是半个月前，我站在小城国贸城正门处台阶下等通勤车，忽地天空飘起了雪，雪跟着风，在空中，旋转，向上，向下，一朵一朵的，无数朵晶莹的雪花儿飘满了我四周，又慢慢降向山城，落向房顶、树枝、街头。在料峭春寒中，我站在街北，站在国贸城门前等通勤车，和春雪这般邂逅，仿佛间感觉春天的到来不会久远了。

小城 3 月，我也常常一个人，坐在窗前看外面的世界。这冷冷的天和白白的雪在 3 月将万物覆盖，无论如何，温暖的时光来临还需要一段日子，可只要有阳光，只要地球不停止转动，那个唤醒万物生的春天，一定会来。

外面堆积的雪化成了流淌的水，水漫溢街巷。当我们吃惊于一夜醒来的芳草、嫩柳时；当我们还在瑟瑟中期待春天时，土地已经开始像母亲一样，用身体的温度孕育着生命。

原来，什么都不用急。地暖物华，万物只懂得应运而生，从未含糊。

写于 2018 年 3 月 16 日

2018 年 4 月 12 日发表于《今日绥芬河》

/ 恒久的春天 /

我环着我的小城千回百转，心疼那些个被包裹的树苞和已经开了的花朵。也许有一两天温暖的光，每一棵树的苞就都绽放成了花，满树的枝枝丫丫，嫩绿中透着孩提的气息，在每一个枝头快乐成长，也像可爱的少年在春光里奔跑，嬉戏，欢乐。只是，小城热了一天之后，转眼又降温至零度。楼房被冷成了雕塑，在瑟瑟寒冷中我听到草在土里哭泣，寒冷中柳枝摇晃着。有些花在有阳光的那一天竞相媲美，只是缺少鲜艳，有点儿惨白，后来在寒冷的逼迫下，花瓣惨淡，失去光泽，略带沧桑的苦味。

也许小城忘了，现在已经到了5月，立夏已过，还是阴阴雨雨，尤其每天清晨醒来，满怀一夜睡眠后的希冀，打开窗帘去迎接万丈光芒，却只有阴冷的感觉。

于是，我就像一个留守儿童一样，在一切可能的事情上寻找爱，寻找春天。沿着西路慢行，伫立柳梢爱抚微微的绿意，欣喜一树惊艳的梨花。

在祖国的大东北，呼啸的北风常常包裹着每一种植物的生机，万物只好将迎着阳光奔跑的力量藏在深处。我和一切生命一样，在寒冷中抱紧自己，仿佛沉寂成凝望漫天飞雪的双眸，只是生活给了我一种力量，那是埋在身体里的种子。"绿杨烟外晓寒轻，红杏枝头春意闹。"诗句里的春景，在这个阴阴晴晴的小城，也曾来过。冷艳的小城，达子香开得虽说不够热烈，但也以自己的姿态，迎接生命的又一轮回；布谷鸟不知从哪儿来，在高声呼唤着"布谷""布谷"。春种、夏管、秋收催促着热爱土地的人把腰身俯向大地。

蓝莹莹的天发出召唤，恰逢周日，我和女儿、侄女一同去白桦林湿地。路上，女儿和侄女两个年轻人手牵着手，说着话，蹦蹦跳跳地触碰高高的树梢，偶尔停下来，坐在露天椅子上沐浴阳光，畅谈生活，身心放松的状态在脚步和行走中流动。这让我想到了《论语》中"莫春者，春服既成，冠者五六人，童子六七人，浴乎沂，风乎舞雩，咏而归"的句子，这是3000多年前孔子的弟子曾皙描绘的最理想的生活，也是我心中的愿景。在这温暖舒适的日子里，我们走向天地，放空一切，郊游，亲近阳光，亲近脚下的栈道、木桥、流水，走过木桥，走过栈道，走向起伏连绵的天长山。

我们对生活的爱，就是恒久的春天，无论阴晴冷暖，都会火热。

写于 2018 年 6 月 4 日

2018 年 5 月 31 日发表于《今日绥芬河》

/ 城市光影 /

这座小城，有着我生命的光影。

1. 日月湖

盛夏时，我常常于周末，或没有加班的傍晚，走出家门，走向小城的北海公园。

当初我家住在小城北，下了楼，走出四合大院小区，经由南大门，就走向了街道。沿着这条街道一直向东走，路两旁的树枝繁叶茂，格外有生机。有一段路，路南有一个小公园，小到一眼就可收纳无余。多年过去后，这里的树木郁郁葱葱，小径通幽，静谧中自有一番意境。这景象之南是一块很小的平地，傍晚时候，借着光亮，老人来这里，舒展他们悠扬的舞步。

夜幕中，那一片水影晃动的银色月光，就是北海公园的中心——人工湖。远远望去，静远的湖光在小城北延伸。我走下了路，穿行在一片绿茵中，走过鹅卵石子铺成的小路，穿过一条横贯东西的街，走过一座只有一块儿木板搭成的小桥，到了湖堤。

沿着湖堤，走上一条南北路，左面一个大湖，在高处，右边一个小湖在低处，沿路走上一座水上护栏小桥，到了湖的南岸。当顺着南堤向西走，就走到了湖的低处，再回望，大湖水轰轰，经由桥洞流向小湖，形成壮美的瀑布。

大湖、小湖间有着纵横的小路和台阶，我喜欢在它们间来回穿行。防水堤上从缝隙间钻出来的一棵棵青草，透着城市生命的力量。诗人刘宛若在《回望那棵树》中写道："最终，我还是离开了那棵树，原来，做一株小草，心胸更宽阔。"就这样简单的诗句，曾在我心境沉闷时，挽救过我。

小木桥，在小湖西侧连接湖的南北。我在小木桥上来来回回地行走，把一颗热爱的心印在这里。小湖上制作精致、逼真的荷花，日日夜夜亮在小湖最东堤岸。湖上快艇、小船，像湖的音符，奏响诗情画意的乐章。晴朗的日子里，有人在小湖岸钓鱼。

大湖在上，和小湖相比，自有胸襟。湖面开阔，湖水粼粼，有君子之气。最喜晴空之时，万缕阳光扑向湖面，湖水如银光涌动，如星星闪闪，也如纯洁女子的眼眸，一顾倾城，再顾倾国，也很像我身体里的诗歌，给我泪水，给我多情，给我无休止的憧憬。

小城人热爱生活的样子便有了小城北的热情。晚饭后，或三三两两结伴而行，或一个人慢悠悠独处，或着一身白装，或着一身红红绿绿的大裙子，手拿着荷花扇，或一身运动装，步履轻盈如燕……每个人用自己的样子，编织着小城北的梦境。沿湖踩着青石路，触碰着余荫绿柳，享受夜风拂过湖波的惬意，更多的人涌向大湖湖北和天佑大楼之间的草坪和广场。

广场也有一大一小，最东侧有梳着大辫子的女子在耍大鞭，空中传来甩鞭子的声响，响彻夜空；东面交际舞场地的舞曲在"蹦恰恰""蹦恰恰"节奏中旋转。

周末时，这里有很多孩子在玩耍，大孩子骑自行车，在广场场地沿边兜圈；小孩子在母亲的呵护下，坐在电动车里，转着圈；不大不小的孩子骑旋转木马，一上一下，在光影中旋转流年。

广场中间的三棵树，并列站立，有两棵树并蒂而生，在湖光映衬中尽显温暖。湖光泛着粼粼波纹，仿佛细碎的金子在流动，湖面平静，湖北侧青山中大光明寺隐隐约约，红宇绿树，高楼耸立山脚下，万物，共融共生。

北海公园，通往四面八方，没有园门，大小湖被命名为日月湖。

一个人行走，模糊和低迷的日子，跟着行走逐渐清晰明朗。

后来，我搬到了城南，穿过城市楼房的投影，将脚步深深埋向街道，内心向北。

写于 2018 年 7 月 26 日

2. 北海光影

当我想和一个人说话时,那湖光就又来了。

下了楼,沿着山城路,向北。路上,是热情的生活。一个人走路,会体会到更多的感动。走过那么多的店铺、商场,走过一条又一条横街,和一中的东墙擦肩而过,经行四小东侧小广场,到了天佑街,左拐,就看到了下午时闪动着的湖光。我又开始了雀跃,阔步向前,偶尔停下,看看路旁栅栏里的蒿草,看看北面的青山,默念于隐没青山中的大光明寺。

沿着熟悉的路,不停地行走,草的味道跟着风来到鼻尖,进入体内,进入心灵。湖东绿色的草坪铺展着许许多多的希望,坦荡、淡定、安详,与世无争。走到青青草坪旁,一个男子坐在草坪上,面朝湖水,旁边有一条通体雪白的大狗,他们在一起听音乐。

每一次来到这里,都有不同的收获。

沿湖边走,垂榆的影和光铺在小路上,湖面的光跟着脚步,或明,或暗,或闪动着金色,或流动着粼粼银光。风徐徐吹来,轻轻吹动我绿色的花裙,轻轻拂过我的肌肤,再抬头看看澄澈透明的蓝天,微微摆动的榆树和午后的阳光共舞。

在放慢的脚步中看到了燕子飞翔,燕子在桥北路东靠近西岸的湖面上,俯冲向湖面,打了一个旋儿,又飞向高空,鸣叫了几声,好像呼唤伙伴,然后转身又飞向湖水,离水很近,又飞了起来,它们的快乐很单纯,只是喜欢湖和晴朗的天。

倚靠着桥身,湖面凉爽的风吹来,风送来湖水和阳光的味道,草木之香从裙间流出。

走过水上桥,回头望,顿觉人间安宁,莫过于山水、轻风。

广场上三棵树站在晚霞中,我面向着它们,沉思良久。

北海的光影在心头婆娑着,美丽的生活开始了。

写于 2018 年 8 月 4 日

3. 城市灯光

冬天的绥芬河，很冷，但一定不是地球上最冷的地方。对于我们而言，说到寒冷，会想到北极，想到用冰盖房子的因纽特人。你看每一个出行的人，或穿着貂皮大衣，或穿着厚厚的羽绒服，捂得严严实实。地面的某些地段已经结冰，明晃晃的，像一面镜子。最冷的时候，寒风刺骨，锥面。

好久没有走路了，我的小城也仿佛离我渐行渐远。室内只是栖身之地，不可久居。人，最终该归属于天地。

我穿上灰蓝色长款羽绒服，戴上黑色辫子帽，挎着深蓝色挎包，迈开步子，走在绥芬河的冬天里。

校园里，除了在教学楼门口遇到我的四个学生外，再没看到人影。整个校园笼罩在一片黯淡中，唯一的光亮来自校门口外的路灯。下午 4 点 30 分，天黑了，整个城市的路灯都亮起来了，站在城市南山的高点，俯望城市，灯光，温暖着城市的寒冬和希望。

走出校门，站在灯光中选择方向，一条大路径直通向北方，灯光昏暗，下坡，坡陡，路滑时缺少缓冲；另一条路我沿着时光常常走过，出了校门右拐，直通东方，路起起伏伏的，路两旁的灯，指引方向，于是，我选择了向东走。

这条路，除了灯光，就是路，然后是我，还有城市里的楼房。当越走越快时，就会觉得这世界真好。一个人走在这路上，没有世俗的声音，没有熙熙攘攘的人群，没有空洞的灵魂和拥挤的心。灯光，泛着红，给了我坚定的步履和决心。

前几天，在哈巴罗夫斯克做生意的姐姐发来视频，姐姐说："我的亲人们，看，这是哈巴夜景。"跟着一段舒缓悠扬的 "happy new year" ……一座城市，在音乐中宏伟壮丽，哈巴罗夫斯克夜景，充满梦幻。看着视频里的梦幻的光影，把这座城市照亮，不觉感叹：慢慢地，城里人已然没有了黑夜和白天的界限。

走在灯光里，想起往事。24 岁时，我像出嫁人一样，嫁给了这座城市。那个时候，小城黑夜是黑夜；28 年过去，当小城夜幕来临时，处处亮着灯，如星光闪烁。走在小城的白天、黑夜，也日日夜夜思慕芳华，不忘安插心灯，期待在这个美好的时代，尽量拒俗。也如这灯光，当一盏一盏亮起时，心也跟着明亮。这世间，最难寻的，不是孜孜以求的，而是极容易获得的，同时也是极容易被忽略的。

行至黄河大桥，站在桥上远眺万家灯火，不觉心潮澎湃，如果今生有幸，生命能走很远，我将去很多很多的地方，去很多很多的城市，去看城市里的灯光和灯光里的城市，用记录灯火的笔记录生命的足迹。

写于 2018 年 1 月 8 日

4. 天空下着雨

走在城市街道，去往五线车站点，天空下着雨。

城市的雨，带着幽怨。擎着一把伞，雨就在头顶，不停地落下来，落在了撑开的伞上，发出均匀的雨滴声，有点江南多雨季的缠绵情丝，依依不舍，又敲打着孤独，仿佛在述说着心中的苦楚，不停地流着泪水，泪水落下来时，落在了我行走的伞上，又何尝不经由我潮湿的心境呢？

许久以来，告别了过去的自己，慢慢地，在读书和写作中刷新日子，在旧日和新日的交集中，我的心情也一阵儿一阵儿的。是的，我们的日子，如此匆匆，转瞬即逝，曾经那个多梦的女子，已被岁月沉淀。一个人站在雨中，品味秋雨，体会从岁月中走过的滋味。

雨仍布满了城市的天空，落向城市的高楼、街道，城市空蒙清冷。

雨一刻不曾停过，三天前就这样下着，路上已有了大大小小的河流。

流淌的雨水和天空的雨滴碰撞着，瞬间碰撞出一朵朵像酒盅花一样的花朵，这些水花，跳跃成城市的音符。在有雨的城市，可以静享清新的风吹来的惬意和跳跃的水。

五线车来了。我坐在靠近车窗的位置，看着晶莹的雨滴滴在玻璃上，玲珑剔透，隐隐情怀写满了那一方窗口，跟着飘飘洒洒的思绪，形影相随。我的城市，梦幻迷离，从骨子里散发着浪漫情怀。窗外的雨、树、人家、天空，模糊朦胧，细雨的情感弥漫了城市的季节，和在雨中穿梭而过的行人。

任何时候，我们的内心都要归向宁静。

城市的雨，淅淅沥沥地下个不停。中元节的早晨，我站在站点等通勤车，雨

"噼啪""噼啪""嘀嗒""嘀嗒"地敲打着手中的伞。街上，大小车辆开始奔跑，一个女子，背着黑色双肩包，穿着白色运动鞋，阔步穿过街道，一座城市的豪迈，跟着她的脚步起起落落，越走越远，风雨无阻。是的，生活需要一份信仰，一种决心。

通勤车来了，收伞上车的瞬间，雨浇湿了头发。

我爱着这蒙蒙细雨，上过两节课之后，举起花伞，徒步走向我的城市。雨中，仍沿着春天、夏天、冬天走过的路，谱写我的快乐。或驻足，闭目呼吸，空气的味道甜到了飘然欲飞；或站在城市绿化树下听雨，拍照；或站立在城市的斜拉桥远眺，远山在白茫茫中隐隐显现，水笼罩了城市，有了雨，有了抹不去的情丝萦绕和浩渺。绥芬河和哈尔滨、石家庄、株洲、鹰潭相同，同是一座火车拉来的城市。此刻，火车拉来的木材、煤和城市，都在雨中安静成画。

一路上，我想了很多。在生命的路上，各有各的路，大树要奔向蓝天，小草要抓牢泥土；文学的意义，在于给生者指路。我们的世界有太多的诗情画意，一定要多留意，才会拥有细腻的生活质地。如果不是行走，怎会知道雨中的城市正在唱歌，那是青春的曲子，美丽又惆怅，婉转也悠扬。城市的细雨，是城市的情人，布满了我的思绪。

夜晚，窗外的雨，撒向城市夜空，撒向城市人的心头。多少人，在落雨的夜晚，心里有着莫名的忧伤和期盼，也有着轰然的鼾声。

在这座城市，人们为生活奔波，万千光影书写城市的繁华。

这一组散文 2018 年发表于《远东文学》

/ 夜雨敲窗 /

梦中我听到了盛夏树叶摇晃唰唰的细碎声，声音在一阵儿紧似一阵儿后，不觉打了个寒战，醒来了。唔，这里现在是北京夜深的时候。

挂在阳台的衣服正在风中摇摆，阴风生凉，我被冷醒了，于是想着去关窗。擎起的左手落在窗子把手上，凉风穿身而过，看到了一个个豆大的雨点正一个一个地落在窗上，它们就像天使的泪水，一滴一滴落在玻璃窗上，然后流进了我心里。昏黑中，昨夜的万家灯火跟着暗夜的到来休息了，只零星地亮着的灯在雨中亮着或白或红的光。

在持续 38 摄氏度高温的仲夏之后，昨天迎来了小暑。"倏忽温风至，因循小暑来。"昨天晨起就凉爽舒适，二十四节气里的每一个节气都能准时如约，每每到了交换节气时，就在心里暗暗敬佩古人，他们对节气的测算，准到一天都不差。感谢小暑的到来，这个温和的小暑，如此深得人心，在我，和每一个受酷热考验的人心里，你如期而至，送来清风凉雨，在夜里轻轻敲打着我的睡梦。天怜人苦，暑中送雨。

雨笼罩着这个夜晚，在高处俯视，自会心生"会当凌绝顶，一览众山小"的气度。向下看，小区井然有序，车位、隔离带、人行道、游乐场、高楼，在熹微中不言不语，人们也陶醉在"久旱逢甘霖"的喜悦中，此时不知亮灯的窗里的人家在做什么。灯光代表着希望，同时还有更多的无可奈何。我在窗前平视，一望高楼林立，再望钢筋水泥，即便在炎热的时候，这些高楼大厦看起来也没有什么温度，只是冷漠，更何况在这个下雨的夜晚，有种冷冷的寂静，也仿佛在表白着什么。想起童年时雨落屋檐，如诗，如画，如我的梦幻。"君问归期未有期，巴山夜雨涨秋池。"刷着微信朋友圈，看见朋友大超说："家乡的雨一直下着，天冷到像深秋。"我却期待"何当共剪西窗烛，却话巴山夜雨时"的美景。

出来时，蒲公英的花儿像一张张稚嫩的笑脸，肉嘟嘟、胖乎乎的，开在校园的草坪上，开在我徒步走过的路旁，开在有阳光的日子里。现在它应该长成了一个个白绒绒的球儿，绒球儿里装着蒲公英的种子。蒲公英的种子，跟着风走，在哪里落下，就在哪里安家，无欲无求，简单铸就辉煌。我走在路上，看蒲公英的花儿开得正浓，感恩这几日惦念我的朋友，为我送来故乡的消息。

现在还不是醒来的时候，窗外的雨也渐渐停了。只是，在有些时候它悄悄地来到我窗前和我说："岂非人有意，落雨亦明恩。夜深来窗前，敲响故乡音。"

写于 2018 年 7 月 28 日

2018 年 8 月 2 日发表于《今日绥芬河》

/ 校园记 /

傍晚时候，城市仍然细雨蒙蒙的。我一个人，走进校园，东角门近日没开，我从西角门进入，顺路右拐，向西走上红色地砖铺成的甬路。甬路很宽，右边站立着高高的李子树，在诗雨中享受难得的安静，路北去年种下的杏树、樱桃树等，高高低低的，树脚下是大片大片的车轴草，开着白花，花并不妖娆，只是像一个个苞，花期已过，要回去了，回到来时的地方，回到种子的样子。

这条路，就我一个人，花儿鲜艳得热闹。小波斯菊开在路北草木之旁，很像金色的太阳，闪着光芒，它的花瓣不是很大，团结于花心，很像一个小小的向日葵，只是它只有八个花瓣，也很像那些个有着阳光般的笑脸。我知道，不要在乎开在哪儿，能够按照自己的样子照亮大地和天空，就是生命。

抬头看向西边的天空，天空仿佛是疲惫的老人，用力沉向大地，看看天边休息的云，知道这一天即将落幕。只是小鸟儿眷恋光明，翻飞在校园西北角的蓄水池上，鸟飞方知天高，物华顿悟地阔，放眼望，方知宇宙浩瀚。

不觉脚步已至池旁，蓄水池中有大半池的水，虽算不上清澈见底，但周围绿树、高楼倒映水中，仿佛一半是青山、清波，一半是人间，影随风微微晃动，仿佛绿波晃动天空。走到池旁看到，池中静处红色金鱼在慢慢游动，也许一场寒冷要来了，我撑着黄黑花伞，站在雨中和它说话。这个傍晚站在这里，想起了两年前，那个夏天的下午，我和几个同事走到这里一同赏鱼的情景，如今有的去了外地，有的仍坚守在这里。慢慢地，一路同行的人，最后却天各一方。

转过身来，左拐面向南方，放眼望去，瓷砖铺成的水渠从南径直向北，两旁的树木，或高或低，或俯或立，或娇媚或盎然，只是不似夏季时张扬，在沉思内敛中绽放着或绿或黄的叶子。这渠和这树木，直通向南山，与山相继，与天相连。

踩着渠旁的甬路石子，沿路紫色的玉簪花、金黄色的金鸡菊、红色野百合大片大片地开着，春天我在灿烂阳光下给它们拍照时，它们还只是些小草，时间会改变一切。这所学校，2010 年搬过来，至今八年过去了，当时的狼藉景象已逝，花草树木在岁月中繁荣。八年来，一批又一批的学子来到这里，又从这里出发，将奋斗的身影留给了岁月。

我要去上课了，说到底，这不只是生存的事儿。

写于 2018 年 8 月 11 日

2018 年 11 月 15 日发表于《海丝商报》

/ 冬日阳光 /

许多年后，终于明白了道理，只是明白得有些太迟了。

有一天，我沿着校园外的高墙行走，我的右手边是一面高高的墙，左手边是通天路，我在这两者之间行走着。可以说，一面是洒满阳光的绿化带，另一面是挡住阳光的高墙，也就在这行走间去接受一个浅浅的道理：人走在这阴阳之间，看你把心交给哪一方。

小艾比我晚一年来到这座城市，来时，她的风光就像太阳下的金丝菊，鲜艳着绽放的情怀。相了很多次亲后，最后和自己喜欢的人结了婚，幸福也就仿佛开始了。两个人恩恩爱爱地去边界线别勒洼散步，牵手走在夕阳中，然后去"海鲜锅底"捞捞海鲜，一同去百斯特大超市往家搬东西。小艾的男人会在小艾吃苹果时，突然抱住小艾，对她说："你真好看，以前我怎么不知道你就住在我的隔壁。"小艾的男人叫筱鞞，有着音乐天赋，他就像爱他的音符一样爱着小艾。只是，筱鞞除了音乐和爱，再无其他，小艾也没有工作。后来，两个人重新选择了自己的另一半，结束了没钱的日子，也结束了一段美好。小艾再无纯洁，筱鞞再无音乐。

绥芬河这几年经济不景气，房子落价，不知道要落到何时，人越来越少，木材厂也受对俄贸易进出口政策的影响，许多小厂被迫合并，这些是房子落价的根本原因。眼看着曾经能卖上30万元的楼，现在也只能卖十几万元，还不好出手。我被迫将住了近20年的北山兴绥楼卖了，换成了钱，来到街里的房子居住。搬出来快一年了，昨天突然心动，想起了卖出去的老房子，想起自来绥芬河就住在那里，不觉间，想得心切，就请假出来，一路向北，我想回"家"看看。走在冷风中，那个久住的老屋凝聚成冬日暖阳。那时，我躺在床上，冬天的阳光从西窗照进来，照到我的床上，照到我的梳妆台上，温馨的生活装满了我的全部感受，幸福就来了。可自从装修了新房子，换了地方，家的感觉也换了，新家只是住的地方，再好也没有了随遇而安的舒适感。或许这就是很多人安土重迁的原因吧。冬天的阳光照满了新家的客厅和南卧室，可心仍在老房，只是老房已经卖了，买它的人家日子过得很好。

冬天的阳光格外温暖、明亮，一年四季，唯冬光闪烁。正如我在人生低谷时，他人的一个微笑，就能点燃我的全部憧憬。如果人生能顺风顺水，该多好，可生活有自己的想法，它要苦你心智，劳你筋骨，饿你体肤。那年，我在多事之秋里苦苦挣扎，熬的是心血、意志、健康，熬到消瘦，同时却也熬出了宽容和善良。在冬天，我们心里要装满阳光，才能熬过去，熬来春天。如果被误解，也无须解释，将来有一天明白了的，才是最好的解释，虽然那时也许一切都晚了。

写于 2018 年 12 月 15 日

/ 生命的回声 /

从牡丹江市回来，下了火车，绥芬河市已经亮起灯火。出去走走，走着走着，就想家了；出去走走，走着走着，就回家了。

有人说，无论走多远，有爱的地方就是家。我爱这座城市。

我对这座城市，没有一见钟情。可在这座城市里，拼过从未拼过的劲儿，流过从未流过的泪，走过从未走过的路，蹚过从未蹚过的河，喝过从未喝过的酒，爱过从未爱过的人。那座老房，那个屋里的人，那条街，那座桥，以及桥下的流水，都成了我生命里难以割舍的一部分。

这座城市，记录着女儿肉嘟嘟的小脚丫，憨憨甜甜睡在小床上的模样，她奔跑过的小院，她第一次喊"妈妈"的地方，我们手牵着手走过的那条马路……这一切，就像一条河流一样，流淌着生命的回声。

今夜，山城清冷安静，左手边通亚街通向小城的中心广场，街两旁流淌着红蓝色的光。高挑的路灯像夜的眼睛。路上只有四五个行人，那个手插兜阔步过街的男人给了这个夜晚一番气度。高楼里一户户亮着的灯光，让人心里暖暖的。宁静的夜色中隐隐约约听到街对面传来了二胡的乐曲声："琴声悠悠，何人黄昏后。"走过街道，看到一个男子，坐在街对面的拐角处拉二胡，《二泉映月》忧伤的曲调传得很远，也许那个男子在为生存拨动琴弦，活着的人，都有自己的眼泪。

有一幅温暖的画面映入我的视野：女孩儿梳着吊角辫子，看上去10岁左右，穿着红色短棉服，她的母亲看上去不足35岁，身着花短棉服。母女二人贴着山城路东中俄商厦楼前的人行路玩踢口袋。我站在夜晚的微冷中，看到她们母女抬头，踢，向上，翻转。那一瞬间，我很羡慕：一起玩儿，一起长大。

相比之下，为了把工作做好，我陪女儿的时间却很少，甚至可以说没有陪伴，这是多么残忍的事情。一个幼小的生命里，一个幼小的心灵里，没有这样一幅温暖心灵和生命的画面，日后靠什么抵御遇到的风雨和冷酷。这些遗憾，但愿能成为一种成全。

小时候，我和我的小伙伴都是玩口袋的高手。我们抛口袋，一开始两个口袋，一只手抛，口袋上下飞舞，玩得不过瘾了，我们两只手玩三个口袋、四个口袋、五个口袋，那是一段毫无顾忌的时光。今夜，在小城看到的，是我的旧时光。

那些逝去的日子，都是美好的。那些正在发生的事情，都将成为未来温馨而有意义的回忆；那些即将发生的，即将成为改造命运的契机。

路走得再远，有些人和事儿总是在身后召唤。怦然心动的一刻，热情似火。

那个久住的乡村，住了很久的城市，里面蕴藏着生命的故事。

每逢过年，这座小城里的大部分人将大箱小箱的俄货装进私家车或交给快递，然后载着积攒了一年的心愿和奋斗，奔赴返乡的路，回老家过年。年前十几天，大小俄货店火热到沸腾，封箱的胶带声声如爆竹。到了腊月二十八左右，小城俨然成为空城，这座移民城市，有自己的过年方式，清冷、寂静。那平日亮起的灯火被思乡的人带回故园，街道上不见一个人影。今年，父母去哈尔滨姐姐家过年，侄女回了老家鸡西。在这座城市，过年时一大家子仅剩我们一家三口。经历了许许多多的磨难和考验后，在这座城市，有过风，有过雨，有过闪电，有过炸雷，有那么一些时候，一不小心，我们三个就会走散，或走丢了一个，只是因为，有那么一些日子，有那么一段路，我们紧紧地抱在一起，一起哭，一起笑，一起抵抗黑暗，迎接光明，一起感受生命的点点滴滴。所以，勇敢地向着未来行走。过年，就是一家人围坐在一起，不用担心任何事，安安稳稳地吃团圆饭。很多看似应该的事情，要通过家人的齐心协力去维持。

沉寂了一旬的小城，在正月初八时开始升温，回家过年的人陆续返回，打烊的门店陆续开门。正月十五那天，我早早地起床，做好饭，收拾好家，和老林去广场等秧歌。在广场等了很久，没有等来红红绿绿扭起的秧歌，等来了越来越多的人，站在不同的地方，翘首以盼。快到11点时，秧歌车队倏然而至，人们的目光瞬间朝向彩车。下来的是俄罗斯人，黄发碧眼的俄罗斯姑娘、小伙子腰间系着翠绿和艳粉的宽绸子，在一位精神矍铄的中国老大爷的指挥下，他们按照自己对中国秧歌的理解，晃动起身体，有些滑稽，有些别致。地球就是一个家，无论什么肤色，什么口音，什么语言，只要和平友好，就是一家人。我高兴之余，拿起手机，和老林合影留念。

晚上 7 点 30 分至 7 点 50 分，北海公园放礼花。在中心广场建成之初，中俄贸易展、灯展在广场举行，在北山政府大楼前燃爆竹。也是那一年，我们第一次在正月十五游赏绥芬河灯火。我们三个人，去看我的城市，我的城市的现在以及未来。那一年，我的女儿七八岁，她的羊角辫上扎着粉绸子，打着蝴蝶结，她的小手热热乎乎地抱着我的脖子。那一年也有烟花，但没有今夜灿烂。

今年，北海的烟花，一个接一个，从北海公园的冰面，随着声声"砰砰"地飞向夜空，最让我心头柔软和澎湃的是红色绒球花，炸开时就像心头的希望"砰"然打开，又"砰"然一朵，一朵朵红色绒球花，相拥怒放，那升腾炸裂的红色火焰照红了夜空。一朵朵橘红的睡火莲，一朵朵黄灿灿的忽地笑，一朵朵绿色、紫色、白色、粉色的大葱花，一朵朵赤橙黄绿青蓝紫的八仙花、风信子。"东风夜放花千树。更吹落，星如雨。"今夜无风，星雨绚烂夺目，在天空炸开盛大壮丽撼人心魄的画面。日湖冰面闪着银光，湖上滚动的浓烟，升腾成天空美丽的球形花。冰与火，相生为璀璨的相遇。当我们一家三口携手走上天佑楼，看到了另一种感动：看烟花的人站满了北海公园的东西南北，几乎每一个人都在拿手机拍录这激动人心的时刻，手机的光一闪又一闪，很像夜空里一颗又一颗星星。星光荧荧，荧荧间闪烁着憧憬和热爱的情怀。我被万般感动后，只记录下一句话：纵有万千词语，不及今夜我的小城万般星辉。

在这繁盛景象中，心中装满了太多感动。感谢自己在支撑不下去时那份坚持，才有了今天一家三口共赏盛世繁华烟火的夜晚。在家人生病的日子，我们除了坚强，还要相信未来。也许仅因为不放弃，也许仅因为一边流泪一边努力，希望就在悄悄酝酿幸运。

2019 年发表于《北方文学》第五期

/ 行走的夜晚 /

那一天，天已很晚，天很寒冷，可我想一个人走走。

夜晚，城市沉睡，街道前后左右，没有一个人影，树影也一动不动。寒冬腊月，边陲小城一直没有飘雪，在夜里双眉紧锁。我是路过这里，脚步声和呼吸声打破了夜的宁静。当一个人拥抱这个夜晚的时候，就会特别注意这座城市。高楼里的灯火热闹且安静，给夜行人提供想象的温度，那些亮着的灯光里，会有人在灯下写作、读书，用一笔一画的方块字化作生命的光，点亮生活的暗处。

这个沉寂冷静的夜晚，格外审视我的脚步和心灵。走到了海融公寓楼身后的小广场，单双杠都安安静静的，秋千也一动不动，宠物狗已安然入睡，结束了讨好和欢欣，倒是想念起夜深时的几声狗吠，汪汪或旺旺，总是有几分生命的力量与警醒，或者温馨。

走着走着，不知什么时候，心开阔了，头也不疼了。这座城市有着迷人的魅力，有着宽宏的气度，在近夜深时，为我亮着回家的灯。我想回敬给母亲一个拥抱，是的，做子女的，最对不起的人是父母，好久没有看望父母了，他们两个老人，相依为命。我们姐弟虽天各一方，却还像小时候一样，心系父母，紧紧围绕着老人的生活。父母，生我，养我，然后放飞我。

父亲前段时间生病，一直是母亲陪伴左右，我只偶尔忙里偷闲地去看望，交付看病的钱，然后又急匆匆走了。最惦念父母的是我的二弟，我的母亲从不叫二弟乳名，叫二弟时称呼老儿子，母亲的口头语："老儿子，大孙子，老太太的命根子。"我们懂，所以，也跟着母亲心疼二弟。夏天时，母亲生病，面对母亲痛苦的样子，我无能为力，后来，我给母亲跳舞，母亲乐了。

这条路，显然比白天宽。我们要适当地在夜里出来走走，这座城市，小巧别致，有着别样的浪漫风情。小城人，恬然自得，他们因为这里安静，选择来这里栖身。世界很大，有高山、盆地、平原，有热带、亚热带、寒带，我这里属于寒温带。这里没有首都的神秘，每一次去北京，我都像进了迷宫；回到小城，也就回到了家，家是存放安全感的地方，可以让人停下惶恐不宁的脚步。你看，今夜，我可以如此放纵，一个人，享受这座城市。千恩万谢，这座城市有我24岁的起点，如今，28年已过，在近30年的时光里，我一天一天地理解我的城市，见证我的城市的发展，然后我一天天地老去。

《夜有夜的眼泪》就诞生于那天的夜晚，当我走到那条主路，路上仍然只我一人，很期待有一个人陪我，然后，就这样走，只是，这个人，必须合我心意，这是个问题。那就降下一场大雪吧，从小到大，雪一直陪着我，它每一次到来，我都会喜悦。水泊梁山的历史，一直热闹着，比如那家小酒馆，我日日经过，日日能听到好汉的歌。路上，四季轮回，不管行人憔悴。

继续走吧，一条街横贯东西，道北的一排饭店，赤橙黄绿青蓝紫的条绸幅在用力地扭动腰身，轻柔的好处在于无风也自欢，何况，此时已起凉风。我们都有自己的时间，释放激情和活力。看着这一切，不觉想到了告别什么，比如坏情绪，不觉想到了自己一直喜欢听、唱的一首歌《快乐老家》："跟我走吧，天亮就出发，有一个地方是快乐老家。"许多年后明白，"快乐老家"是我的故土，是我生命的起点，是有爱的地方。是的，一定要找到我的"快乐老家"。于是，即便在没有星光的夜晚，我依然能用眼泪照亮前方。

活着的美，就是能在一个夜晚行走，然后，跟着行走的夜晚，走向光明。

也如我今晨随笔写下的几句：好一个折花柔笑，如何做到？这世间纷纷扰扰，欲止愈增，只可将三千心事赋笔端，任风流。

写于2019年1月2日

2019年发表于《丰泽文学》夏之卷

/ 记一次读书交流会 /

我在小城，记录感动。

那天读书写作交流会的主持人是董茂生。董老师安排陈华第一个发言，陈华没有答应，于是就从张伟东开始了。

张伟东在绥芬河经营一个饺子馆。他有关照情怀，对我很好。今天，他从经典作品讲起，他把好作品比作特仑苏牛奶，之后结合王善常的小说《鹰翔》和"在场主义"讲了文学创作的精髓"去弊、敞亮、本真"。后来，他讲了发生在他身上的一件真实的事情，涉及的问题是学校教育和对学生要多些同情的问题，这和《鹰翔》的主题一致。张伟东每天辛苦经营着鼎都饺子馆，可从未放弃读书和写作。我家和他家的饺子馆仅一墙之隔，他家饺子馆那边有个超市，我去超市买东西，来回间，经常看到他坐在靠南角的桌椅旁低头读书。我在窗外看到这个情景，觉得饺子馆隐约中，飘来了书香和饺子香，飘进我的心灵。

2018年端午诗会后聚餐，陈华敬酒时的一句话记忆犹新："在这个群体里，还得靠作品说话。"端午诗会后，陈华写了很多作品，发表于《北方文学》等刊物上。那次聚会知道了陈华写作的情由，她对文字的情感来自自我拯救，后来成了乐趣，如今成了责任。她从20多岁写作，写到如今，已48岁了，小说创作达200多万字，出版了一部小说集。2018年11月11日，绥芬河《远东文学》举办首次"书香山城"读书写作交流会，会上，陈华交流的题目是"我与阅读"。这只是交流会，在这个边陲小城，一群一同构筑精神家园的人，围着读书写作的大桌子，坐在一起交流。思想和情感碰撞，认知与体验融合，不去在意深浅多少。鲁迅说过："一条小溪，明澈见底，即使浅吧，但是却浅得澄清，倘是烂泥塘，谁知道它到底是深是浅呢？也许还是浅点好。"上高中时，从练习题中读了这段话，当时，对这段话很感兴趣，后来，每每遇到一些事情，就会想起鲁迅的这段话，瞬间就会清晰，即便浅，也要选择小溪，因为小溪坦诚。陈华发言最感动我的一幕，是她谈她的写作体验时，谈到了抄写，她结合莫泊桑的小说《月光》谈抄写过程中对神父形象的认识过程。这时你看陈华一边手拿着稿，一边翻着书朗读那段神父走进夜色时的描写，她读得很动情，谈得很努力。那一幕，感动我的是她的样子，那认真的样子，藏着光辉。

这条小溪后来成了江河。

在写作的路上，舟自横对我帮助很大。第一次送我《远东文学》杂志的是舟自横，第一次送我很多书的也是舟自横。舟自横还协助我在《绥芬河日报》上发表了很多文章，那些日子，我找到了"问征夫以前路"的感觉。之后，舟自横又送了我他的个人诗集《乡雨滴心》。

那天的读书写作交流会上，舟自横说："最喜欢刘恒那句：'一想到黄河，仿佛大象从天上走了下来。'这句想象很好，就这一句，我就喜欢他写的诗。"舟自横希望诗是形象的，能将情感和认知的弓拉满，然后，直中中枢神经，瞬间失控。是的，黄河曾经是大象的聚居地，是大象的故乡，不知道从哪一天起，黄河象从黄河流域渐渐地消失而去，但大象依然活在黄河的水声中。

想写一篇关于舟自横诗歌的评论，我对舟自横诗集的诗做过归类、写过旁注，但最终没有整理成文。读他的诗，有种想念。相对诗歌，他的散文，文字很有冲击力，充满爱和力量。

会上孙书林一言不发，他曾说过："好好活着，活着才能写作。"

不能忘记阿简，她的才华带着正气；齐锡武写作很认真；牟喜文讲了一个写作的秘诀——仿写；陈爱中对文学有着特别的笃诚，他讲了很多，尤其讲到文学的生命观。

…………

这是一群有温度的人，我在这个群体中，历练提升。这座城市，每一天都很明媚，读书人捧出月光，写作的人，把城市的灵魂照亮。

写于 2019 年 1 月 15 日

/ 一段路 /

有一栋楼，曾被粉刷成黄色。后来，不管它做什么用，都被称作大黄楼，有人还叫它飞机场，再后来，因为一个单位的到来，它又改了名，被称作报社。

昨天，报社搬家了，大操场东大草坪上，曾经枯黄的草还在，仿佛岁月的伤，要一点点治疗、痊愈，然后蜕变。

今天，我看到，往日敞开的报社大门，紧锁着，将一切拒之门外。

有一个朋友，单位搬家时，没忘了我，送我厚厚的两摞闲书，书闲与不闲，不重要，重要的是，朋友临离开这里时，告知于我，将闲书赠予我。

人海茫茫，大多转身而去，能留住哪一个呢，不过是恰好相遇而已。这天空，也许是一切为空的意思。想到从此，我在这里工作，却每天目睹空空的黄楼，昔人已去。这世上，还有什么不可原谅的呢？没有什么不可原谅的，一切都会结束，只要曾经开始过。

那天，我站在这座城市的高点，一个人，迎着东风，俯瞰城市。

这世上，能有人对你好，是一件难得的事儿。真诚待你的人，可遇不可求。

在落魄的心绪里，任天高地远，也不能平静。抬头，许多的伤感涌上心头。蹲下，看到了紧贴着土地生长的那片草，生命不管在哪里，它们都能静默地爱、静默地生，这不就是生命的意义吗？有很多感动，就在这无声无息中。你在与不在，我都在，你来与不来，我都会来。

就像我们自己，许多时候，我们对自己也不能有一个明确的定位，我是我自己，我是我的朋友，还是我的影子。许许多多的过往，都只不过是一段路而已。就像我们从北山走到南山，一路要经过红绿灯、黄河大桥，也要经过一个小公园和白雪覆盖的黄草地，还有抬头可见让人心仪的蓝色天空，还有那时的时光。我经过它们，它们也路过我的心灵。然后，我奔向我的方向，它们坚守着它们的土地和高度，只是，我们曾在某一个时间的一段路上，感受和沐浴一样的风景和阳光，这里有无垠的大地为证，还有窗外的青山、白雪。生命在彼此的交汇中，获得充盈。

最好的相遇，是给予彼此生命以水，让生命饱满、晶莹生动。其实，有许多的不重要却被看得那么重要，最重要的却常常被一些情感掩盖了。那个经由我生命的人，仿佛给了我黑夜，也给了我黑夜的星星和白日的万里光明。

然后，我把这一切引进我生命的河流。我还给它一个真诚的心愿："苔花如米小，也学牡丹开。"

写于 2019 年 5 月 18 日

/ 一生要搬几次家 /

我和很多人一样，喜欢安宁，但生活会让我们不停地改变航道。

说来也是，我在一而再，再而三的搬家中，没有建立起一个坚固的家，却建立了坚定的信念。

第一次搬家，是从大学宿舍搬回父母家，因为我毕业了。那一次，是我真正地回家，离开大学时，我有些不舍，这里是我人生的一个高点，我因为来到大学而从此改变了身份。图书馆，成了我心灵的栖息地。校园优雅的环境，曲径通幽，深沉内敛，时时给心灵上课。大学四年，我除了获得过一回"学雷锋先进标兵"称号，其他一切荣誉都和我无关，因而也过得非常安静，除了上大课，更多时候，我活在自己的世界里，常常一个人行走或读书。离开大学时，那个标志我大学毕业的红本，让我的喜悦，直通未来。离开时，我们要把东西搬走，学校限定了日子。我的东西除了大学教材，没有其他书，也没有过多的铺盖和衣服，简简单单地装了一大箱，同学帮我将包裹箱放到师大邮寄处。

第二次搬家，是我要去工作。大学毕业后暂时回到了我日思夜想的家。离开，永远都只是单程。离开家一共八年：高中四年，大学四年。这些年里，二弟义良去上大学；大弟义国结婚，一家三口住在西屋，父母住在东屋；姐姐玉珍也结婚嫁了出去。大弟、大弟媳妇和父母都对我好，可那不是我的家，一切都不能像小时候那样无拘无束了。我想，我得有自己的家。

那一次，我多么不想离开那个院子，那一次我带着母亲为我做的新被子，一个人前往绥芬河。

到了绥芬河，学校领导和同事对我非常友善，可除了学校，我还是没有安身之处，暂时住在学校单身宿舍。宿舍在教学楼西，低矮、简陋，偏于一隅。屋里除了我和同事，就是两张床。在宿舍住了两个月后，不觉到了10月底，天冷了，宿舍里也冷冷清清的。

我和男朋友小林商量，将家安到了出租屋里。那一年寒假来临，我回老家和小林结婚。那时候，我有过很多幻想，却没有幻想过我的婚礼和新房的样子。结婚回来后，突然觉得这婚结得有些糊涂，于是就又想着补救一下，重新租了个大房子，房子里有一张可以睡觉的自制木床，还有婆婆给做的两套新被褥。

写到这里，突然有了失落感，那时没有现在的感觉，那时有爱就够了。有爱的时候，世界都是自己的。

后来，学校给没房的老师分了房号。房号在东山，离我们出租屋不远。我家小林和姐夫在那个都是石头的房号上开始盖房子。绥芬河可以称为小石头城，有土的地方，石头和土一样多。等我抱着我刚出生几个月的宝贝女儿孟瑜，从老家回来时，房子已经盖好了，我有了自己的家。房子盖好后，因为我在婆婆家生宝宝辛苦，小林和姐夫把东西都搬到了新房子，按着他们的想法安放下所有的大大小小的东西。家里有温暖的北炕、大大的北客厅、明亮的南室、格局温暖的厨房，厨房前的门斗子挡住了寒冷的风。挨着厨房的小卧室仅能容纳两个人的小炕，我喜欢那个狭小的空间，常常搂着我女儿侧躺在小炕上专注地看着她。那些时候，我第一次感受到自己距离一个生命如此近，看着看着，喜悦就开始喷涌："妈妈用一生的努力保护你不受伤害，宝贝。"

我以为，那个辛辛苦苦构筑起来的平房，就是我永远的家。那时的我，不谙世事，不懂人间多变。

我的学校，因为学生越来越多，要盖一所大学校，后来学校盖好了，学校搬家，我跟着学校，要把家搬到北山。

这是第三次搬家，这一次搬家，几乎让我束手无策。一时间，看着每一间屋里的东西，就不想折腾了。衣服、鞋以及厨房里的大大小小的锅碗瓢盆，还有书，六七年间，不知不觉攒了这么多东西，不是搬家要审视它们，也许我仍然觉得家里少了什么。那敦敦实实的大冰柜，长长的布艺沙发，两套组合家具，还有许许多多零零碎碎的玩具、小玩意儿。看着它们，就看到了麻烦。

住上楼房，是我梦寐以求的。家是必须搬的，最搬不动的是我的女儿。她认准了，那个她从小就住的地方，就是她的家。

于是，我和小林不得不对女儿说："咱就是过去住几天，然后还回来。"这个住几天还回来一直留在我女儿的心里，后来，她长大了，不止一次地说："你和我爸说，过几天就回去，等我长大了才知道不可能回去了。可是我一直想回去。"在每个人心里，也许都只有一个家，那是童年时住过的房子。

那次搬家，我是快乐的，因为我有了三室一厅装修好的崭新大房子。到最后搬家时，搬上楼的是些日常穿用的，其余大部分都留在了平房，房子后来卖给了姐姐，姐姐后来买了楼房，把平房也卖了。搬家之初，女儿会时时地问起："妈妈，咱们什么时候回家啊？"我心揪了一阵儿，就又哄着她说："过段时间，过段时间妈妈有时间就回。"后来，女儿又问起很多次，再后来就不问了，直接说："你知道不回去了，是吗，妈妈？"我低头无语，心想着：是的，孩子，对不起了，为了工作方便，家搬到了北山绥芬河市高级中学对面，你的那个家已经卖了，回不去了，只是，我一直后悔，后悔过早地剥夺了你的世界。

在北山的新楼里，我们一家三口开始过一天比一天更好的日子。那时，心里有知足感。

那一年是 1998 年，我的家跟着绥芬河市高级中学搬到了北山。

接下来的搬家日渐频繁。五年后，女儿上初中，为了女儿上学方便，我把房子租出去，搬到了女儿上学的绥芬河市第一中学附近。女儿上初三的时候，要上晚自习，我将家搬到一中的道对过儿。女儿上高中后，我将家又搬回北山。一年后，绥芬河市高级中学由北山搬到南山飞机场，我将家搬到迎泽丽都一期，新高中道北。女儿考上大学后，我搬回北山，每天坐通勤车上下班。半年后，我因事不得不又搬回新高中道北。一年后，我再次搬回北山我的家。

女儿上大学走后，我家老林大多数时间在外地工作，家里只剩下我一人。在那段日子里，我常常一个人在清晨、午后、傍晚的时候，躺在家中的大床上，感受着阳光，阳光闯过斑斑驳驳的柳树枝叶照进来，光照到地上、床上，影子投在迎着光的北墙上，仿佛间，我躺在了诗意的天堂里。于是我常常在心里默念那句："三五之夜，明月半墙，桂影斑驳，风移影动，珊珊可爱。"我就像个开心的孩子，摇动墙上如梅花般的投影。

在那可以自由的日子里，我也常常沿着北山幽静的大路，一路向南、向东、向西，去梦幻般的小城北，追随天边红红的夕阳，融入北海日月湖醉人的光影。对那个三室一厅的家，我心里有着特别的依赖，总是把它收拾得干干净净，一尘不染。收拾干净后，我要站在西屋望向东屋，再站在东屋望向西屋，阳光装满了每一间屋子。

后来，在那个三室一厅的大屋子里，在一个人的日子里，我开始了写作生涯。

近几年，绥芬河经济发展有些低迷，房价就像解冻的冰块儿跌落，我把北山的房子卖了。由于房子收拾得干净，一个一家三代人的大姐，看了房子就相中了，但我一时间不知道将家搬到哪里。

我在街里有一间房，但是十多年来一直出租，我们搬进去住还要重新装修，买房子的大姐也急着搬进我的家。没办法，临时租了房子，开始搬家。这一次，又把多年来攒下的家具、家电都留给了买房大姐。我开始一屋一屋地归类打包。白天上班，晚上回家整理。在整理中发现，有些东西可以不留了。每次换季我们要为自己添一套新衣服，太久远的留着占地方，也不可能再穿了。但孩子小时候穿过的挑好的要留着，每一次看到那些小小的鞋子和衣服，仿佛间看到了孩子一点儿一点儿长大的过程。

家搬来搬去，也就看淡了栖身之地。所有一切都不过是一些身外之物，在一次又一次的搬家中，看清楚了哪些物质是不可少的，但一定不是最重要的。在搬家的过程中，我还积累了许多搬家经验。家，想搬就搬吧。

去年冬天，我搬进新家。在新家里我坚持写作，并深深地记得那些曾住过的每一个房屋，以及藏在房屋光阴里的往事。

写于 2019 年 10 月 20 日

2020 年 1 月 22 日发表于《丰泽文学》冬之卷

/ 雪从天降 /

今年立冬前的一天，我坐在办公室里。我的办公桌靠近窗口，记不清当时有什么事儿，办公室里只剩下我一个人，仿佛，大自然的一切都需要一份安静来体会它的美好之处。

窗外，小雪花像一个个小粉末，跟着风向东、向西，打着旋儿，又飞了回来，上下飞舞，白茫茫，飞舞在龟湖、小桥上、龟湖南面的山林间。

每当外面飘起轻盈的雪，总是会让我情不自禁地想到白居易的诗《问刘十九》："绿蚁新醅酒，红泥小火炉。晚来天欲雪，能饮一杯无？"仿佛间，一个小院子朦朦胧胧似有似无般浮现在脑海；山林中，天空的雪飘飘扬扬，竹篱笆包围着一间茅草屋，屋顶两个泥烟囱。屋里，一个火炕，正对着南窗，太阳照满了南窗，照满了南室，室内的四个角落种植着水竹、斑竹、刺竹、文竹、圣音竹、撑绿竹、龟甲竹、青皮竹、茶杆竹等，家徒四壁，墙壁沿着斜立的竹竿攀满了蔷薇、紫藤。这个幽静的南室里，住着一个诗人，诗人有一个朋友，常常在一些日子里来拜访。许久了，这个心灵的伴侣，不曾涉足他的小院。冬季的一天，大片大片晶莹的白色花从天而降，清冷的山林中，漫天飞雪，弥漫了他的世界，于是他依偎在小院里的一棵柳树下，打开双手，抬起双眸，和每一朵雪花相遇，转身，回眸，旋转，飞舞。

刚刚酿好的酒，上面泛起一层绿泡，香气扑鼻，红泥制作的烫酒的火炉正烧得通红，天色灰蒙蒙的，看来要下雪了："刘十九，你还好吗？你是否有这样的意愿，来到我这里，我们一同畅饮一杯？"

窗外，有着无尽的世界，透过玻璃窗，望着天地间飞舞的精灵，情思幽幽。

　　我们多么害怕孤独，可我们终究还是会孤独，所以，我们都有一个小院子。我的小院子，装满了我所有的幻想。院子里也常常洒满阳光，还留存着一个女孩子童年的声音、足迹。院子最美的时候，是雪从天降的时候。在一个睡眼蒙眬的清晨，小小的窗外，春天艳粉色的樱花，夏日翠绿的小菜园，秋天时父亲的黄牛拉回的玉米，黑土铺开的地面，都覆盖了闪烁阳光的白雪。那是一个宁静的山村，大雪来时，空气里传来雪花落地的声音，最响亮的是父母忙碌的脚步声。母亲早早地生火，烧好了饭菜，然后对着躺在热炕上的我们姐弟四个说："今天雪大，恐怕不能去上学，起来吃饭，吃好了饭，和父亲一同到院子里清雪。"父亲的木掀搓到地面，声音听起来就像父亲的情怀，稳重、安全、可靠。我们拿着小铁锹，东一下，西一下，有时候，趁着父亲撂下木掀的时候，也会拿起木掀，学着父亲的样子。漫长的冬天，夺走了后园鲜美的味道，麻雀也没了食物，它们成群地来到院子，啄食鹅、鸭的残食。于是，在清雪后的黄昏，在母亲煮饭的空隙，父亲拿起那个筛豆粒的荆条筛子，筛子的一边拴上长长的粗麻绳。我们姐弟四个躲在外屋门里，静静地等候了一会儿，饥饿的麻雀便蹦跳着来了，它们很警惕，东望望，西看看，呼朋引伴，传递着有食物的消息。我们在门缝里看它们，仿佛看到了我们姐弟，只是，我们有父母，便有了停泊的港湾。麻雀跳到了倒扣的大筛子底下吃父亲事先放好的谷子。等到十几只麻雀都到了，我们姐弟四个用力一拽筛子，支撑的木棍就倒了，麻雀被扣在了筛子里，然后我们撒开绳子，冲出门外，等到打开筛子，麻雀就又飞走了，飞向堆砌的雪堆。我还曾在雪地里打过滚，雪沾满了童年的呼吸。

　　这个冬天，小城飘下三场雪。那一夜静悄悄的，第二天清晨醒来，室内雪香盈盈，清明爽朗，拉开窗帘的瞬间，窗外"燕山雪花大如席，片片吹落轩辕台"，它们正在我的视野里大片大片地降落，难怪昨夜梦里温暖，一夜安眠。"忽如一夜春风来，千树万树梨花开。"雪白静洗了城市，因为云水动，所以雪霏霏；纯净可怡情"别有根芽，不是人间富贵花"。

　　雪花飘飘，可扫污垢，驱寒冷，暖人情——"柴门闻犬吠，风雪夜归人"。雪也可陪伴寂寥——"已讶衾枕冷，复见窗户明。夜深知雪重，时闻折竹声"。更可培养决绝傲岸的心底——"孤舟蓑笠翁，独钓寒江雪"。

　　2003年，那一年冬天快过去了，雪还未曾飘过。山棱黑黪清瘦，空气里充满了呼出的浊气，干燥中，灰尘不懂得内敛，替代大雪在空中飞扬。我的许多学生都感冒了。有一天晚上上课时，学生们突然间惊呼："下雪了！外面下雪了！"于是，教室里沸腾了："好大的雪花，好美的花。"于是，我们一同伏向窗口，仿佛看到来自天堂的问候，在旧日干渴的草坪上轻盈、欢快。雪来了，真的来了，终于来了。在北方，冬季的时候，不能没有飞雪连天。下课了，学生像蜜蜂飞向花朵般，扑入飞雪的校园，我在这时又会情不自禁地想起，雪里有白雪公主，也有卖火柴的小女孩儿。

"欲渡黄河冰塞川，将登太行雪满山""欲将轻骑逐，大雪满弓刀"，雪是志士豪情。前几日降大雪时，我的学生姜浩在走廊看到我说："老师，看，江山。毛泽东笔下的江山，'北国风光，千里冰封，万里雪飘'。"

如今，我站在学校办公室的玻璃窗前，在阳光的怀抱里，看着窗外的世界。雪覆盖着山林、草地、低矮木屋，冬雪中，那些年我们亲手栽下的松树，矮小如初，只是已舒展开，如梅枝和花朵。窗外，在雪天里，像一个温馨的家园。

冬天，我们不能不去爱雪，上天要温暖人间，大雪便从天而降。

写于 2019 年 11 月 30 日

2019 年 12 月 19 日发表于《今日绥芬河》

/ 太阳照过来 /

我们总是追求很多，却忘了生命本身。

1. 走在路上

今天还要坐五线车去上课，我喜欢这种带点儿自由的行走方式，在这看似不经意的脚步里，可以左看右看。路上的行人，仿佛离我很近，也仿佛很远，我站在这里，她从我这里经过。和很多人一起等车，那感觉并非孤独，也不寂寞，我们有时候会彼此相互看对方一眼，然后若有所思，只是一眼，就仿佛懂了些什么。有时，也会听到些什么，如果不是等车，就不会听到陌生人的心里话。记得那次，在奥普尔站点等车，听到身旁两个女人唠嗑，一个女人说："哎妈呀，你说，多长时间没见了你了，你咋瘦了呢！"另一个女人说："这段时间孩子要高考了，每天都可紧张了。人紧张，就会瘦。我心想着'快考吧，考完就好了'，我快撑不住了。"这话于我心有戚戚焉，于是，继续听。那个女人回说："还有几个月呢，熬吧。"另一个女人又回说："真的是熬，天天得哄着。就这一个，孩子好了，就都好了。"那个女人又回："说的是呢，你看那谁的孩子，才 30 岁，就没了，那谁老的啊，头发白了很多，很可怜。"另一个女人好像认识谈话中的人："啥时候的事儿，我咋不知道呢！怎么没的？""她谁都没告诉，我也是前几天遇到了她，乳腺癌。""不能呢，乳腺癌好治。""发现晚了，扩散了。"我听了两个人的对话，一下子，情绪就低沉了。车来了，上了车，我喜欢坐在车后高台位置上，这样，可以看风景，因为看得远，心里就格外敞亮。车里的人，拎着生活行走，大多为老人，他们拎着买来的很多东西，然后又拎着很多买来的东西来坐公交车。想到回到家还要做饭，我就不觉间感觉很累。好多人，一辈子就这样忙碌着。走着走着，就忘了什么。

那一年，我在一家肿瘤医院，目睹了种种痛苦的生命。一个做胰腺手术的大姐，经历了确诊的过程和期间心里的惶恐，住进医院，做完各项指标检查后，在上身锁骨处埋针，然后清腹。排泄药每隔十分钟一瓶，要在三十分钟内吃完，喝到第二瓶时就开始腹泻，直到腹空为止，这只是开始。之后，下排尿管，记得下排尿管时护士手生，几次都没能成，大姐泪流满面，一声不吭。这种管的安插有多痛都得忍着。手术也许只是睡一觉的事儿，五脏六腑都得拿出来，再放回去。术后疼痛，呕吐不止。唯阳光每天都顺着大玻璃窗照过来，一天一天地过。

出院后，我和大姐彼此牵挂。那个做肝脏手术的大哥，他在夜里的呻吟声，还时时地响在夜里。

2. 寂寞的春天

走在小城的春天里，千万不能急躁，要懂得天地会关照每一个生命的道理，才会在静默中一天天和春天相遇。

2017 年那一年，我不得不在北京度过了一整个春天。3 月初去，8 月初回。北京的春天，3 月一到，春光就到了，春风暖了，清晨的气息带着草木和水的味道，一觉醒来，窗外的树芽千芽竞发。偌大的清华园，玉兰花在我另一个清晨醒来时，沿着河堤开着一树一树的雪白或水粉色的大大花瓣。4 月末的一天傍晚，我沿着清华正门走出，一路走向北大校园，沿街处处是怒放的连翘花，树木绿成波涛。

那时，绥芬河气温虽说不似冬天那样，但零下十五六摄氏度是常态，典型的"春寒料峭"。人们穿着羽绒衣，还喊着："好冷，怎么这么冷。"那些个本应在 3 月就绽放的花草树木，却像紧箍咒般地将生命箍得紧紧的。偶尔阳光普照，天蓝蓝，只是昙花一现，随后的半个月里，天气又沉着脸，温度依然是零下十多摄氏度，狠狠地发冷。甚至偶尔会飘起鹅毛大雪，那是即便冬天，也见不到的大雪，覆盖着校园和校园南面的龟山。

　　因为有了对北京的春天和绥芬河的春天的比较，后来才更加明白"人间四月芳菲尽，山寺桃花始盛开"的地域差别。只是，越是被禁锢的生命，仿佛越有信念。所有的生命都在不声不响中，从未停止孕育生命复苏的决心。

　　因工作的原因，我的大部分时间，或者说我清醒的时候的大部分时间都在校园里度过。我的校园和清华园的阔气无法相比，但我的校园在绥芬河也是一个大大的园子。园中草木繁多，跟着日子，这个大园子里，总有一些植物会悄悄地记录四季。4月，还冷的时候，校园主路阳光大道两旁的榆柳，吐出鲜嫩的浅绿色，阳光大道格外阔气，腾跃式的，一路引领。于是，我更期待有生命破土。工作累了的时候，就常常走下楼，沿着校园文苑路从东向西行，路南的荒草里，还看不到绿色。蹲下仔细找，也没有看到。我的同事在微信朋友圈里，日日探寻春天的消息。看看微信朋友圈里所晒的花草之芽，就知道了心里有多少期盼了。行走的路上，我偶尔会蹲下，看那些枯黄的草，心里默念着："你们会绿的，一定，只是还不到时候。我不急，生命都有自己的季节，我知道你们会来，所以，我等。"和草说了一阵话，就站了起来，继续西行。这条路，仍是文苑路，路很长，走过敏行楼，站在文苑路和西边甬路尚高大道的汇角一望，就望到了路西边的垂柳，一路跟着路起伏。突然觉得，校园里的一切，宁静致远。垂柳在静静中，泛着粼粼的光，那是嫩黄色的奶酪，也是春天的消息。我选择了靠西南角的一块儿不规则的大石，坐了下来，面向北。想着这个偌大的校园，每一年都有新生入学，每一年都有毕业生离开。在一年一度中，时光飞转，我也即将告别这里，因而越发爱惜这里的一切。

　　进入5月中旬，大多数时候，温度在十摄氏度左右。但有一股子力量，正铆足了劲儿。绿芽从千枝万枝的一个个小小的出口，钻出来，探头试探。那些刚探头的绿芽，毛毛茸茸，弱弱地抱紧了枝头。

　　我在教室里备课、上课，很久没有出去了。在一个阳光明媚的日子里，我和同事子英在西边尚高大道散步，山桃花在宿舍的西边，开成一树的水粉色。瞬间，跑向它、拥抱它的花枝，与它合影，深深呼吸它浅浅的香气。校园西边长着一簇簇艳粉的榆叶梅，下午时候，阳光照过来，照在榆叶梅上一串一串鲜艳密集的花瓣间，粉色的阳光是榆叶梅的花瓣。而沿路的锦带花还含苞呢，苞是紫色的。在园子里转来转去，在宿舍楼西北处遇到淡雅芳香的丁香花。丁香花的花香传得很远很远，香远溢清。

弘毅楼和敏行楼间的园子里，有黑桦树、红桦树、白桦树，以及薄皮木和红瑞木，它们的叶子已经张开，风来叶摇。

各种花草，在5月末，长势旺盛。野豌豆长出了长须，叶子像豆瓣；狗牙根、蚂蟥草、野燕麦、苜蓿、节骨草等各种草覆盖了苍白的土。苣荬菜，开着焦黄的小花，一簇簇，抱团而生；蒲公英，却常常独自迎风霜，但一样地，在盛开的5月，覆盖着园地，形成浩大的金黄。

6月，园子里的草花、树花等各种花，就连白头翁，也结束了花期，开始孕育果实。等到秋天的时候，这里就真的桃李满园。那一串串紫色的李子，缀满枝枝杈杈。山丁子、花楸树的果实，红红的果粒结满了高高的树，在秋天的蓝天下分外醒目。

回头看，小城绥芬河，有着自己生命的状态，这状态告诉我们，天空的太阳不会忘了地球的每一个角落。

3. 死亡的森林

人在无助时，常会呼唤天地良心。每一次走在去往天长山的路上，路两旁的群山与我同行，同行的还有天地良心。

路西的山，仿佛离路很近，自然也距我不远。我无法看清山的面貌，只好一路领略它郁郁葱葱的绿色。这一面的植被长势茂盛，高大树木繁多，各自向上，争取日光，也就有了太阳的光辉。那大片大片的绿，就像阳光的河流，闪烁、流淌。我仰望他们，就像仰望那山头的庙宇。

也许生来就有这种热爱树木的心性，见到它们绿，我就快乐，那满山的绿，给了我漫山的欢喜。小时候，在农村长大，认识一些树木。那些高大、占地广、数量较多的树有松树、桦树、椴树、杉树，风过时，万树齐动，动开狭窄的心路。路旁是一排排的旱柳，沟渠中杂草丛生，白莲蒿、羊蛇、地榆、小叶紫苑等沿路抓牢泥土和阳光，山上有很多我说不出名字的草木。路东的山，在一片阳光赤白中，没有西山的气势。这一片，远处是山，山下是平地和沟渠。平地和杂草交错参差，有着说不出的滋味，荒野不是，田园也不是，也没有一望无垠。平地被开垦为田地，地里有李子树、杏树、樱桃树。春天来时，它们开花，现在已经6月中旬，花期已过，爱情的种子正在枝头成长。这一片地，虽乱而无序，却也有着生机。天地，盛纳一切活下去的勇气。

路上，看见大个儿的黑黑的毛毛虫，浑身的毛随着爬行蠕动。每一次目睹，都是一次惊心动魄的考验，也许它们并不邪恶，但是我却怕它们。或许，这就是人性，害怕直觉带来的威胁。也许，这毛毛虫，让我想到了什么，在最不经意的瞬间，我放眼远山，却忽然心悸。在这万木葱绿的夏季，覆盖了远山山体的松树，一片片地枯黄萎靡，那颜色，是大片死亡的颜色。我边走边说："你们看那山上的松树，它们正在大片死亡。"女儿和小林顺着我手指的方向看去，小林说："嗯，是。"我说："什么原因呢？缺水，土质问题还是被污染？"女儿指了指就在我们前行路上爬行的一个个黑黑、长长、怪怪的毛毛虫，说："应该是它们引起的。"我说："你说是毛毛虫？"女儿说："倒不一定是毛毛虫，但一定是遭遇虫害。"我说："那这边不也是有很多虫子吗？为什么树木还很茂盛。"女儿说："你看这边树种繁多，而那边只有松树，那大片大片松树也许死于物种单一。虫子爬行能力有限，物种单一，它们只能啃食一种植物，造成单一植物大面积死亡。"女儿还说："你们注意观察植物生长的占位，就会发现，每一种生命，只要你给它适合生长的环境，它们都会长得很好。"记得那天我们三个人去别勒洼，沿路有一条小河跟行。走着走着就累了，要停下来小憩。我和女儿蹲下来，小林站着。女儿指着河边的茅针说："你看那草，它们专门找有水的地方生长；你看这车轱辘菜，就只生长在道边。没有哪块儿地方好，适合的就是最好的。人也是一样，不一定大家都要去抢河边的位置，不一定都去抢路边的位置，也不用都去抢森林里的位置。每一个人都有自己的特性和占位，没有谁最好，相互竞争，也相互成全。"

回到眼前那片松树林，就会敬畏大自然的法则，保护好物种的差异性，就是在保护物种的生存，众生平等，众生竞争，方能众生。

此组散文 2019 年发表于《远东文学》第一期

/ 校园的秋天 /

从 8 月开学时，校园里就蒙上了秋的气息。

从正门进入，花坛的花已谢芳华，留下一坛的铁色叶子。绕过花坛，曾是当年的报社，墨香曾飘过报社的窗口，墨染校园。风吹过，花草香和墨香一同荡漾在校园的空气里。如今，光阴似箭，报社已搬离近一年半。

这个秋天，报社四周杂草荒芜。看守报社的人经营的小菜园也不见往秋的生气。报社南的庄稼地，去年的时候种植黄豆，黄豆叶子长满地，黄豆角子长满稞，黄豆叶落，黄豆角黄。今年，这片地种了三种植物，靠近校园主路的三分之一种植着美人蕉，中间种植着青纱帐，靠近东边运动场地的三分之一种植观赏向日葵。当我们返回校园的时候，校园已是秋天的校园。东边运动场地靠北边的那几棵榆树，将一片开阔的场地分为了南北两块，南大、北小。北边是我的天地，南边是学生跑步、打篮球、打排球、跳绳、跳皮筋、做俯卧撑等的运动场地。往昔，我和一个要好的同事，在这小场地走步，绕圈，走着走着，就是一个春秋，走着走着，又是一个春秋，后来因为生活所迫，她去了葫芦岛工作。

今秋，这里成了停车场。我站在那一排榆树前，望向校园的运动场。榆树影黑，斑驳着虚幻，天空浩远，校园像大海，课间操跑步的学生像海的波涛。那一片地的向日葵和青纱帐已不知去处，剩下一片荒凉景象。跑步的学生喊出的口号响彻整个校园的天空，在秋风中回荡。后来，我在那片地的西边路旁，录下一段视频，大风吹过校园的食堂，经过小花园的花坛，用力地摇晃着校园的柳树。

恍然间，9 月怎么消失的？10 月又是怎么过去半个月的？有时候，那些越是难以握在手里的，越是珍惜，越是痛心。高三教学楼南窗外，曾日日祈福的步步高，已被飞逝的时间夺去像小太阳一样的鲜艳的花朵，剩下一株株的铁黄承受寒冷的风和霜降。李子树已光秃秃，那些繁茂的花，都已隐藏，它们来不及告别了，一场霜降，就是他们的这一次生命轮回的结束，从土地中来，不曾流浪，不曾去远方，只是抓牢宇宙万万分之一的土，生根，发芽，吐露芳华，最后又静静地魂归泥土。那个在夏天里闪着天光云影的大大圆圆的鱼塘，白色瓷砖抱紧一团，围着一个空空的水塘。那一大片三叶草，霜降没有改变它们。三叶草，纤细的茎擎起 3 个心形的叶子，叶子紧紧地抱在一起。抱在一起就是一片片的三叶草，它们看似纤弱，却倔强在地下生长。它们的根纤细柔长，盘根错节于地下，无限生长。于是，它们的生命无限；生命无限，就是不受限制。几番霜降，校园的秋天，就是高大的树木，也未能留住它们的丰腴，叶子只是一时的衣服，最后，只剩空枝。而三叶草，迟迟不愿离去。万物对生命的眷恋，在校园的秋天，写得明白、清楚。尤其至今还翠绿的三叶草，它是校园里最后一个谢幕的植被。

这个秋天，来得早，今年的下半年开学的第一天，就是满园的秋色，仿佛，燕子离去的时候，也没有说再见。南山的树，依然五颜六色着，但缺少蓬勃的生机。我也有生活的小情绪，有时候，一个人在，就是满园春光，一个人的离去就是满目荒凉，无关秋，无关花草。可有时候，又不完全因为这样。

校园里的学生，是青年。青年人永远是祖国的未来，无论春夏秋冬，他们都用活泼的心情和坚实的脚步，用奋斗的身影，书写着校园天空下一个又一个喜悦。

写于 2020 年 10 月 18 日

2020 年 12 月发表于《今日绥芬河》

第三部分 —— 生命之声

/ 因为去深爱，所以会飞翔 /

这世上总有一种冥力，这冥力能让人类飞翔。

曾经有一个女孩儿，她是英格兰人，继承了父亲的正义，又深深同情着那些可怜的手工业者；深爱着文学文字，和姐妹自费发表文章；更爱她生活的地方，呼啸的北风，荒凉的麦场，一物一风情的家乡。她爱着这一切，并为此痴情。她仅活到 30 岁，还没来得及步入婚姻的殿堂，却凭着激情和爱，挥墨写下《呼啸山庄》，塑造了一个不朽的凯瑟琳形象。她是艾米莉·勃朗特——被誉为永远不屈的灵魂。有人说艾米莉继承了摩尔人的基因，浪漫而富有才情，可令我深信不疑的是，爱和情深，给了艾米莉去飞翔的力量。

今天我坐在绥芬河市高级中学的操场上，听一位柔弱的女士在演讲，她叫李智华。她的发音清楚，声音甜美，不高昂，却字字铿锵，敲打着我的心房，泪水也随着她的故事流淌。我的座位离她讲话的地方有些远，我无法看清楚她的模样，但我听着她甜美、润和的声音，便觉得她很美丽。

我想说："李智华女士，你真的很美丽。那场火烧焦了你的肉，烧掉了你的双臂，同时，那场火也灼烧出一颗拥有金子般心灵的你。"

听着你的成长历程，除了敬畏，我别无其他情感。

你的每一次出发，都是因为爱。你一次次坚强地出发，都是因为心头装满了深爱。这深爱，是一种冥力，会让人在某一时刻忽地飞翔。

你深爱你的疯娘，为改变疯娘的命运你愿意站在寒风中去接近课堂，你愿意接受用脚去写字，你愿意做一切……但你唯独不能没有的，便是你的疯娘。

你爱你的父亲，心疼父亲头上的白发，心疼父亲瘦削的骨架，心疼父亲对自己的牵挂。

你爱你的哥哥，更爱你的家，因为爱，你想着要去分担苦难，你努力着用脚去切菜、做饭、洗衣裳。

你爱你的同学，不好意思给她们添麻烦，你用了近四个小时用脚叠被子。

…………

今年 32 岁的你，中科院在读博士生，你是国际心理学会会员、心理咨询师、演讲师，你是电影《隐形的翅膀》的原型。深爱，拯救了你。

古往今来，那些懂事的孩子，最初都是想去拯救别人，最后成就了自己。

李智华和天下所有励志的人生相似，我不否认他们的坚强意志，但我看到的是坚强意志的来源，因为爱得深，心铆足了劲儿，其势就不可阻挡。

这世间有冥力，深爱、善良，拯救了一个又一个困境中的自己。比如，华为创始人任正非；比如，艾米莉。

因为去深爱，所以会飞翔！

写于 2016 年 9 月 25 日

2016 年 10 月发表于《今日绥芬河》

/ 今天是教师节 /

2016 年 9 月 10 日，教师节。

我的第一个教师节是在我 20 岁那年，坐在哈尔滨师范大学文史楼的三楼，和来自不同地方的同学一同过中国第三个教师节。当时，主持人说我们很幸运，因为，从此我们的生命里有了一个特殊的节日——教师节。那一瞬间，我有一种突然长大的感觉。

在大学里，我基本知道自己想要什么。第一件事，我要毕业。修德、修学，大学之大，在于大学、博学，学习是首要的。同时，要找时间去勤工俭学，父母很不容易，供我读书就已经尽力了，我不能再拖累父母。第二件事，是毕业后顺利就业。一为自己，二为父母。只有有了工作，父母的心才能踏实下来。这两件事之外的事，那时候，还没有认真去想过，比如，爱情、婚姻。现在想来，这两件事也很重要。要感谢哈尔滨师范大学教过我的每一位恩师，校训"学高为师，身正为范"一直铭记于心。我在优秀的团队里，每天都在学习、观察、模仿，向优秀的同学那样，不断进取。在大学里，能遇到大师，像中了彩票一样惊喜，人生也就可能由此改变了。

岁月像剥蚀的岩，上面有风的伤，雨的涡旋，但风骨却挺立。

我和我的大学同学一样，努力去收获自己想要的，最后顺利地毕业。我除了大学毕业证书，还有两个特殊的证书——"学雷锋先进标兵"荣誉证书、大学英语四级证书。虽然这两个证书在我的任何一次赛课、评优、晋级中都没有起过任何作用，但它的存在让我心里更加踏实。

感谢"绥芬河"这 3 个字。记得我第一次坐在通往绥芬河的火车上，心里有许多疑惑。我从来过这里"上山下乡"的堂姐口中得知，这个地方又破又小，堂姐嘲笑我大学白念了，念了大学也没改变什么，而是从一个山沟沟，去了另一个山沟沟。可一同坐在火车上的人，大多是绥芬河人，他们大多面相有气质，举止有涵养，而且穿戴讲究，给我一种生活安适的感觉。我想我可能去了一个更适合我的地方。

24 岁来到了绥芬河，当了一名中学语文教师。梦寐以求的愿望在这里得以实现了，心中的情感就像点燃的木材。时至今日，我还深深地爱着我的第一届孩子，薛则立、梁志刚、赵春林、马宏伟、王磊、杨雪、徐颖、孙婵、郑昱、郑丽娟、李晓华、张磊、薛冰等 47 名学生，他们就像一眼清泉水，干净、清澈。

执着在情感和灵魂里，那些个青春燃烧的岁月里，孩子们用执着、恼怒、欢笑、泪水、拼命、精彩、智慧、灵动，书写着生命的美丽，也亮丽了我的青春。在孩子们成长的路上，我们一起开心，一起学习，一起组织节目，一起放弃周日休息，一起去农村支农……马宏伟说："老师，咱班考试成绩第一名。"你们就是这样地爱老师，成为我生命里的不可替代。

写于 2016 年 9 月 10 日

/ 惜福 /

　　惜福就是要懂得珍惜眼前的幸福，处境如何不重要，重要的是自己能安慰自己，自强不息。

　　活着不是一件容易的事儿，史铁生说："残疾有可能是这个世界的本质。"人所不能者，即是限制，即是残疾。人仿佛来时，一切就早已经注定，你没鞋子他没脚。海伦·凯勒在《假如给我三天光明》里说："失明的我可以给那些看得见的人们一个提示——对那些能够充分利用天赋视觉的人们一个忠告：善用你的眼睛吧，犹如明天你将遭到失明的灾难。"老舍在《四世同堂》里塑造的钱默吟明白，是日本人结束了他宁静的读书生活。都德的《最后一课》里，法国人将要改学德语了。世间，不可限制之事十之八九，生存本身是一件难事。

　　顾城在《一代人》这首只有两行的诗中写道："黑夜给了我黑色的眼睛，我却用它寻找光明。"海伦·凯勒看不见、听不到，但她在家庭教师安妮·莎莉文的耐心指导下，用心感悟，知道了水是流在手心里的液体，从此开始，一步步认识了世界。有时候在现实生活里失去的东西，往往会给人以精神补偿，海伦·凯勒在黑色无音的世界里用坚强和努力将人生写满光明。史铁生这样解释他自己："他那颗不甘寂寞的心会让他东一头西一头撞得找不着北，他会患得患失总也不能如意，所以，此人最好由命运提前给他一点儿颜色看看，以防不可救药。"也许史铁生就是天才作家，只有坐在轮椅上才会有更多的时间去感受生命的痛苦，也许上天觉得双腿的奔跑会影响到他对人生的深度思考，或者也许坐着比站着能更让人冷静，降低了高度，看得更清楚。命运在史铁生血气方刚时无情地夺走了他的奔跑，他把打击变成对生命的探寻，让思想和灵魂不停奔跑；史铁生从来都没有不幸过，史铁生也从来都是幸运的。命运给他关上了一扇窗，他奋力地推开了一扇门。

没有谁的命运是不好的，一切都是最好的安排。不要在意你失去了的，那本来就不是你的，你不要掉以轻心，一不小心把它弄丢了。"天地者，万物之逆旅也；光阴者，百代之过客也。"我们每个人都只是客，很幸运，我们做了人，在这行经过往中，最大的幸运就是能够获得一种精神力量，我们可以用它去奋斗，去表现生命的力量，去抹掉活着的艰辛和尴尬，去捍卫国家和民族的尊严。

活着不容易，尊重自己和互帮互助都是少不了的。三寸舌头不用它去搅和是非，不为一己之私而故意说人长短、破坏团结，话到嘴边留半截，时时赞美《舌尖上的中国》，齿颊留香，德之所致，味之甘甜，不忘口德；不因为己不如人而心生嫉妒，不抑塞，得饶人处且饶人，常思自己过错，常念有恩之人，常怀敬畏之心，敬畏科学进步文明，不缺心德；"不以物喜，不以己悲"，一年一年地坚守着，不为得失而摇曳游离，耐得住寂寞，守得住繁华，要有守德；大自然是人类的母亲，它给予人类吃喝住行，社会、国家是一个大家庭，谨记"皮之不存，毛将焉附！"爱护环境，就是爱我们自己的家，身存公德。还有如施舍之善德，助人之品德，吃素之肠德，欣赏之眼德，反思之智德，守信之诚德，感恩之情德，慈悲之道德，同情宽容之仁德，健康安全之命德。德，有之，未必有福，无之，祸患随之。惜福之人，常惜德。

这些，句句都是自己所读、所思，无关他人，不可对号入座。只觉得生命是用来奋斗的，而不是用来消磨的。

惜福者，无关处境优劣，只顾善良宽厚，自强不息。

写于 2016 年 10 月 7 日

/ 追 旅 /

那次旅游历时 14 天。从绥芬河出发一路向西南，开始了一次跨越大半个中国的旅行！

旅游，更多的时间在"旅"上，"游"的时间并不多。为了游的收获，更多的时候，我们走在路上！

那一次旅行，孩子比较多，多数中小学刚毕业。有孩子的地方，乐趣多，幸福多。

一路上，每到景区，每每看到不同的风景，大家都要排队留影，栈道、河桥、古木、奇峰、瀑布，只要有景儿的地方，就有我们的身影。

我知道，云南昆明大观楼和湖北黄鹤楼、湖南岳阳楼、江西南昌滕王阁并称。

到了沈从文的故乡，湘西风光旖旎，古巷悠悠，吊脚楼傍山临水，水车缓缓转动，苗族姑娘质朴善舞，处处都是《边城》里的风物人情。

记得当初离开湖南初踏贵州的土地时，内心很酸楚！贵州少土，一座座崛起的石山，嶙峋突兀，正值万物生发的暑季，这里只能看到丝丝缕缕的绿，瘦硬缺少丰腴。导游带我们购物时，了解了贵州的特产极其丰富，自古贵州出名酒，贵州茅台香飘万里，贵州蜡染、贵州毛尖、贵州玉，等等，数不胜数。走进贵州的商店，才发现自己初来时的担心很多余，也备感出来走走的必要。临走时，买了一盒贵州天麻！

后来，去了华东五市，到了孔乙己的故乡，吃了茴香豆和油炸臭豆腐，尤其臭豆腐，好吃极了，吃到嘴里，舌头被美味包裹得严严实实，快乐顺着舌尖流到了心里，情不自禁地质疑：天底下怎么会有这么好吃的东西，香脆的臭豆腐配着绝美的蘸料，然后慢慢咀嚼！

再后来，去了符拉迪沃斯托克（海参崴），住在背山面海的阿木尔宾馆，在那里我爱上了俄罗斯民族的浪漫风情！也是在那里，我第一次吃到很多纯正海鲜和俄罗斯大肉串，不得不说，我是吃货，仿佛千里迢迢，只为吃前往！最难忘的还是俄罗斯人的夜生活，在符拉迪沃斯托克（海参崴）的几日里，我们白天看海，比较安静；晚上很热闹，跳舞、吃夜宵，沿海灯火通明，夜夜喧腾！

中间两次前往秦皇岛，记得第一次去，我和自己开了个玩笑。滑水滑到底部时，不知道什么原因，躺在水里的我觉得水很深，仿佛有溺水的感觉，这时一只手拽住了我，把我从水里拽起时才发现，水深不到膝盖！

我游得最多的是北京城，来来往往，记不清多少次了。可北京真的太大了，去多少次也有游不到的地方！我真的很喜欢北京，这里有古迹，有世界一流的高等学府，有最现代、最先进的技术。我一直相信：环境，可以涵养人的心胸和气度，可以平添阅历和智慧！

走在旅途中，想着趁着自己能走能动，我要去更多的地方，凡是我想去的我都要尽力前往！流浪的人会更豁达！

不管走多远，累了，就要翻山越岭回家！

写于 2016 年 12 月 3 日

/ 静守一段光阴 /

人的一生，不长，匆匆忙忙，弹指一挥间；人的一生不短，有许多艰难的日子，我们要咬紧牙关，度日如年。

有人说过："这世上，除了生和死，其余都是闲事！"细细去想，当人生行至暮年，就会仰望年轻。

当看到人们的焦虑、忧愁、不安、躁动，我常常心痛，生存仿佛从来都没有容易过，无论生活在哪一个阶层上，都有说得出和说不出的苦！生命也因此备受折磨，渐渐地失去了光泽。《龙族》认为："悲伤是人类情感的主流！"

当感觉世界很无序，心情不宁、做事不顺时，最佳的选择不是硬挺着做下去，而是找个地方，静下来，守着信念；慢下来，沏一壶茶，自斟自饮，品茶香，想茶道；悉心照顾一下家里的花儿，慢慢地清理一下盆中的杂草，给花儿整理出好看的形状，静等花开；给自己和家人做上几道可口的饭菜，慢慢地，不用着急，把爱融进菜香里。这些都做得差不多了，你会发现，心情好转了，事情也没那么糟糕了！

放慢节奏，便有了更多的时间思考。思考让人变得冷静，渐渐地，问题也变得清楚，这个时候，我们会想起书！一本本书，就像一个个沉静、澄澈的思想者，安安静静地躺在那里，静候你的光临！随便拿起一本书，它是《犹太人的智慧》。讲述的是犹太人在绝境时，他们靠团结互助、读书学习捕捉一切有用的信息，一步步地、奇绝地演绎着生存的智慧！

这一次读书的收获，不算小。躺在床上，想一想书上的那些事儿，会觉得自己很幸运，我很感谢自己生存的国度和脚下的这片沃土，也很崇拜先人顽强不屈的精神。可如果不是安静下来，恐怕很难体会到这样的感受：静守一段光阴，是一个人的智慧和福气。

静守一段光阴，不是浪费光阴，而是在没有任何诱惑、错杂的生活里，回归到本真，让一切从零开始！

从来都没有谁重要、谁不重要之分，重要的是，能守住信念和灵魂，然后，一声不吭地去奋斗，让理想变成现实！

能看淡眼前的一切，静静地过自己的日子，守候每一寸光阴，不喜不悲，细数心情的一点一滴！这何尝不是一种圆满呢！

写于 2016 年 12 月 25 日

/ 我和梅 /

我和梅第一次见面，是在绥芬河市第一中学的教室里。那一次，我是给女儿开家长会，梅给儿子开家长会！我们俩的孩子都上初二！

进教室后，我按着女儿说的位置坐下了，桌子上有女儿自己写的名字；座位的另一半坐着一位女士，她的发型和衣着，让我瞬间想起大上海的女人，端庄、高雅、神秘。我看她坐姿笔挺，两腿并拢，初步断定，她可能不好相处，包括她对她自己，也是严格要求！

我赶紧看了女儿写给妈妈的信——《妈妈，你真好！》，读后有说不出的心情。很敬佩老师的用心安排，也很感动女儿点点滴滴的感恩情怀，觉得自己对不住女儿的地方很多。然后看了成绩单和作业，出于想知道女儿的同桌是一个什么样孩子的想法，我偷偷看了一眼我旁边这位女士，我发现她也在看我！我在大榜上找到了她孩子的名字，年级第三名！

我女儿同桌的家长，在那一瞬间，引起了我的重视！

赞美可以缩短两个人的距离。我轻轻地说了句："你家孩子学习可真好！"她笑着回我："你家孩子学习也不错！"她说她叫任梅，我说我叫张英。我们两个人就这样认识了。那一次，我们说的话并不多，但我发现，她喜欢我！

等再去开家长会时，我女儿的同桌不是任梅的儿子，是静的女儿，静是绥芬河市第一中学老师，静没去，坐在我旁边的还是任梅！

这一次，她和我说了很多，其中最多的是她觉得对不起孩子！她常年在国外跑木材生意，连饭都不曾给儿子做过几次，孩子自己照顾自己！她的那份自责，拉近了我们的距离，无论多么高贵的女人，只要做了母亲，就会为孩子而产生虚心！母亲的心柔和善良！我认真听任梅的叙说。

后来，任梅的儿子以全市第六名的成绩考上高中，我教她儿子语文。但这期间我们几乎没有来往，只是有一次生病，我一个人躺在校医室打针，浑身酸软疼痛，心也跟着不舒服。她来学校办事儿，得知后，去校医室看我，坐在床头，和我唠嗑，一直唠到我打完针才走！

那次后，我知道了，她为了儿子，放弃了国外的生意！那次后，我们联系时，我称她梅。但我们的联系还不够多，或者说，几乎不联系！高三时，关于梅的儿子高考录取事宜，她因为担心焦虑，多次给我打电话，我也只是用"吉人自有天相"安慰她，让她不要受煎熬！谁知道，这安慰的话成了事实，梅的儿子以超过录取分数线两分的成绩，被国际关系学院录取了！

对梅，我以为我们的关系也就到此为止了。因为，她儿子已经考上大学，没有联系我的必要了！

可事实不是这样的！

那一天，我因为一点儿事儿没能赶上通勤车，走出办公室才发现，外面雾很大，大到伸手不见五指，周围的环境模糊不清。在雾中，我心里有些害怕。正在忐忑时，电话响了，是梅的来电，她问我在哪儿，我实话实说，她说来接我，马上到。雾天，没有影响梅开车的速度，她到了，摇下车窗玻璃，亲切地喊我："亲爱的，上车！"梅的笑，迷人、温暖、阳光！在这打不到车的雾天，梅送我回家。

路上，我没有问她给我打电话的原因，我猜她一定是在感到恐惧的时候想到了我的不安全。

后来我知道，其实，她是来和我告别的！

一个山东客户，赊欠了梅几百万元的木材款迟迟不还，梅要去讨债！在梅讨债的日子里，我很惦记她，希望她好运！

两年后，梅从山东回来了，记得当初我在牡丹江市办事儿，接到梅的电话："亲爱的，你在哪儿呢？我回来了，现在在哈尔滨市呢，你怎么样？！"我相信梅回来会联系我的！

那天天不暖和，梅开车接我去天长山水库，去看冬天里的小白桦。我们一路踏雪、过桥、照相，非常开心！

回来的路上我们说了很多话，梅说了她去山东讨债的过程，我听着梅的讲述，想起了"满口荒唐言，一把辛酸泪，都云作者痴，谁解其中味！"这句话，明白了她的苦！

那一天回来后，我俩去"健晟星期天"吃火锅，饭后已接近傍晚。

之后，每逢星期天，她都会约我，我俩相约的地点是第一个道口的红绿灯旁。

一年四季，无论什么时候，每次与梅见面，她都穿着讲究，梅说："衣服要买贵的，要讲究整体搭配的效果！"我和她说："衣服要买对的，要洋气！"我俩最终还都是各穿各的，我看她时，心情愉悦，梅梳着扣式卷发，一举一式透着优雅，一颦一笑彰显着真诚。她看我时，时常赞美我的气质、皮肤、头发和说话的声音，不急不慢的语速！

梅约我去买漂亮的发卡、围巾，去逛商场，很有趣的是，试衣服时，常常我穿着不合体的，她试穿，都恰到好处，梅却说我穿着好看，洋气，有气质！两个女人累了，坐在商场的咖啡椅上唠嗑，梅给我听她新录制的配乐朗读，梅说："朗读时，周围一定要一点儿声儿都不能有，自己也得掏空，完完全全融入诗文中！"听梅的朗读，空灵清幽，神魂荡漾，肃然起敬。

梅说："你写的散文，我每期都读，有的很好，要努力写出经典！"梅的话不多，但我明白，我需要像梅这样真心待我的朋友！

梅喜欢音乐，每天睡前要拉一段小提琴；梅喜欢滑冰，也喜欢雪，更喜欢滑雪！梅有诗的素养、歌的情怀，她不太喜欢交友，但交下的都是真朋友！

我和梅，从不交易。只是觉得自己能做什么，就做什么，然后不去计较谁多谁少，不存在"如果不相伴，便可不相欠"，只有"如果不相知，便可不相思""如果不相惜，便可不相忆"！有时候，我们很久不联系，但都会在某一点想起对方。有时候我们联系上，一见面还是如初见！

人与人的长久，就是在熟悉后还能如初见！我和梅，因为敬着对方，越走越好！

后来，梅幸福，我跟着幸福；梅快乐，我跟着快乐。梅烦恼的时候不多，她是一个豁达、大气、见过世面的女子！

写于 2016 年 12 月 29 日

/ 木青 /

我想借这篇小短文表达我对青春和故人的怀念之情，还有一些情感都在字里行间了！

1986 年那一年，我参加高考，没能达到本科分数线。后来，在班主任万玉广老师的帮助下，让我有机会重读高三。

应届生在学校正楼里上课，复读生在学校进门后右手边的一长趟平房里上课。进平房后，是一个长长的走廊，我们班在走廊的最里头。我班同学沿着走廊出来进去，因为压力大，大家都铆足了劲儿学习，相互间不熟悉，在走廊见面也很少打招呼。

但有三个人见面是要说话的：和我一直同班又一起重读的栗平，以及家住六坑，回家我们同路的木家姐弟——木梅和木青！

我们相处得很好。印象中木青个儿不是很高，身材敦实粗壮，胖脸，很少言语，每天早晨到班级比较早的几个里有他。当初班级按成绩分座位，成绩好的坐在前排。木青几乎不参加月考，一直坐在班级进门左手边中间的位置。尽管这样，同学们都知道他学习成绩好。他每天几乎一言不发，只是早早地来，临近熄灯时走。低着头，只是学习。他时常挠头，头皮掉了一本子，一桌子。

周末，偶尔，我们会一路结伴回家。路上，木青只是走路；木梅一笑两个迷人的酒窝让我羡慕不已！有一次，走至半路时下雨了，木梅拽我去她家避雨，木青说："来吧！"那是一个温暖的家，母亲柔弱善良，父亲豁达爽朗。

20 世纪 80 年代时，考大学真的很难！我们老师说："考大学，是千军万马争过独木桥！"1987 年，我们四个人再度参加高考，木梅落榜了，我和栗平考上哈尔滨师范大学，木青考上中国政法大学。木青，让知道他的人心生钦慕。

2007年时，木梅回鸡西看望父母，得知我和贞在绥芬河，贞的姐姐是木梅的亲大嫂，木梅来了绥芬河，我们三个人在贞家吃饭，拍照，聊天。木梅毕业后去了山东，在中国石化上班，月薪近万，一对双胞胎儿女学习都很优秀。木青大学毕业后，又回到鸡西。这让我想起他说过的话："生于斯，还于斯！"看来，他履行了他的诺言！只是不知道，他的日子过得可好？这是网络和人际肆意的时代，他的沉默寡言，也不知道有没有改变？回到故里的情怀能否得到故乡人的爱？

2016年暑假，高中同学聚会，同学提到了木青，说他几年前在家里自缢了。同学说，木青回到鸡西后，家庭、工作都不太顺利。实际上，这些事情，几乎每个人都会遇到，也都过去了。挺过去，就一切都好了。啥事儿都可以过去，没什么过不去的，要相信时间。

当年的栗平，大学毕业后去了深圳，过得很好。我在绥芬河，没有大富大贵，过得也算开心，只是偶尔想起故人。

上高中时，我家住在农村，木青家住在矿里；我父母在乡下种地，木青父亲在矿里工作；我的姐姐为了减轻父母的负担，承担巨大压力；木青的哥哥在四中当老师，姐姐木梅和木青同班，他们都"罩"着木青；木青吃的是热饭、热菜，我去食堂打饭时，常常没了菜，饭也凉了；我们一起回家，木青已经到家了，我还走在路上！

写于2017年1月10日

/ 载爱车程 /

作为母亲，我没能为女儿做太多的事；女儿在她长大后，却给了我作为一个母亲的幸福！

家跟着火车的奔跑渐行渐远。2017 年，我们去北京女儿家过年。

我拿的东西有点儿多，小林要五天后到，我背着、拎着、挎着大包小包，拉着皮箱，好不容易出了站……

女儿用微信告诉我站在一个有阳光的地方别动，一会儿她来接我。北京对于我这个路盲来说是一座迷宫。我选好了地方，静等。女儿打来电话，还没等接听时，茫茫人海中一眼就看到女儿向我小步跑来，那一刻我的身体向后去，激动晃动了我的神经。在北京的几年里，女儿出落得越发颀长，亭亭玉立，长款黑色羽绒服配着蓝色格子围巾，脸型和嫩白的皮肤一看就是我的孩子，睫毛长长、眼睛忧郁深沉，浓黑长发流淌着母亲的基因，通身浓浓的京城韵味。刹那间，爱跟着升腾，自己却变得小了。

那些年她还小时，那些年她还需要我时，那些年，我带着她……现在，恍然间，我成了孩子。多奇妙，时光在年轮中角色转换。

很感谢女儿十年的奋斗，让我来北京有个落脚的地方。女儿叫了外卖，在大都市里，实现了"衣来伸手，饭来张口"的愿景。

晚上，和女儿睡在一张床上，看着她的嫩手、嫩脚，闻着她的芳香，看着她清秀的脸庞，觉得维纳斯也没有我的女儿美，可同时我也读到女儿的劳累疲惫，自责又来侵袭，心里一阵阵酸楚！

"妈老了，能为你做什么，又能做什么？你说将来要让爸妈过得好，过妈想要的生活，说真的，孩子，不用的，真的不用那么辛苦的，只要你好，爸妈就一切都好！"

这一程，跟着返乡的火车缓缓启动。

去时，女儿到车站接我，怕我冷，让我站在有阳光的地方等，怕我受委屈，叫了车，径直拉到了住的地方。归时，女儿送了又送，一直送到检票口。

这一程，心里的暖，暖了京城。

心里默默地喜着：吾家有女已长成。

说起来很愧疚，我没有给予女儿太多的母爱呵护。

孩子上小学一年级时，我当班主任，早晨6点上早自习，我要5点30分从家走。冬天的时候，外面黑乎乎的，路上几乎只有我一个人。每天到了学校，备课、上课、管班，事情一件接着一件，下了班要上第九节和晚课，一周五天，四天不能正常下班。作为一个母亲，大多数时间在工作，家里没有条件雇保姆，孩子只好和孤独为伴。现在想起来女儿在成长的岁月里，更多的时候是在等待母亲，而我竟然很少给女儿做早饭，更很少陪伴、辅导、谈心，我弄丢了应该给予女儿成长路上温暖的机会。这也加深了我对女儿的爱，觉得对不住女儿。

庆幸的是，女儿上初中时，很幸运地遇到了一位好老师——彦杰。在班主任彦老师的关心下，女儿学业有了突破，尤其是英语和物理的成绩尤为突出。记得那时候，物理老师廖秋华免费给我女儿补课。成长的路上有几件幸运的事儿，遇上了，就是一生的幸福——一个好父亲、一个好母亲、一位好老师。我和小林作为女儿的父母，算不上好，但女儿的老师是好老师，是他们让我知道，我的女儿很优秀，很聪明，也很善良。女儿也因此常和我说："一定要对学生好，帮助他一时，可能救了他一世。"好老师，会唤醒孩子的天赋。

女儿在北京上大学，毕业后，她选择了留下。今年，我们在北京过年。在北京的家，我休息，女儿做饭，找保洁收拾家，我有些不知所措。

写于 2017 年 2 月 9 日

/ 大栅栏 /

大栅栏，并非它的字面读音，在北京读音"dà shi lànr"，我一直在思考这个读音的缘由。

从前门出来，有一条很长的街道，径直延伸向远方。沿着宽阔的街道望去，一眼望不到边，气宇轩昂、腾达之气从街道上涌来，仿佛看到了帝王的仪仗队，很威武。多少年，时过境迁，前门还在，街道在夕阳下生辉，光影中是悠闲的市民。

心跟着一条街道延伸脚步，放眼看，当空一横栏，连起东西街，上书"观音寺街"四个大字。观音寺街与前门正对，有观音佑国之征。前门和大栅栏，帝王和百姓，民生和观音，人类和神灵，这些沿着观音寺街，混沌成影像。仿佛看到了泥土打筑的胡同，胡同里的平房，胡同里朴素的叫卖声，厚重的棉鞋，林林总总的物件，斤斤两两的生意。老北京人用最朴素的日子过生活。长街的尽头是天桥。天桥，是打把式、卖艺、说、拉、弹、唱、卖药等的地方，当年的那些人，如今不知了去向。行至三分之一处，街西"悦云轩"铺前有一口大缸。据说，大栅栏商铺密集，这里曾经发生过火灾，街西烧成一片瓦砾，20余家戏园被毁，缸是用来盛水防患的。街两旁已经看不出明时初建民居的模样，街西是两层楼，一层是商铺，二层多是宾馆客房，街东是三层楼，多为酒店菜馆。虽是正月初二，街上也可算是人山人海。

沿着商铺走进西街。西街街道不长，原本不宽的路，流淌着游人的脚步。

走进西街，走进了百年老字号——小肠卤煮。这是我第一次吃卤煮。走进店里，跟着别人喊了一声："来一碗卤煮，不加辣。"店很小，只有三张小桌子，每张桌子能放下两个大碗。我坐下才两三分钟的工夫，一大碗冒着热气的卤煮，被店主端到了面前。拿起勺子搅拌，越吃越香，里面有猪大肠、猪肝、猪肺，那个被切成三角形的白色的东西是白饼。

另外，西街还有八大胡同、梅兰芳出生地等。这里也曾经戏院聚集，古往今来，留下不知多少的风流韵事。

在东街口看到了做糖人的过程。说实话，越是看到这些情景，越是亲近北京的文化，这是活着的本真。

去得有些晚了，所以急匆匆、走马观花。好像东街比西街热闹些。这里已经完全找不到大栅栏民房的痕迹，两旁楼房高耸，挡住了傍晚的光。以街为界，道南是双号店铺，道北是单号店铺。王二麻子，地处大栅栏街 36 号，这一中华老字号始创于 1651 年；老北京炸酱面，为 60 年老店；同仁堂，为百年老字号；吴裕泰香茗，百年风韵、盛世同辉……

走在这条古街，说它现代，却还存有古香古色；说它古代，却已经没有了防贼的"大栅栏"，没有了最初的廊房四街。曾经泥土香的模样，被改变了，幻想跟着脚步回到 500 年前，排着队，买了一碗毛氏臭豆腐，看着黑黑的，一咬里面带着蜂窝，乳白色，舌头跟着它的味道翻滚，好吃的感觉顺着舌尖四散。装在心里的那份情，跟着咀嚼得到了安放。

写于 2017 年 2 月 12 日

/ 三月樱花飞 /

北京3月，花开处处。女儿说："妈，我必须带你去玉渊潭赏樱花！"

第一天晚上准备好了，第二天，原计划吃过早饭去玉渊潭，可中间因为需要帮与女儿一起合租的女孩儿等一个快递，耽搁了一个多小时。依行程，清华园到玉渊潭来回需要五个小时，略显匆忙，故玉渊潭之行又未成。

六七天后，当一切都准备好时，发现时间已经在不知不觉中到了3月的最后一天了。

3月的最后一天，下午1点30分，我和女儿从家里出发，沿着清华园西11楼前的林荫路，一路向东，然后转向北，走出北门，再转向西路，沿街南是一条河堤。高大的玉兰花，有洁白、粉紫、洁白粉紫相间等多种颜色，如兰质蕙心的玉女，冰肌玉骨。3月末，玉兰花开始随风飘落，落向河堤、湖水。连翘花在3月暖阳中，一片一片，泛着金色的光，花瓣玲珑、娟美，花心如同眉心痣，点在花瓣的根处，连翘花朵像一个又一个的天竺少女，小小绿叶是她的裙服。沿堤青松挺立，绿柳依依。不觉就走到了车站，等了一阵儿，特18路公交车来了。坐上公交车，坐在一个窗口位置，看窗外的北京，大厦林立。"花开玉渊潭，报春第一枝"，远远就看见了广告牌上的十个大字。

进入公园，曲径通幽。我们从南门进入，入门处左手边有一个八一湖，为乾隆时修建，引水为护城河。一路向北走，湖光闪着珍珠的晶莹，映着山清水秀，湖水荡漾着银色的光芒，一块，一状，玄幻着，如神灵一般模样。一路，柳为堤，花为树，玉兰花、樱花、连翘花，婷婷，妩媚。

经过中堤桥，右拐，前行，到了东湖，以桥为界，东西相称为东湖和西湖，湖中结伴的鸳鸯正在戏水。

沿着东西湖堤向北，远远看到有很多人排队照相，走近时看清是一块蹲石，石上书有"樱花园"三个大红字。

我像一只进了园子里的蝴蝶，快乐地追着樱花花瓣。

樱花怒放在阳光下，花瓣轻柔洁白，一枝枝，一簇簇，一棵棵，一树树，一片片的雪绒花，形成波澜壮阔的樱花海。游人仿佛在海底，似一个个的水仙人，流连樱花林，依偎在樱花树下，与樱花竞美。一阵风过，天空像下起了樱花雪，洁白的花瓣，纷纷离开了高大的樱花树，纷飞在空中，飘舞，飘向樱花林地，舞向游人的心扉。我愿与时光同醉，醉在3月的樱花林里。

"试妆未遍雨潇潇""一枝一叶总关情""静静守候""春天到，三宝和小树一起长高"。每一份认养的留言，都令人怦然心动。

女儿温暖、柔美、善良、安静，她一直安安静静地坐在黄草地坡上，赏花、拍照。还没等我坐下时，只听有人高喊"樱花雨"，抬头看，在云端阳光里触碰着的樱花婀娜风情，摇曳着，随风曼舞，如仙境一般，满园传来一阵阵惊喜声。

3月的京城，玉渊潭的樱花轻歌曼舞，如梦如诗。

写于 2017 年 4 月 8 日

/ 北京四月 /

阴天，没有影响窗外鸟儿的欢鸣，快乐和天气无关。

四月，北京美丽极了。

那一天，北京城艳阳高照，清晨，站在阳台，发现一直干枯的树，枝枝丫丫上顶着红色的苞叶，它的春天在四月初来了。三月初时，那些在高树下低矮的刺梅花长满了叶子，不与树争高，只在春光中盎然。右边不远处，一棵松树挺立，远看松顶像是开着紫白色小花。有一天回家时，依据树标知道这是圆柏，细看方知紫白色不是花，是像霰冰一样的圆球。

下午两点多，我沿路向西。记得三月经过这里时，玉兰树、樱花树亭亭玉立，连翘花娇小玲珑，微寒中的花苞传达着春天到了的信息；春光一天明媚一天，再出去时，花苞成了一树一树的花朵。三月末，玉兰花、樱花开始凋零，不觉间春光跟着凋谢的花瓣逝去。而丁香花登场了，淡紫色的花朵，一墩墩，一簇簇，散发着阵阵幽香。美到极致的是海棠花，清新明丽，绿叶托着洁白粉嫩的花朵，花心黄色中带着绒绒的花粉。满地开着紫色花的风铃草，虽说长势不很旺盛，却也格外明丽。不能不说，清华园，也是一座万花园，当年作为圆明园的一部分，有着难得的安逸。

四月，是桃花竞放的时节。桃花花瓣一层又一层，密密实实的，花瓣大小与樱花相似，但花朵厚重柔和，紧贴枝干绽放，开满了枝丫，绒绒柔柔，细腻热情，尤其紫叶桃花，一树树深红，红遍了北京的街道两旁、公园、庙宇；红叶桃花也一样地怒放，花色鲜红，一树一树地绚烂成火热的生命；菊花桃花舒展着菊花的瓣，亮着粉白的红，不绚烂，不热闹，却不失淡雅娇美；更为冷艳的要数碧叶桃花了，仿佛看不到桃花，还以为是紫叶桃花正处在长叶子的时期，细看，小粉红桃花已在绿叶里娇羞着。

天气好的时候，我会沿着清华园里的清悠路慢行。

园里的美人梅，身材窈窕，肤色红润，不时轻摇曼妙舞姿，像一个桃红女郎，其实是美人梅；紫叶李有着自己的天赋，叶紫，花红，花瓣张开，身材没有玉兰高挺，没有樱花冲天志向，没有连翘花的娇小，只是一棵树样，"树"在它的春天，"树"在四月。

沿路还有显赫的白皮松、高大的圆柏、低矮的油柏、歪着的侧柏。

把我心引向天空的是一棵棵的银杏树。银杏树高大，主干粗壮，枝丫伸展在半空。四月，银杏树的叶像一个个榆钱，青绿，镶在银杏树的树枝上。银杏树，高耸在"水木清华"前的园子里，我仰望着它的高度。

北京四月天，天不是很蓝，但也很少雾霾，很像一座大花园。

写于 2017 年 4 月 10 日

/ 清华园 /

1

清晨 5 点多钟，灰色平纹的窗帘上有了格子，格子中间是阳光，慢慢地，温暖跟着光来到了我的床上，我逆着光来的方向，轻轻拉开窗帘。

太阳在园子的东南，放着红色的光芒，高矮不整的楼在晨光中宁静成雕塑，又似有人间炊烟，朦朦胧胧，隐藏着某种温暖。我的窗户对面，隔着一条路，路的两旁是挺拔的松树，它们高过了路南的楼，与路南的 10 栋楼并排站立，楼顶的通风道稚嫩得像个孩子样。

我喜欢这里的一切，可惜，我不属于这里。

我只是一个过客，暂居于此，所以格外留意每一个细节。

窗外，除了天空、小鸟、青松、高楼之外，还有许许多多我不知道名字的树，或高大，或矮小。因为还是 3 月，一切还在孕育之中，枝干都是光秃秃的样子，跟着风摇晃着。但我在清晨的阳光里，已经看到了郁郁葱葱的夏季。

向右手边楼下望去，一楼的人家，在楼前搭了一个又一个小棚子，棚子简陋，我在楼上能看见里面的杂货东西，那是过日子用的。对于大多数人来说，想得最多的是生活。

清华园的晨光里，投进我心里的，不只是这些，还有住进我心里的事。

写于 2017 年 3 月 9 日

2

清华园西北角有一栋家属楼，楼很旧，看上去有着凝重的历史感，我于今年3月初，住进了这里，和女儿及另一个女孩儿住在这个合租房里。

家属楼共六层，我们住在第五层。这样有一个好处，站得高，看得远。还有一个好处，楼和窗外的树齐高，视线对等，仿佛一伸手，就可以触碰到外面的树，可实际上又碰不到，那些树仿佛就直立在我心间一样，我们仿佛很近，也仿佛很远。

没有梧桐树，引不来金凤凰，也就是这些高大的松树和古槐，还有清华园里的绿化，引来了喜鹊、麻雀。

估摸着清晨5点开始，喜鹊就起床了，它们"吱啦""吱啦"地叫着，声音短暂而频繁，一会儿又传来"吱儿""呦儿"的鸣声，低沉、甜美、圆润，并不高亢，能听出那是喜悦，在唤醒晨光。

声音跟着太阳的升起，一阵高过一阵，似乎在叽叽喳喳地说着："起床起床，大好时光""嘿嘿，多幸福""美丽美丽，我爱你""哎呀，唉……"，等等。窗外的鸟儿沉浸在清华园，唱着生命的欢歌，又是一阵"唧唧，唧唧"，鸟儿喜欢晨光，我喜欢这个喜鹊欢歌的清晨，喜欢这个古木参天的清华园。

接近中午时分，窗外鸟儿的鸣声仿佛在空中回环荡漾，不知道发生了什么，但透过卧室的小窗，感觉到了流水的日光，和湛蓝高远的天空。顺着光来的方向看到了喜鹊在一个楼头，变换着各种阵型飞舞，我的心也像飞了起来一样，加入鸟儿队，跟着队列向上、俯冲、斜上、斜下。自由，原来可以这样让人身心获得幸福。

下午时，喜鹊栖息在树上，梳理羽毛、鸣叫，立在树枝上，东瞅西望，又忽地飞起，跟着阳光向西，鸣声渐渐平息。

傍晚时分，我站在阳台上，望向窗外，虽说没有了白天的热闹欢快声，可喜悦于我也是时时存在的。还是那些喜鹊，它们就落在我的眼前，我看到了它们的样子：颀长身材，修长尾巴，灰色、蓝色、绿色各异，尖尖嘴，头顶黑色戎冠、灰色、蓝色或绿色围脖，黑色或灰色衣裳，喜鹊通身洋溢着华丽喜庆。

住在清华园，窗外的喜鹊，带给了我无限生的希望。有时候，拯救我们信念的，就是那些看似和我们无关的生物，不管它们多么渺小，我们还是在遇到困难甚至绝境时，从它们身上获得了启示。

　　窗外的喜鹊，给予了我什么，这是它所不知的！

写于 2017 年 5 月 6 日

/ 有多少事从梦中流出 /

他在鼾声中睡着了。

他趴着，鼾声从胸膛闯过喉咙，而且还是双管道，一阵儿高过一阵儿。我在心惊肉跳中，仿佛听到了鼓角争鸣和厮杀声，又仿佛白天里的委屈，在黑夜里怒吼。

他，是我的爱人小林。

刚结婚的时候，他的睡眠还挺好的，安安静静的。他搂着我，像搂着月亮，跟着夜晚，安详于温柔的梦乡。在那如诗如画的夜里，床是梦的摇篮。

有多少个不安、委屈、惶恐、愤怒，从梦里流出。

我拉开窗帘看向窗外，天空已放鱼肚白了，这一夜即将过去。

太阳升起，新的一天还得继续。这白天里，不知道又要发生多少事儿。周而复始。

太阳又下山去了，这黑夜里，不知道又会有多少梦。周而复始。

在这白天、黑夜里，是否会遇到火焰山、牛魔王、蜘蛛精？有多少白天里受的委屈，不敢伸的手脚，憋在心里的气，窝在心里的火，都在梦里流出，又有多少白天里的不安，还在梦里延续。

最近，我的梦，心在空中悬。感觉我不在我躺着的这张床上，而是离开了这里，去找我女儿，可是找不到。梦里，我担心、害怕，好像失去了她，又着急又伤心，有两次我把自己哭醒了。

我想她，昨天写了《我想你》，之前写了《最爱》。

又有多少担心、牵挂、祝福、挚爱，跟着我们的梦，刻骨铭心。

2005年那一届，我带一个理快一班和一个普班，理快一班担负培养清华、北大和重本升学率的重任。进入3月，高考倒计时就开始了。为不负众望，团队摩拳擦掌。

学校在学生的高考成绩中，既看总成绩也看单科成绩，尤其看有望考清华、北大学生的单科成绩。其实，我们的压力很大。

我每天要备大量的课，以满足学生的需求，也要从大量的试题中选题，重新组合，以优化训练，提升分数。理科班的学生，热爱数理化，总是在潜意识里去算那道没有算完的题。语文，被他们视为鸡肋。我手捧着"鸡肋"，得让它长出肉。热爱是最好的老师，热爱有着"无须扬鞭自奋蹄"的效果，为此我制订了一个计划，除了在试题和讲课上下功夫外，每天找两名学生谈心，对于重点培养对象根据情况随时谈心。所谓"亲其师，信其道"，开弓没有回头箭，把工作做到最细致，其余交给老天。

高三，周末是不休息的。每个班每天都有一个第九节课和晚自习，晚自习上到晚上10点。

考前100天，学校要求两天一套题，逢考必批。忙完了日常的所有活儿，也就没有时间批卷了。为了能准确地把握每名学生在学习上存在的问题，我把卷子拿回家，一张试卷一张试卷地批阅，尤其作文，不只是打分，大部分做了一段一段的批改，最后，有的学生的作文被批红了。

有一天，批阅完试卷就睡了。躺下不知道多久，我离开了家，朦朦胧胧地走到了一座山的山脚。眼前是亮得晃眼睛的冰丘，像一个山包子形状，可周围黑乎乎的，除了攀过这座冰丘，已无路可走。我慢慢迈出脚步，然后趴下，开始了攀爬，冰上连一点土都没有，凭着起伏的坡向上。我很害怕，想回去，可四周是黑黑的深渊，越害怕，越爬，除了向上，其余都是死路。我像蜗牛一样，爬在了陡冰上，一不小心，就会掉下去。感觉要爬不动时，前方出现了一个人，这个人好像是我们校长，又像是我的一个同事。总之，是年长一些的男士，个子不高，墩胖，他站在山顶，伸手拉我，我不等搭手，一下子就到了一个平坦宽阔无垠的路，四周阳光明媚，我上来了。心格外敞亮，我站在上面向下看，山坡舒缓，冰也没了，只有无限风光，我又开心又幸福。

醒后，我知道，我做了一个好梦。梦里的苦，担惊害怕，就是我的处境，可最后都过去了，只剩下光明和欣慰。梦里的人，是在山顶期待我的人。

在这个好梦的鼓励下，无论遇到什么心酸，我都信心百倍。因为，如果这个梦是假的，那梦里的事怎么会和我的处境那么吻合？那些影像怎么会如此真实？

在一天一天的努力中，高考终于来了。在考完语文这一科后，我如释重负。太累了，不管成绩怎么样，我知道我已全力以赴。我要好好陪陪我的宝贝女儿了，她那么小，跟着我走了一趟又一趟的高三，那些个日夜奋战的日子，我的孩子缺失了母亲的温暖、呵护、体贴。无论如何，现在想来真的是追悔莫及。我要给女儿做好吃的、带她逛街，我要好好睡觉，我要和闺蜜唱歌、跳舞。那时候，忙得没时间做发型，没时间买衣服，整天苦着个脸，埋了咕汰的，完全没有形象可言。好心的同事都劝我收拾收拾，我只喃喃地回说："等高考之后吧。"

"等高考之后吧。"一切事情（休息、开心、放松、陪伴孩子、陪伴老人）都等高考之后。

最后一个发泄点就是花钱。记得那天天气特别好，早上8点多，女儿上学去了，我带了钱，直奔国贸大厦，没一会儿工夫，兜里3000元钱，就不剩几张了。归拢一下买好的东西，回家。我拎着大包小包，一点儿也没心疼钱，只是想着我穿上这些衣服有多漂亮的美事。走到步行街时，听到有人喊"张丽英"，原来是我们单位印刷室的孙倩老师。她说："高考成绩下来了，你班语文考得可好了，10多个130多分的，孔老师侄女孔婧语文考了135分呢，她要打电话感谢你呢！朱婷娇（意向北大、清华生）131分。他们给你计算了，班平均分达120分。这会儿你不用担心了，校长还夸你呢！""买了这么多衣服！快回家开心吧！"听了这么好的消息，也没怎么高兴，因为，我在梦里已经知道了，只是没有想到会这么好！

那一年，我和夏书记一起评上了中学语文高级教师。

梦里那个贵人，是看着我吃苦、希望我好的那个人。最感谢的是我的女儿和自己的奋斗。

一晃儿，10多年过去了。这个梦，越想越有道理。

40岁之前，我经常梦见自己腾空，脚离开了地，在空中飘，很害怕，想下来，可是下不来。还有一件事儿，也会经常出现在我梦中：我读高中时，快月考了，历史还没背，数学课好久不听课了。一想到这些，我就惶恐不安，然后想去找数学书复习，翻书包，书包里没有，很着急；这时候，历史老师拿着考试试卷进来了，我又开始找笔答题，可怎么找也找不到，心里想"再找不到笔就下课了"，急得心都快跳出来了。于是，越找就越找不到，越想就越着急，一着急就哭了，哭着哭着就醒了。醒来，心很累。

我还经常梦见自己回到老家。我家是二队，梦里我去了老家三队左太奶奶家。左太奶奶家里只有她和她的儿子左爷爷母子二人，以及两间茅草房，和一个房前小院。左爷爷是左太奶奶的独生子，一生没有结婚。左爷爷是我父母婚姻的介绍人，母亲因为离娘家远，视左太奶奶为母亲，把左爷爷当亲哥哥。小时候，母亲带我去过几次左太奶奶家，记得我在左太奶奶家的炕上玩儿，看见她在院里摘豆角，豆角爬满了架子。就这个情景，从我上大学开始，一直到我45岁左右，还会经常出现在我的梦里，一直持续了20多年。近五年，才好一些，一次都没有梦过。

那个身体腾空的梦消失在我的40岁。或许，腾空，只属于年轻时候。可那个考试着急答不上卷的梦，去年还梦过，多数时候是考历史。我高中读到高二快结束时，班主任万老师劝我转学文科，在老师的帮助下我由理科转到文科。到了文科，一本又一本的历史教科书，我一点儿都没学过，一切从第一页开始，那时候，每到月考，最怕考历史。

我的梦里出现的情景，大多都是让我紧张害怕的事情，包括梦见左太奶奶。梦里她总是恶嘟嘟的，记得当年母亲带我去她家，睡觉时，我睡在她和母亲之间，但她总掐我，嫌我睡觉不老实。因此我坐在炕上看她时，心里边特别讨厌她。

有时候，还会梦见丢东西、和别人生气、掉牙，住平房那阵，还梦见过房子漏雨。

梦里，那些心酸悲苦，自己都很清楚。

整理于 2017 年 3 月 4 日

/ 两个人 /

时间之于人，是有意义的。

一天一天的时间多了，就会形成时光。我喜欢"时光"这个词，时间与光，是那种温柔的默契。时间总是给了我们很多的经历，这些经历，和经历里的人，给了我们生命的光泽。

在中国东北之东，有一座小城，小城里住着很多人，有两个人，也和这座城市相约，过着自己的日子。

走在时间隧道里的两个人，一个人写着绝世诗句，用最跳动的爱写着最朴实的思；另一个人，忙着工作和过日子，但心间总有一种呼唤，声声都在生命里，她知道，有一个人，离她不远！这个人，是另一个人，也是自己；是自己，也是另一个人。

日子在漫长中走过了一年又一年，两个人在时光里，走在各自回家的路上，路宽宽窄窄，人攘攘疏疏，叶子落落长长，灯开开关关。年轮几度，两个人共同走在小城，走过了他们的 20 岁，又走过了 30 岁、40 岁。后来，又过了 10 年。

其实，两个人，在日复一日中，有着各自的孤独。

可是，相遇是美，也是伤。上苍看到了伤，让他们擦肩而去；上苍看到了美，让他们相遇。

直到今天，我才明白，我在懵懵懂懂中，在我荒凉的写作中，却原来曾和一位诗人相遇。

我想用一年的时间，什么都不做，只读一个人的诗。

去年的冬天，一场大雪后，我和同事在校园操场走圈，她问起我的写作，问我文章发表了没有，我说："没有。"她劝我别着急，我说："我不急！"她是文竹，是诗人的同乡，也是我的好朋友。写作之于我，好比有人喜欢滑雪、骑马，只是爱好。喜欢，就写了，图个开心，其余无求。后来，觉得还是发表了最好，就好像滑雪、骑马要有几个观众一样。

其实，人和人相遇，是常事。但，也不是常事。

文竹和我说，老乡聚会时，诗人不怎么说话，顶多就炫耀一下他的相机。"默然（我那时的微信名），你仔细想，这不就是一个文人的天真吗？"文竹这样说。文竹这番话，引起我的兴趣，隐隐中，拉近了我和诗人的距离。

可事实上，诗人的天真远远超出了我的想象。比如，他直言不讳，很看不惯文笔差的文章，会在当地作家群里大胆表达自己的观点："比如病句，比如病句，又比如病句！"初见这样的话，觉得他看不惯有病句的文章，所以生气。看不惯就一定要说出来，这一点，曾经我也这样做，可岁月磨炼人，在这世间活着，渐渐地就不愿开口讲话了。诗人仍保持着做人之坦诚，他的率真，甚至有点儿任性，像尘世的珠宝。

今年年初，我离开了我生活的城市，去了北京，其间经历了生活的酸甜苦辣，会时常想念绥芬河。在6月一个失眠的夜晚，我一气呵成完成了《我的小城》，发到微信朋友圈后，得到很多微友的认可，也得到了诗人的点赞，那些自己写下的肺腑之言，读了几遍也未能做出修改。今年9月初的一个夜晚，我写完了《芳华如雪》，被自己写下的"心仪芳华，对月画眉，一下一下，往事飞！"感动着，遂将这首诗连同《我的小城》一并发到报社邮箱，心情是惴惴不安的。

一周后，我从诗人的微信朋友圈获知《我的小城》已见报，惊喜、感动、兴奋之情，涌上心头，然后便迫不及待地想知道经过他编辑后的《我的小城》有哪些变化。我去报社取了9月7日的绥芬河日报，回到办公室打开我的原文进行逐字逐句地对照，发现有些变动。变动的内容给了我很大的启发，提升了我的写作空间，这一点，我从心里感激！尤其文章结尾改得熠熠生辉："在小城，我的梦落地生根，就像石头也能绽放出美丽的花朵！"

其实，在我和诗人的两个人之间，有很多很多的人！

我和诗人交往并不多，交谈也不多，我一直这样认为：诗人的心，是干净的，我更愿聆听来自灵魂的声音。

在我最迷茫的时候，诗人用他对诗的真诚影响了我，给了我一条路。

只是，我们是两个人，我在奇崛中过着日子，诗人在社会中坚持写意境诗。

写于 2017 年 11 月 10 日

/ 未命名 /

地球上的万物，都是地球的孩子。地球分为赤道、南极、北极、南半球、北半球，只是位置不同而已。太阳这个伟大的星球，给予地球不均的热量和光明，位置决定了命运；地球上的城市，有不同的位置，决定了城市人的命运；这世上的人，从出生开始，就决定了一切可能发生的事情。

有一段时间，我在北京过日子。

我走时 3 月伊始，归时 8 月将逝。相对于几十年的人生来说，只是短短几个月。可我的日子却从未这样黯淡，除了勇敢，还要保持清醒。

那一段日子，我住在清华园家属楼，偌大个清华园，走着走着就迷路了。我一个人出去，不敢走远，从清华园出去坐地铁，需要出入清华园正门，过两条街右拐，但我也经常少走了一条街。后来，我向女儿学会了用手机定位，这个对于方向感不好的我来说，也不是很管用。可晨光总是在清晨 5 点多就照过来，喜鹊起来得就更早了，它们跟着每天的第一缕阳光，驻足在我们的窗外，不停地呼唤着："起床，起床！"当我小心翼翼地拉开房门去阳台，站在阳台望向窗外，发现清华园的清晨凝重、庄严，在参天巨树、黑色古木间，喜鹊飞来飞去。我不禁感叹："清华、一树、一木、一缕阳光、一个清晨，都带着帝王的气息和朴实的气质。"

后来，在等待亲人看病的日子里，我的心就每天都跑向窗外。要承受亲人手术的压力，当不知道身体里的那个变了态的细胞群是好是坏时，心也就跟着忽忽悠悠的。手术做和不做也很难抉择，毕竟一次大手术，对身体的伤害是需要时间慢慢抚平的；可如果不做，一旦恶化……我在担心和希冀中挣扎着，医院那面在排号中，不知道什么时候给消息。清华园静谧深远，远离凡尘，这周围，除了在园子西侧有一个清华超市和药店外，其余除了古树就是古楼。只是网上购物方便，派送速度也快。可习惯了去超市自由选购，也习惯了大饭量的吃法，突然这样生活，每天都有吃不饱的感觉。清华园家属楼没有阔气，只有朴素和简陋。邻居在偶尔开门通风时，我看到了家中除了床，也就是洗衣机和做饭用的东西。隔壁的老师每天都5点多起床，然后晚上11点多回家。女儿说，邻居都是清华大学老师，他们待遇很高，但也很辛苦。有一天，我和女儿在园子里散步时，遇到一位清华老师，我们同坐在长条椅子上，他问女儿在哪儿上班、多大了、哪儿的人。当我们说是黑龙江省牡丹江人时，他高兴地说："我是密山人，咱们是老乡。"然后他说自己46岁了，现在还是北漂，还没成家。他在清华任教，正在联系博士后流动站，等进站后，在清华的工作就能稳定了。我问他现在有没有房子，他说住的是清华公寓，在这儿上班就可以一直住着。听后，对眼前人很羡慕，羡慕一个外乡人在北京拥有的这一切，

　　只是，无论如何，北京的厚重文化，北京的大气繁华，北京的现代气息，北京带给人的深层涵养，就像一块巨大的磁铁，深深地吸引着很多人的青春。尤其是4月时光，当你驾车行驶在大都市的街道，或行走在街道两边的绿树花簇中时，你会乐于身置其中，哪怕受苦。

写于 2018 年 1 月 14 日

/ 人生两翼 /

每个孩子来时都是天使，生有两翼。

隔壁女孩儿的奶奶说："她今年8岁。"祖孙俩是我家邻居，女孩儿不白皙，眉毛浓黑，睫毛也黑黑的，有着一双明亮的眼睛，吊脚辫子，兰黄花裙子，一眼就能看出她的漂亮。女孩儿的奶奶每天都很忙，周一到周五早、中、晚接送女孩儿上学，中间时间做饭、收拾家，儿子、儿媳妇在北京市里上班，每天都回家很晚。周末，女孩儿要学画画、钢琴、舞蹈。有一天，外面雷雨大作，我在屋里被雷雨气势吓着了，有些惶恐，只听门外祖孙二人大声说："我妈让我去的，赶紧送我去。""下这么大雨，不行，等等吧！"有时候，那女孩儿练琴练得很晚！她从手指能动弹开始，就被固定在父母设计好的固定程序里，失去了自己的时间。有一天，坐电梯正好相遇，听她和奶奶说："这周能不能啥都不学，出去玩玩？"奶奶说："那你得问你妈！"依我的体验，出去玩儿，可以激发出心灵里的很多东西，尤其是快乐和自由，它会带着孩子飞。

很多孩子喜欢天使，因为天使生有两翼，可以自由地飞。很多孩子喜欢孙悟空，羡慕孙悟空翻个跟头，就能去自己想去的地方！现实生活中，有的孩子过早地被固定在固定路线里，在固定的程序里，去完成父母没有完成的任务，其实这无可非议。我们每个人都带着使命来的。天地造人时，给了我们一个未知的茫茫宇宙，也给了我们一个伊甸园，这是天地造人的本意：探索、自由、快乐！

孩子都有自己的天性，有的孩子喜欢静，有的孩子喜欢动，有的孩子喜欢大象，有的孩子喜欢昆虫……这里不存在谁的喜欢有出息，谁的喜欢让人蒙羞，只要不失本真，就都是对的！顺着孩子的天性，就是给他插上了双翼。法布尔生来喜欢昆虫，热爱大自然，一生为昆虫记日记。快乐和自由给了他 92 岁的高龄，也给后来人留下宝贵的《昆虫记》。

老话说："强扭的瓜不甜。"这句话是说，你的主观意志过于强大，违背了别人的意愿时，效果往往是不好的。余秋雨在《为自己减刑》这篇小短文里，讲了他经历的生活故事，他在一次坐公共汽车时，注意到售票员非常不喜欢自己的职业，还时常唉声叹气。余秋雨接下来说，那个售票员在服刑，这辆公共汽车就是她的监狱。我想，她不喜欢，所以，她不快乐，她也一定做不好，生命的双翼，被折断了。为何不去尝试做自己喜欢做的事业，也许，会获得意想不到的力量，然后，飞了起来！

每个孩子来时都是天使，杜绝抑郁，从给孩子一个她喜欢的天空开始，让他去飞！

其实，断了双翼的，还有孩子的奶奶，人不管多大岁数，心里都要有一片蓝天！

写于 2018 年 6 月 27 日

/ 北京盛夏 /

要想在一个炎热的城市里生活下去，就要有更高温度的奋斗决心！

这几天，连续高温，每天都高至 38 摄氏度。

上周四去北京植物园，已下午 4 点，但大太阳仍在吐火，白光明晃晃，照得一切晃眼，这座城市仿佛离太阳很近。

四周高楼大厦林立，树纹丝不动，这是四面围堵不透风的墙，城市被钢筋水泥包围着，燠热无风的街道，空气里散发着化学的味道。

热到无处藏身，树下的阴凉有阴无凉，滚烫的热浪，在四周涌动。叫了一辆出租车，很快到了。车里很凉，一会儿感觉膝盖凉风飕飕的，我请求师傅说："师傅，要不把空调关了，把车窗打开吧？""现在还不行，怎么也得 6 点以后才敢开窗，外面的空气都是热的，风也不凉。"

北京植物园，远远看去，园子大门很气派，中间一个正门，两边各两个小门，喷泉在喷着正"U"形的水柱。那是水，是盛夏火炉里的凉。大大的园子，植物万万千，在盛夏的晚晴中郁郁葱葱，只是人影稀少，看管园子的女工穿着厚厚的黄色工作服在清扫，穿一身厚重的蓝色工作服的男工在安装、维修，一对情侣坐在公园椅子上，仿佛没有注意到高温对他们的影响，这让我想起一句话"恋爱中的人都是诗人"。也许他们陶醉在感情的愉悦中，世界怎么样他们都不会被打扰。园子里的动物也都躲在阴凉处，沿着园子的主路，观看园子里高大的梧桐树、错落有致的园林石景、路右侧参差披拂的杨柳，众多的树木覆盖了偌大的园子，绿景与天空相接，园林跃然于大地起伏之中。随着城市快速发展，人口数量剧增，高楼耸立，城市形成巨大的温室效应，生活在这里的人们，到了夏天，就要饱受蒸煮之苦。

在园子里溜达溜达，到凉亭里坐坐，也就回了，走走就出了一身的汗水，口总是干渴。

这几天，温度仍是 38 摄氏度，甚至更高。我来北京的任务是做饭、收拾屋子、陪伴孩子。吃用的东西，除个别外，都有快递小哥送到家门口。所以我大部分时间都待在屋里，因为身体吃不消空调的冷，只好开窗，几乎没有一点儿风，上午 8 点开始热，直到傍晚 8 点才能凉快些。从上午 9 点开始，动一动就汗流满面、汗流浃背。中午时，在厨房做饭，要不停地擦拭，不然汗水会淹到眼睛。

今天是周日，上午 10 点多，女儿在卫生间用电热双棒做发卷，做成出来，在蓬松朦胧发卷的映衬下，大眼睛，浓黑眉，白皙皮肤，格外温柔动人，仿佛夏日凉风吹来，看到了大海的蓝。女儿说："别激动，好看是好看了，我的后背已湿透，浑身都是汗。"在北京的夏季，尽管热到人间蒸腾，但生活却必须有序，脚步也一定稳重，人生的方向不能被左右。

北京这个大都市，一旦置身其中，梦想的种子就会一天天发芽，心里的追求每一天都像盛夏头顶的太阳。小北是北京一所 211 大学的高才生，大学毕业时各项综合排名在那一届毕业生中排在前五。毕业后，只想留在北京工作、生活，她喜欢北京带给她的享受，所以不惧未来。当时，全国五百强企业中有三个公司要和小北签合同，学校还把小北推荐给深圳的一家公司，待遇很好，去了就有公寓房，只要在公司上班，房子就可以一直住着。但小北选择了留在北京。在那三个公司中，小北没有选择任何一家，因为这些公司都有大量的出差时间。小北考虑再三，选择了一家在北京通州的公司。公司不包吃不包住，月薪 8000 多，主要是小北要选择和大学专业对口的工作。在炎热的夏季，小北每天早上坐两个小时的班车从上上城到通州上班，下班高峰期她要在公交车上站一个或两个小时回到上上城。每天三餐，一餐在路上，一餐吃外卖，一餐回到上上城出租房，对付一口。在公司，因为是新人，有很多活应该主管做的，主管却安排小北去做，而且还要做好。小北要常常加班，或把工作带回家，冬去春来，几年过去了，小北已年过 30 岁，还只身一人。北京夏天的热留在小北的青春里。选择了北京，就选择了挑战和奋斗。各种大楼里空调是冷的，可他们奋斗的决心和智慧比外面的持续高温还炙热。

北京，不养闲人，但也不亏待奋斗的心。小北再奋斗几年积分够了就有了北京户口，就可以用攒下的钱在北京买房交首付了，那样，小北的爱北京的心愿就结结实实地成为现实了。

盛夏的北京在热浪滚滚中，发出轰轰的声鸣。

写于 2018 年 7 月 1 日

/ 走向林徽因 /

不停地行走，只为能和你相见。

很多年前，上晚课的最后一节课，我和学生都在安静地读书。

一个柔弱唯美的女子，微笑着，袭一身民国长袖旗袍，盘发，头发微微卷着，端庄典雅，清秀怡人。这幅印在报纸上的女子画像，是林徽因。

《你是人间的四月天》，虽轻轻细语，却激情昂扬，清澈透明，泠泠作响，泛着青波，就像她的相貌和气质一样，能够将灵魂摆渡，将心灵清洗得干干净净。"星子在无意中闪，细雨点洒在花前""你是夜夜的月圆""柔嫩喜悦，水光浮动着你梦期待中白莲""是燕在梁间呢喃"这些句子的诞生，需要真诚的爱来培植。也许，心境清澈透明，爱便会一尘不染。

从怦然心动的一次阅读开始，开始活在一个女子的世界，想起林徽因，想起她的四月天，想起唯美的女子，重重幻想与奢望也跟着她的美丽和才情而奔腾。

原谅我吧，我喜欢和对的人在对的事上喋喋不休，烦冗拖沓，不忍割舍那因少一句而损减的情怀。

夜读《你若安好便是晴天：林徽因传》，白落梅的剔透灵动凄美的文笔，掀起我心头的波澜，一个有才华的女子在为另一个有才华的女子写传记，如若不是情动心扉，怎会妙笔生花，写出那么深刻的人生感悟。一次又一次地跟着如水花般的跳动，走进我愿付出努力去企及另一个人的一生。

一个人的传奇，是不是命中注定的？对于女人，最奢侈的愿望是漂亮，如若能让人看一眼，就再也忘不掉，茫茫人海中，特别到"耕者忘其犁，锄者忘其锄"的程度。美，对于女人是一种享受，林徽因享受她的天生丽质，命运也深深眷顾她的美，追随她的青春。

　　8 岁由杭州移居上海，带走了江南水的柔情，带走了草木的清味，带走了戴望舒笔下的油纸伞，去了一个充满梦幻神秘的更大的城市——上海。一座城市的气质和底蕴，足以影响一颗敏感的心。12 岁后，迁至北京，北京是一个有着厚重历史和显赫气度的城市；13 岁时全家迁居天津。林徽因在最好的年纪，住过中国最大的城市。16 岁时随父亲去伦敦读书，在康河的柔波畔遇到了徐志摩。一个诗一样的女子，开始了她诗一样的人生。

　　却原来，一个人可以这样被命运眷顾，上天不只给了她美丽，还给了她通往小众群岛的桥梁，由此通往世界各地，一路光华夺目。

　　作为女子，我们都有期待，期待身材、长相、才华、能力、浪漫的爱情，以及稳定的婚姻。这些林徽因都在轻轻举手间不经意地得到，成为民国第一才女和民国四大美女（林徽因、陆小曼、周璇、阮玲玉）之首。细细品读徐志摩的诗，会从或伤感或赞美的诗句中读懂他幽幽暗暗的情意，几乎多数诗是写给林徽因的，或者是情起林徽因。不知当时会有多少女子投去羡慕的心，以及微微撬动的妒意。

　　我从乡村走来，走过那么一段路，经由岁月的光柱，去过几个地方，在省城读过四年书。之后坐上了生活的列车，开始穿山过河，在崎岖或明或暗中改变方向，只为前方能够到达理想的王国。沿途于隐隐中，带着生活的重负，被折腾得狼藉不堪，如何才能像一个女子一样，活得有模有样。在每一个日子里，我都努力向往着成为林徽因式女子，活得漂亮。

　　后来，了解多了，才知道，一个女子随着岁月的消失，年岁的增长，芳华失去，视觉的美会被吞噬成憔悴。女子长长久久的青春在哪里呢？林徽因给出了完美的解释。

　　回到林徽因对于婚姻的选择，也许能臆断出她心里最想得到的是什么。

　　林徽因说"建筑像流淌的音乐"，足见她对建筑学的热爱。从她设计的东北大学校徽"白山黑水"可以看出，她在建筑设计上具有非凡天赋。后来，她成为人民英雄纪念碑和中华人民共和国国徽深化方案的设计者之一，又同梁思成一起用现代科学方法研究中国古代建筑，协助梁思成完成《中国建筑史》著作。这些成绩，足以让人钦佩。一个妙龄女子，清婉曼妙，步履盈盈，情怀款款，她的理智和对事业的执着，也如她的美丽，超凡脱俗。一个女子持久的魅力是才华和事业，虽如杨柳般柔弱，却能呼风唤雨，有着巨大的影响力。就像萧红，岁月没有忘记她，她的魅力不在相貌。林徽因也是，只是，她的漂亮让她在年轻的时候多了很多的爱情际遇，那份浪漫就像天上的彩虹。

新婚之夜，梁思成问她："你为什么选择了我？"林徽因说："这个问题，我用一生来回答你。"是不是这个一生指的是她孜孜不倦为之奔走的建筑学事业？

当暗夜醒来，一个人面对星空，想着人这一生，前面有那么多坐标，告诉我们生命的意义。很敬佩郭婉莹，她在突如其来的变故中，仍能穿着旗袍刷马桶、做家务，如若傲岸，风中雨中，越发坚挺。女人持久的美有着特别的韵味，如千年甘醇，如山间清风，如皓月当空。林徽因来时如山间花，燃时如夏火，沉静似寒冬的冰雪，尽管有世人诽谤，我只爱她一路为女人留下的生命高度。

前半生活得怎么样，不可追悔。"逝者如斯。"只是，余生，不忘修行，即便生活粗糙，不忘芳心永存，穿着旗袍过日子、读书、写作以及爱；不停地行走，不求拥有，唯愿相见。

走向林徽因，走向对生命的热爱！

写于 2018 年 9 月 5 日

2018 年发表于《西楚文艺》第三期

/ 这一方天地 /

我期待生命能够有意义，也希望在一切可利用的时间里，于一方天地，记录下生命的经历，然后，开始新的征程。

1. 站在城市一角

很久不发微信朋友圈了，有时候，只想和自己，或者和某一个人，或者和写作本身沟通。

也许，我们最终要走出来。忧伤时就会写作。那条路是山城路吧。我的微信名：是然。默然的然，凡事了然于心就好。

是的，我每天要沿着我的城市行走，许多时候，沿着山城路一路向北，去往国贸城等通勤车。走着走着，就到了。

你知道，这座小城的天气，它是多变的，阴阴雨雨，晴晴雪雪。我站在国贸城正南门台阶下，等候。我在等什么呢？等一辆车。等一辆车，把我从城市的中心载到城市西南的校园，然后开始工作。

站在城市的一角，有种特别的感觉。脚下是商铺前的人行路，青灰色路砖，站在人行路的高树下，静静地等候。人生的很多时候，就是在做着这样的事情。

脚下的正前方，有一条宽阔的城市街道，横贯东西。当阳光照到我的身上时，也照到了城市的树和城市人的梦想。我真真切切地看到了这座城市里的人，有着自己的生活方式。车，奔腾，奔腾；人，行走，行走。我没有理由停下来。我们每天都在思考活着的意义，也常常有种莫名的忧伤来打扰心绪。可当你站在城市的中心，每一天都能看到奔向阳光的人，每一天都能听到铿锵的声响时，也许我们也就明白，活着，就是过好每一天的日子，然后，不断地实现心愿，勇敢地成为风景。

街对面是鳞次栉比的服装店，一个人时，会常常面对着店铺门面上方的模特画目不转睛地看着。就在这些店铺之东，无论什么时候，只要我沿着山城路走下来，只要我站在这里，就能看到站在那栋楼东侧墙角下等活儿的人。霜寒雨雪，酷暑烈风，等活儿的人就站在那里等着，等着一次次命运的安排。我也一样，在这里等着，等着一次又一次的开始。我看着他们时，发现他们也在关注着我，我们从来没说过一句话，但都知道对方在等什么。有时候，我走了，他们还在等；有时候，他们走了，我还在等。我们同在一个城市谋生，走在各自的人生轨迹里，我承受我的重负，他们承受他们的重负，我体会我的生之快乐，他们体会他们的生之快乐。我们虽然不言不语，但有时候会一同感受城市的阳光、霜降、礼花、清晨以及城市的雨。说到雨，总是淅淅沥沥地下个不停。

有多少日子，就有多少感动，这座小城总是那么清新、怡和，我爱它，不是一时冲动。

2. 今天秋分

今天秋分，这一天太阳照在赤道上，昼夜平分，这种事情也许平常，却也离奇，毕竟一年当中只有春分、秋分两天昼夜平均分。

在忙碌的日子里，任凭脚步急匆匆的，也难以追上多变的生活。思来想去，仿佛春分刚过，秋分已至，最不可按捺的是时间，如白驹过隙。

这段日子，家中装修，我不求奢华，凡事对心就好。"你有你的铜枝铁干，像刀，像剑，也像戟。""我有我红硕的花朵，像沉重的叹息，又像英勇的火炬。"活着，一半活给别人看，一半活给自己快乐。舒婷的这段话表达了那个时期她的爱情观，是不是也可以用于表达我们对生活的看法。关上门，过自己的日子，自己觉得舒服，就是好日子。但也常常一家过日子，百家瞭高，这就是我们的习俗，尤其在像四合院的群居环境里，一招一式，一举一动，都在他人的眼中。农村和矿山的平房，一户紧邻一户。在那样连邻家刷锅、吵架声都能听得真真切切的环境里，彼此缺少隐私，生活透明，也容易形成攀比心。现如今，虽说仍然群居，同在一个楼洞里，但关上门，过自己的日子。随和一些的人，见面打个招呼，寒暄几句，大多数时候，老死不相往来。于是，我们常常会觉得孤独。

我不和任何人攀比，这个家是我们三口之家：我、小林、女儿。按着我的意思，装修越简单越好，越环保越好。我喜欢透明，一览无余。生活已经很让人费心，不想再为复杂的环境操持。家，就是一个放飞心灵的地方。我爱干净，无论居室，还是心灵，勤清扫，才有清凉的感觉，不要堆放太多的东西。人要感恩，这世上，能为我一心一意营造家的人，除了父母，就是我的孩子和我的爱人。今天秋分，寒暑平分，昼夜平分，平分秋色。从今天之后，雷始收声，蛰虫坯户，水始涸，秋叶红，天空时而澄澈。

人生虽短，但天空高远，秋景情深。在日渐寒冷的日子里，就会渐渐体会那句"有家真好"的韵味。

写于 2018 年 9 月 30 日

这组散文 2018 年发表于《丰泽文学》冬之卷

/ 秋 /

北方的秋，有着如此热烈的生命！

秋光，仿佛来自高远的大海，没有春光雀跃，也没有夏阳火热，不冷不热，温和凉爽。它仿佛透过一块儿透明的玉，来到我的城市，恬淡明净，不妩媚，不闪烁，只是在远远的蓝天上喷洒着万丈光芒。

田园、草地（丛）、路旁、山里，那些曾经艳丽的花朵，日渐枯黄，花瓣一天天零落，又回到了土地，格桑花也回到了母亲的怀抱。树木的叶子，一天天由绿而浅黄、嫩黄，渐变为微红、橘红、鲜红，柳仍绿、松仍青。山转变为赤橙黄绿青蓝紫的样子，流光溢彩，如墨染的巨幅画卷，同群山起起伏伏。

远山每天都在变幻着容颜，几乎一天一个样儿。远山壮丽的风景呼唤着我的灵魂，召唤着我的脚步，奔向郊野，奔向波澜起伏的群山。车，一路奔跑在山路，山路蜿蜒，豪迈奔腾跌宕；山，一坡接着一坡，流动着斑斓的光。我从车上下来，驻足在这秋山的脚下，秋山就像一座盛大的皇宫，华丽巍峨，也如大家闺秀，端庄淑雅；一山山，一脉脉，穿着黄色的华服，华服上点缀着高贵的灰色、娇艳的红色、深远的紫色，还有春天留给秋天的绿色。山山脉脉，牵手、回眸，踢踢踏踏，众音响起，千山起舞，舞动了山峦、大地，舞动了这个深情的季节。最美莫过秋，也是，只有星空下的地球，才拥有这炽热饱满的生命；如果不是赤诚，又怎会如此热烈！

山中的树，经历过电闪雷鸣的春，热浪滚滚的夏，走到了人生的秋。秋，是最热情、最饱满、最浪漫的时光。经历一切之后，便从容淡定，懂得珍惜光阴，才有了大山的恢宏气魄。

　　春水欢快叮咚，夏水轰轰作响，冬水暗渡无声，而秋水泠泠。"潭中鱼可百许头，皆若空游无所依。"这是秋水的景象，无凭无据我自清；静观万物，这是秋独有的气度！

　　一路走来，春风荡漾，温暖人心、物心，于是万物生！夏风总是带着温度，呵护大地的孩子，完成她的使命！秋风呢？初秋之风，暖而舒爽；到了中秋，过了中秋节后，天气转凉，秋风过后，秋叶黄，物换星移；转眼到了晚秋，秋风开始了它的冷，风过时，万物再也承受不住这凄寒的洗礼了："一叶落而天下知秋！"万物凋零！在这落叶纷飞的季节，我们总会听到沙沙的响声，软软又依依的，是曾经的鹅黄、翠绿、火红的生命！这个时候，山中的落叶归根，用最单薄的一叶又一叶，铺起柔柔绵绵的一层又一层，眷恋它的土地，它的来时的身。躺在铺满落叶的山中，享受那冷静又高远的秋光和落叶的香，呼吸阳光的味道，也才知道，那红遍万山的景，是叶子的光辉。

　　当城里人正在为秋凉叹息时，农民的热情正在秋光中升腾；当万山红遍时，稻田一片金黄，青纱帐站立成人类的脊梁。农民，播撒种子，耕耘人类粮食的人，他们永远敬重脚下的土地。秋，是收获的季节，农民忙碌的身影，华夏不老的传说，龙的传人！粮食的根永远谦逊地埋在土里，萝卜、土豆、大豆、高粱、小麦，在人类的血液里流淌！

　　让我们在忙碌之后，尽可能慢下脚步吧，去看看那些个角落里的秋花，格外应景，仿佛也懂秋怀。一朵黄花，于枯草里探头，像一个小太阳一样，格外明丽，错过了春，也未能拥有夏，却迎来了秋。在百花去时，秋来了，就在一片绿化带的墙下草中，打开了青春的娇容！每一个生命都有自己的季节，不必着急，也不必放弃，跟着阳光的心，会在光中闪烁！

　　我喜欢秋行、秋光、秋山、秋叶、秋收、秋花，更喜欢秋月。

　　秋天来了，一切涌动都停止了。万物成熟，沉甸甸的谷穗子，满地黄的玉米、大豆、土豆，还有树上飘香的果子，以及路旁的艾蒿，土生着的每一个生命都已结实；蛇、青蛙，准备冬眠。大地开始下沉，安静，在日渐清冷中静穆深远。在这个深秋的季节，月光晃动疏影，姗姗可爱。于是，走下楼，一个人赏月。没有了燥热，清凉的秋夜，月高高地挂在遥远的天空，在这个满月的秋夜，小城撒满了月光，清冷也安静。当万物沉寂，方知夜空高远，方知天地真正的距离，旷远而宁静！

也让我在这时光中抒写秋雨吧！你可知，秋雨格外凉，不温润，不滚烫，但也不凄寒，不缠绵悱恻，不大雨倾盆，只是舒舒缓缓，丝丝缕缕，降着情怀，这世界，我来了！我也来了，来到秋雨中，接受它一年一度的洗礼。无须撑伞，我已经在漏船中了。手伸向秋雨，抚摸它的前世，我看到了，云的记忆，是天空撒向大地的情，告别的泪滴！原来，秋雨的心是悲戚的！你看它就那样慢慢地滑落人间，落到了人心，谁的心头没有雨呢？不管你是怎么样的人！

那些草已经黄成陈旧，只等着一场大雪的到来。路边一棵高大的榆树，稀疏的叶子，娇小、嫩黄，在阳光下闪着金光。

莫道秋风飒，坚守自得生！

秋的繁华，是漫山红叶，是缀在枝头的果子，是成熟的种子，是不可逾越的高度！

写于 2018 年 10 月 10 日

/ 文学来自生命的声响 /

人和动物的本质区别是：人能够把所思、所想、所感、所爱用语言表达出来。例如，《诗经·伐檀》《诗经·硕鼠》等民风篇，是奴隶们为奴隶主劳作时，借助节拍、节奏舒缓疲劳，借助"不稼不穑，胡取禾三百廛兮？"等句子表达对奴隶主的不满和愤怒之情。这样的句子和着这样的节拍，就产生了诗。"诗言志""愤怒出诗人"，诗句来自言诗之人的心灵最深处，我们看到的诗句是火焰山的火焰，真情是地下的岩浆，情若炽热，诗句定会来势汹汹。

海子的可贵在于赤诚："亚洲铜，亚洲铜，祖父死在这里，父亲死在这里，我也会死在这里，你是唯一的一块埋人的地方。"因为赤诚，想象和表达无拘无束。泰戈尔的诗贵在真诚，顾城的诗贵在任性，流沙河的《就是那一只蟋蟀》，三毛的《橄榄树》，所有一再在生命里来来回回的声响，都来自生命的真实和情感的深处，那是一片净土。

一个猛子扎向生活深处，有生命的文学，燃烧着生命的真火。因为心里有火种，所以，路遥才在痛苦与愤怒中反饥饿；斯托夫人看到不公，才会在同情与悲悯中呼唤平等；在幽幽人生隧道中，林海音心存光明和友善，才有了充满温情和悲情的《城南旧事》；绥芬河作家王威在癌症的折磨中回首人生，写下令作家自己垂泪的往事《在边界的那一边》。其间，有着诸多生命的光环和挣扎、无奈。因为在生活深处，所以，更苦；因为能够承受更多，所以，更懂；因为百般历练，所以慈悲；没有经历，难得真谛。无论世界怎样，作家的热闹在深处，作家的孤独是深度的。

好的作品，无论长短，都背负着对人性美的描绘，对生存的指南，为活下去

185

指路，给生以希望、哲理、教育的意义。喜欢读长篇小说，在一章章、一节节的故事里徜徉，慢行；在感受人物悲欢中理解种种困惑、迷茫、坚决、勇敢，喜爱艾斯米拉达的纯真；在缓缓流淌的故事里，理解故事里的人群、社会、时代，进而明白，作家除了写自己，还要去写我们的人，我们周围的人，我们熟悉的、不熟悉的，我们的去向，我们的社会和我们生活的时代。所有的一切，都存在于这个时代的人的心里。

文学创作是一件很严肃的事，需要创作者有一个很认真的态度。那些天才作家，是因为他们生来就对文字很敬畏，很认真。王勃的《滕王阁序》虽一挥而就，但他对文字的态度却是疯狂的热爱。任何有生命的文字，都是用生命写下的。写不出好的作品，是因为我们的心灵、魂魄、追求还不够纯粹。这世上，没有比写作更容易的事儿了，随心所欲，我们都可执笔抒怀，但也没有比文学创作更高贵的事儿了，想赢得它的真心，需要写者耐得住寂寞，全力以赴，来不得半点儿敷衍。

只是，文学走到今天，备受考验。文学的商业化、娱乐化日益明显，网络文学鱼龙混杂，受众逐渐年轻化，后现代文学用戏谑调侃反讽瓦解经典，纯文学举步维艰。尽管这样，仍有很多人在坚守纯文学创作，因为真正热爱写作的人，写作是最大的事。

文学，也要受命于天。

写于 2018 年 11 月 29 日读书写作交流会
2019 年 1 月 17 日发表于《今日绥芬河》

/ 雨来了 /

外面下雨了，雨落的声音，我听得清楚。每一滴都来自天上，但不是每一滴都敲在心头。雨声带着忧伤，一部分落向屋顶，其余便不停地敲着我的忧伤。声音一阵儿紧似一阵儿，还伴有风声。一切灯光都关闭了，只有我的手机屏亮着。一个人，在深夜听雨，落雨的声音越来越大，仿佛雨势越来越猛，雨落铁瓦的声音越来越清楚。就在这雨夜，徘徊的忧伤像雨一样降落。

前天同事聚会，关注我的人，很认真地和我说："你瘦了，瘦了很多。""瘦"这个字，字面意是一个生病的人，手拿火把，在室内搜索，这有些像我。我每天最大的愿望是能够安静下来，不被打扰，静心写作，写好写坏，不重要，写作的人，都有这种习惯，喜欢记录。就像一个人，思念另一个人，心甘情愿。

我也想成为一个世俗而虚伪的人，每一次尝试后，会自责，觉得可鄙，也就下决心，做最好的自己，守住自己的本性。路上，我也一定克服我自己的缺点，有些可以克服，有些就难以挣脱，比如，我本真的快乐。其实，我懂雨，它忧伤时，会毫不掩饰；浪漫时，会缠缠绵绵。在种种困惑中，我也更懂花，任凭春天冷冷，榆叶梅，花团锦簇，任何势力，都阻挡不了万物对生命的表达，快乐只是由衷。

想到了前几天来学校讲课的黄德辉老师，非常诙谐幽默，他说他 36 岁谈恋爱，37 岁结婚，有三个孩子。我只一个女儿，和天下母亲一样，有时也为她的婚姻大事着急。我一天天走向生命的末端，我的孩子得有人接纳，或者，她接纳另一个人，然后两个人共度人生。只是，这事儿，不是我着急的事儿。黄德辉的故事，让我能够耐心等了。也许，就像这绥芬河的春天，4 月时，还下了一两场的大雪；5月时，山桃花、榆叶梅、连翘花，各种属于春天的花，开得鲜艳红火。是啊，有什么可急的呢，万事万物都有自己的季节，到时候，都会怒放。还像这雨，原本阴沉了一整天，迟迟不能降落，却在夜里，势不可挡，痛快淋漓。

我的写作，是不是也仿佛如昨夜的阴沉，今夜的雨。还有日子。不下雨是不行的，地，已经干旱了，今夜这场雨，是来拯救农民的，万物得雨而旺盛，农民得雨而满怀希望。这场雨，虽然它在深夜叫醒我，让我在漆黑中忧伤了一阵子，可雨落的声音，让我想起了一个诗人，那年，他去了江南，我在许多个雨夜，想到了雨打芭蕉，雨落屋檐，雨激起小桥的情怀，雨落在江南的水上的情景，诗人是雨的因子，站在雨中，凝望苍茫之境。还有那年，在北京植物园，当时大雨倾盆，我和女儿在雨中，看荷花如何将雨滴托起，荷叶在风中晃动水珠，感受风来雨来，仍自由自在，有千娇百媚的坦荡情怀。

我总会在有雨的时候，想起小时候。每一次下雨，我都会惦记我的父亲。父亲，有着天然抗风雨的能力，那时候，常常在下暴雨的时候，我在家中向窗外望，院子里，雨水肆意，轰轰流淌，可父亲还没回来，他还在田地里，还在外面，很让人揪心。我一直望着外面的雨，心里想着我的父亲，希望父亲能安全回来。当雨过天晴，父亲归来了，心头的雨才停下来。

今夜，我有很多话，要说给雨听，很害怕父母离去，可是，父母老了，他们离开是迟早的事儿，我再想得开，也不能知道我会不会承受得住，有一段话，很震撼我心灵："父母在，尚有来路；父母不在，只剩归途。"在父母的问题上，除了珍惜，其余都没有意义。还有我的孩子，我要陪她走人生。我心里的人，也是我心疼的人，照顾好自己。雨仍在下着，懂我，也不懂我。

2018 年发表于《海丝商报》

/ 师大夜市 /

大学毕业后，再没有去过师大夜市。

师大夜市，在哈尔滨师范大学西门。30 年前，我在师大上学，当初，我姐姐刚结婚，大弟刚结婚，父母要供我和二弟上大学。为分担父母压力，我找了一份家教工作，辅导一个小学生写作。

去家教时，来回要走师大西门。我沿着宽阔的师大校园路一路直行，直奔西门，临近西侧门时，差不多是下午 4 点多钟，各种小吃的香味儿扑鼻而来。饥肠辘辘的我，对路两旁诱人的小吃，视而不见。等再沿街返回时，那时间正好是师大学生出来闲逛、吃小吃的时间。十几家小吃摊摆在西门街，看着锅里滚动的油水，闻着小料的味道，肠胃开始兴奋起来。当年上大学，学校每月给每个学生发30 元饭票，我将每个月剩余饭票的一部分攒起来换成钱，其余饭票大多用来买师大西门的小吃。每天下午四五点钟时，那十几家摊主就把小吃摆上，小吃和其他物品摆在街路两旁，号称地摊。我喜欢吃油炸臭豆腐，每每经过，都抵不住臭豆腐的味道。把臭豆腐块儿放到油锅里翻滚后，外黑内白，外脆里嫩，有豆腐香味儿，外面再浇上摊主自制的辣酱。那时候，肚子里油水少，始终充满饥饿感，浇过辣酱的油炸臭豆腐，每吃下一块儿，都是对胃的抚慰。于我而言，最好吃的是地摊上的茶蛋，茶蛋 0.5 元一个。鸡蛋在一个放了很多茶叶和酱油的小铁盆里，铁盆下燃着火，水不停地沸煮。摊主坐在一个小板凳上，天热时，手里摇着一把蒲扇。一年四季，每一次经过师大西门时，闻到煮茶蛋的茶香和酱香，就会口里流水，忍不住买上两个，趁热吃下，幸福感就像河流里的水，流过舌尖，酱香、茶香、蛋香瞬间包围了我。我因此热爱西门，热爱西门的小街，热爱小街上那个手摇蒲扇煮茶蛋的大妈。西门地摊里有几样小拌菜，其中小拌毛肚、小拌凉皮、小拌干豆腐，都很有味道。我上大学时是 20 世纪 90 年代，师大西门卖小吃的不多，记忆中有十几个摊位，仅有的几样小吃解决了我那时吃的问题，留给我一份吃小吃的记忆。

大学毕业后，我来到绥芬河任教，开始各种忙碌，再没吃过师大西门的小吃，这一别就是 30 年。在工作 30 年的日子里，唯有今年能彻底享受假日时光，这一份完全属于我自己的时光。30 年遇到一次，我倍加珍惜，从青岛旅游回来后，又和女儿等亲人一同去往哈尔滨。

我二弟和姐姐的家都在哈尔滨，二弟开车接上我们。路上，经过南岗区学府路时，二弟问："二姐，多少年没回师大了？"我说："毕业后回过一次，但只是路过，没往里去。"二弟又问："想不想去看看呢？"我说："师大西门的小吃还有吗？"二弟说："你说的是师大夜市吗？在师大西门，可热闹了。"

到了哈尔滨，我们住在姐姐家，姐姐、姐夫在国外做生意。临回家的头一天下午，女儿带我去师大夜市，她在车上听到我说起吃师大西门夜市小吃的兴致，觉得我对师大西门夜市的小吃有着不可割舍的情怀。

到师大西门时，已是下午临近 5 点了。长长的西门街一改当初的局促和随意，街道从南向北，一眼望不到边，街道两旁是毗邻的带蓬铺子，一些炸串、烤串已陆续上摊。当我和女儿走一圈回来时，长长的两排铺子，每一个铺位都开始营业。瞬间，我眼花缭乱，没了主意。单说烤串就有十几种，有一种肥肠绿尖椒串，看着就会生出咀嚼的欲望。当年的大烤串，一个串串有八块儿肉，一次吃上两串就能挡住口水，现在串上也有七八块肉，但吃上五串还没有任何感觉，串上的肉块儿很小，每一串肉量只是当年我那时一个肉串的一少半。但这不属于"人尖地薄，货物抽条"，现在人们过上了好日子，在吃饭上大多数人不在意数量多，而在于口感好，量少的肉串，入味透彻。老北京爆肚有近十家，我们选了排队最长的一家，买了两碗，一小碗 20 元。卖爆肚的场面热闹，三个女子，穿红色厨服，戴着红色厨帽，在闷热天和小油锅间，过油、配料、装碗，麻利有序，齐声说着一段词："水爆肚，先过水，再过汤，出锅浇上芝麻酱，香脆香，吃过一碗，忘不掉的好味道。"油炸臭豆腐 10 元一碗，每碗里有臭豆腐六块，浇上麻酱、辣酱等佐料，插上个竹签，便可开吃。欲望大于胃口，又买了梅菜烤饼，烤饼在大泥瓮高温里贴过几个个儿，出锅就吃，口感香脆，有淡淡的梅菜香。

师大夜市，好吃的小吃有近二百种。傍晚时候，来这里吃小吃的多数是年轻人，以大学生居多，我若不是因为怀旧，也许很难饶有情致地跟着密密麻麻的人群，排着长长的队去买小吃。有两个女孩儿边走边吃边聊，其中一个女孩儿说："今天的人还不算多，人多的时候，这里脚后跟挨着脚后跟。"

夜市开放时间为每天傍晚 5 点至晚 9 点 30 分，4 小时 30 分钟的营业时间，无论卖哪种小吃，几乎都能当天售罄。据了解，来这里卖小吃的摊主，每月最低收入两万元，来这里卖小吃的还有在校的大学生。只是，在大热天中，每一个经营小吃的人要能禁得住炎热之苦。

师大夜市，如今已成为哈尔滨的一个景点，去哈尔滨游玩，一般要去哈师大夜市逛逛。离开时，回望师大夜市在夜幕中人山人海的景象，不觉间心潮澎湃，这里再无当年一条小街摆着十几种小吃的宁静。

当岁月流过舌尖，生活越来越好，任凭这里的小吃多么火热，今天的我却怎么也吃不出当年在渴望舌尖的味道时的感觉。

怀念，是一段时光，那过去的时光，或许也藏着寡淡的失落。

写于 2019 年 8 月 8 日

2019 年 8 月 29 日发表于《今日绥芬河》

/ 在青岛的日子 /

从飞机航窗向下看，大气堆积，连绵不断，像起伏的山，像堆积的雪，像我心头澎湃的生活，像奔腾的马，像怒吼的狮子。无论像什么，神秘的宇宙，悬在我们头顶的是些凝聚着的气体。

夜晚，飞到高空，认识到我们如果多角度地看这个世界，会多一份洒脱。坐在飞机上，看向我们生活的家园，感谢这个多情的地球，生机勃勃。到了青岛上空，夜幕中，那旷远迷离的灯光，迷离着神秘的蓝色，温暖的橘红色，一排排一行行的白光，将城市照得繁华灵动。

在夜幕中，我们下了飞机，到了东方瑞士——青岛。

古书记载"潮汐薄岸，地极泻卤"，是说黄岛上土层极薄，不宜树木生长。远望土石赭黄，故名黄岛。黄岛位于胶州湾南西海岸，与青岛市南隔海相望，承载海上货运和客轮运输。家中小叔子20年前来黄岛买房，在青岛下车，然后坐船到黄岛。今天，这里修建了隧道，从青岛下飞机可以坐车直达黄岛。

到了住处，子时刚过，门灯昏暗，车辆不能进入，我们只好背着包，拎着东西用手机照亮，按着网上发的信息寻找：烟台前社区七号楼。

安顿下来，心里格外踏实，来黄岛，要看两滩一湾。

第二天，女儿从网上确定了去"中国院子"的路线，我们三个人说说笑笑，登车出发。出门在外，放下琐碎的生活，一路望着车窗外一排排的绿树，也放眼窗外的啤酒广场。

青岛"中国院子"，位于青岛西海岸唐岛湾湿地公园。从外观看，这是一座徽式建筑，高墙封闭，墙线错落，青瓦白墙。时值6月，在墙外我看到了长在齐鲁沙土地上的花生秧和芦苇荡，这是在东北很少能够看到的。沿墙外向北，一个人走进树木茂盛的院子北。青岛，因为受海洋气候影响，气候温润，我一个人坐在凉椅上享受阴凉清风，看着眼前的风景，树木长势蓬勃有力，风吹过成片绿树如怒涛般，有着海的气象。入住的黄岛烟台前社区，绿树红楼，想着一路路两旁绿树葱葱，想着这里的植被长势像海水一样汪洋碧绿，觉得这里称为青岛，名副其实。

来到一座陌生的城市，就产生许多的好奇心。沿路返回时，我们前去银沙滩游玩。站在海岸外，看到银沙滩海岸海石突兀嶙峋，也许那一边是沙滩，站的角度不同，我们看到的是不一样的黄海岸。此时大海风平浪静，在午后的阳光里，海水像银铅一样下沉，也很像雄狮一样匍匐、跃动。东岸堆积大量的捕鱼界域网，守着大海的人，日夜想着大海里的宝藏。那一天下午，银沙滩游人不多，据说，广东阳江海陵岛东方银滩、青岛银沙滩、珠海银沙滩、湖南临湘银沙滩、新疆银沙滩、大连银沙滩最负盛名；青岛银沙滩秋季时沙子在月光下成银色。此时，我只目睹了海岸的倔强、大海的壮阔，远望，海水成蓝褐色，还有一点儿人迹稀少的空旷。我带着许多的幻想和失望的遗憾返回烟台前社区。

清晨，海水的味道，从窗子飘了进来。躺在床上，感受躺在海边的呼吸。想了很久《海的女儿》里的故事，不觉有些伤感。走向窗前，窗外白茫茫，大雾在另一个清晨收藏了万物。当太阳徐徐升起，大雾渐渐散去，烟台前社区，这里绿树成荫，深情的麻柳和一簇簇的大叶黄杨覆盖了小区的大部分区域。清晨，树木受阳光和海水的恩泽，生机勃勃。我沿着林荫路，一路行走，走过一条横街，走过一条食品街，就走到了黄海边和金沙滩上。

晨光中，金沙滩金光闪闪，仿佛凝聚了太阳的光芒；晨光中，大海荡漾，遥远的大海推着海水，在一浪高过一浪地奔向沙滩；晨光中，我情思邈邈。这里，没有古迹，只有茫茫大海和绵绵沙滩。

沿黄海岸，黄沙细腻如粉，松松软软，于是脱了鞋子，赤脚行走。沙粉粘满了脚丫和脚背。一阵海风吹来，沁人心脾。海涛声一声接着一声，平缓地一下一下涌过来又退回去，白色的浪花像一条条银色的鱼。我沿着沙滩漫无目的地享受脚下的软，早上八九点钟，太阳普照沙滩和海面，沙滩开始升温，卷起裤脚，奔向涌来的海浪，坦荡的大海呀，洗去我的忧伤。我开始自拍，奔跑，与沙滩上的游人攀谈，和他们互换着为彼此拍照，开心地摆着姿势，几位大姐的彩色纱巾跟着飘来的海风飘逸。

有些累了，坐下来，听着《外婆的澎湖湾》，这是我高中时最爱的一首歌。今天，我把脚印印在金沙滩上。然后，坐起，蹲下，用右手食指在细细腻腻的黄沙滩上画下一个大大的心，心里又画了三个歪歪扭扭的字——我爱你。海浪再一次涌来了，把这三个字带向大海，永久地陪伴着祖国的金沙滩和黄海湾。我躺下来，躺在人少的地方，静静听着《大海》，感受着歌词流露出的哀婉。

在伟大祖国改革开放的时代里，金沙滩成了名副其实的"金"沙滩。

在沙滩上待够了，我回住处吃饭。来到黄岛的几日，天天吃海鲜。所谓靠山吃山，近海吃海，从海鲜市场买回海螺、扇贝、鲍鱼、小人仙、蛤喇，清煮，蘸辣根酸醋，鲜美的味道证明了这里游人沸腾的原因。

可惜，没能赶上海水涨潮。下午时，我和家人说了看海水涨潮的愿望，于是我们沿着黄海海岸开始了一下午的行走。沿着长长的金沙滩，或行，或蹲，或坐，或直面大海，一路走到一个码头，看到了停泊的渔船。我眺望着茫茫大海。到什么时候，种地和下海捕鱼的人，都是很辛苦的，大海在，渔船在，渔民在。海水从远方来，仿佛负重而行，一浪高过一浪，到了岸边，撞击出洁白的水花。在寂静沉默的岁月，大海也从未停止过这样的激情，日复一日，年复一年，一次又一次地出发、涌动、撞击。在日复一日中，养育万物生；在日复一日中，将黄色海石一下一下地磨平，对磨下的石粒又一遍一遍地过滤，最后送到岸边。那经过海水细细打磨的石粒被一次又一次地送过来，送到了这环绕着大海的金沙滩，岁月如金。

我给女儿偷拍了很多照片，她粉色飘逸的裙衣，颀长的身材，迷人的青春脸庞，美丽的情影，以及她的金子般的年华，都留在了她来过的大海边，和金子般的沙滩上。

那一天，我们没有等到海水涨潮，也许我错过了什么，也许那一天，大海的心是平静的。金沙滩之北的烟台前社区，一排排整齐的阁楼和小高层，在余晖中流淌着金光。

旅行第四天早上7点多，我们一家三口再度轻轻松松出发，离开金沙滩，坐公交车，到青岛市里游玩。

当放下一切，走在由一个个鹅卵石或是青石板砖等石材铺成的城市道路，脚下有种特别的感觉，每一块儿石头都在按摩我疲惫的脚掌。我们那天走的是青岛南路，是青岛的市中心，也是青岛的老城区。这里没有崭新的高楼大厦，都是一些岁月已久的多层，楼房高高低低，城市街道和商业将他们连接在一起。

一路享受青岛，享受自由。抬头看看天，看看地，看看这里的人，这里人生活的地方。这里的道路都是以中国各大省、市名命名的，比如，天津路、保定路、北京路、河南路、浙江路、黑龙江路。那清晰的青石路，有着清晰的味道。"劈柴院海鲜大排档""1891岛城一绝春和楼香酥鸡""中华老字号1891"等一条条青街，在早晨的清静中让我想到了《雨巷》："撑着油纸伞，独自走在悠长又寂寥的雨巷，我希望逢着一个丁香一样的，丁香一样的结着愁怨的姑娘。"走在这悠悠青石巷，怎么会不心意沉沉。青岛古街，有着骨子里青石骨气，正如我的女儿，有着一番沉静内敛的底气，又不乏青年女孩儿的倾城之气质，超凡脱俗，自在眉宇间。

我们由北岸走上栈桥，沿堤大海推动海水，拍打桥堤和礁石，那如银般晃动的大海，擎起长长的栈桥。放眼望，桥上人来人往，桥身跨海延伸，伸向海中的两层金黄色"回澜阁"。

离开时，回望"回澜阁"，它仿佛在叙说着什么。现代高楼在茫茫大雾中隐约可见。在海的那边，有一座小岛。小林说："那是小青岛。"

当地人都说："青岛与黄岛遥遥相望，此青彼黄。"临走时，我们再次到码头倚栏杆拍照。

走到正阳关二支路，经过黄色矮墙，高高悬铃木、柏树、雪松，鲜艳的蔷薇在前方带路。我们走到了历史深处。扶芳藤缠绕攀缘，在心灵深处铺展着油油绿叶。我们走到了青岛的蝴蝶楼和八大关。蝴蝶楼，因与20世纪中国电影明星胡蝶同音而出名，胡蝶主演的电影《劫后桃花》曾在这里上映。语音介绍蝴蝶楼里摆放着中华人民共和国成立以来的一些摄影器材，我买了门票，进去看看。蝴蝶楼不大，里面有中国电影的发展史介绍，另有和胡蝶同时期的影星介绍，如阮玲玉、周旋、林楚楚、王人美等，还有黎莉莉、袁牧之等。

胡蝶的命运，谈不上不幸，也谈不上幸运，她在天真的时候和林雪怀谈了一次纯真的爱情，荒凉的日子，让人更加看清现实，潘有声来得不早不迟。也许，胡蝶更需要的是金钱和稳定，还有在这个基础上的爱情。可戴笠对她的三年软禁，不知道那又是什么。都不容易，只不过，多活了那么些日子。而且，我们每个人都知道，活着很精彩。胡蝶就是这样，她的作品数量谈不上浩如烟海，但远远超过阮玲玉，那么多美丽的体验等着每一个人，不必在意谣言和舆论。

八大关在山海关路，青岛八大关，是一些个规模宏大的建筑群，在绿树丛林中，掩藏深深。在深深的每一个院子里，都藏着一段段深深的历史。我们围绕着八大关建筑群走了一整个下午，八大关的大门是紧闭着的，我们只能从外观观看，通过扫门上的二维码听语音介绍。花石楼，也叫蒋介石公馆，许多电影、电视剧的拍摄都曾以此楼为外景地。语音介绍说："室内壁炉取暖，滑石镶壁，滑石与花石谐音，故称花石楼。"我对公主楼格外感兴趣，传说公主楼有着一段丹麦王子为公主玛格丽特建造别墅的故事，里面一切陈设建筑都是按着安徒生一些童话里的描写设计的，有水车，有琴椅，有《海的女儿》里的人物等一系列雕塑。其他几大关介绍了一些名人常来这里休养生息的往事，在青岛八大关我们还了解到：青岛也叫琴岛，一位外国姑娘来到这里，将琴声带到这里，带给了青岛人。历史总是很厚重，我从这里走过，写不出比历史本身更有吸引力的文字。这里有"万国建筑博览会"之称。比如，花石楼是罗马和哥特式建筑风格，而公主楼呈则现出田园风格。

离开了八大关，我们坐公交车去青岛五四广场看灯光秀。那一个夜晚，我们倚着栏杆望着夜色中的黄海，欣赏着五四广场的灯光秀。然后，乘坐最后一班车，返回了金沙滩住处。

写于 2019 年 8 月

/ 崂山呼唤 /

告别了金沙滩，心里有些不舍，回望白墙、红瓦、蓝天，蔚蓝的大海，海天间悠悠白云。在这浩渺的天地间，我曾在一个清晨，和游客一同迎着晨风，脚踩金沙，听大海悠悠而来的声音。在沙滩上，遇到的一切和留下的足迹令我感怀。

有一个声音，在心中隐隐呼唤。我们背着、挎着所有的行囊，在颠簸中，告别了跨海大桥。头顶的天越走越蓝。

1. 崂山人家

在这尘世间，有多少事停留在生命里，改变了我们的纯真，但纯真是不可以被改掉的，它是一个人快乐的源泉。在这尘世的纷纷扰扰中，有多少人，做了尘世的苦行僧。

走到崂山，一切都安静了下来。

四周群山起起伏伏，一座连着一座，群山在蓝天的映照下，流动着蓝色的光辉。群山下是整齐的红瓦、白墙楼房，楼房间有一条宽阔的道路，还有一条静静的河，河中高高的蒿草，蓝天、白云倒映其中。这里格外美丽，格外空灵。

沿着那座桥，迎着下午的阳光，慢慢地走在崂山脚下。女儿在网上联系了一家家庭旅店，我们准备去那里住下。远远地，白墙、红瓦间一树高高的石榴花，依墙而生，惊艳着崂山人家。一条路，一路通向崂山，水泥路清白。崂山在夜幕中，静穆。崂山人家像崂山的孩子一样，依偎在崂山的怀抱中。

我们走到了住的地方，右拐，道北，有一位大姐，瘦弱慈祥、干净利索，站在门口迎候。走进院子，院子见方。我们进屋，住二楼，屋里简洁凉快，大姐说："那条河叫大河，我们在大河东，叫大河东村，现在改叫大河东社区，河那边是大河西。"上了楼，我们把东西放在客厅桌子上。客厅外是一个大阳台，阳台通向外边，站在阳台上，心格外震撼，一排排整齐的二层楼房坐落在大河东，坐落在阳光里的崂山脚下，敦实安静，一切都在静静中表达着对尘嚣的沉默。

这是个三室一厅的两层楼，每一室都收拾得干净明亮。我们洗个凉水澡下了楼，准备找个饭店吃饭。大姐在院子里纳凉。我问在院子东南角的一棵枝叶繁盛的树是什么树，她说："这是耐冬，我们青岛的市花，冬天开花，越是大雪天开得越艳，整棵树都是红花，在大雪中，特别好看。这花开的时间特别长，会一直开，现在刚凋谢。花会开半年多，一整个冬天和春天都在开。"出来走走真好，不然怎么能亲眼看到耐冬，怎么能知道耐冬有着和冬雪争艳的香骨？

夕阳西下，我们沿着楼与楼之间的路边走边享受这里的宁静傍晚，路上不见人。从外观看，每一家共用一面墙，院墙为矮墙，建在两家共用墙的交接处。每一家院外墙，紧贴着墙根砌着花池或菜池，进门处都有一棵耐冬树。有的人家还栽了爬山虎。有一家大门开着，一个年纪看上去有80多岁的女长者冲着我们说话，问我们："你们是来这里找他家的吧？"那家院子有一颗葡萄树，葡萄的枝叶爬满了院墙里的架子，我望着它们，垂涎三尺，不知道是馋葡萄还是馋这种生活，那种静，静到了心里。女长者和我们说："他家人出门了，你们是亲属吗？我给她们打电话。"我们忙说："不用不用，我们是来这里度假旅游的。"女长者并没有听清我们的讲话，执意要帮着找，我们相互笑着，觉得长者就像这斜阳般发着朴素的光。

我们沿来路返回，走上主路，沿着大河向南走，走到大河南端，沿着大河右拐，进入大河西。大河西的路依然平坦宁静。沿路，我看到了大河西村的壁画，顿觉这片土地有着古人群居的人心。我想把这壁画的文字内容在这里做一下记录：

"博爱、平等、民主、责任、宽容、进取、科学，是每个人获得幸福的钥匙。"

"爱情是和谐家庭的幸福源泉，亲情的力量是维系和谐家庭的基础。"

"和睦的家庭人人羡慕，每个家庭都健康和谐了，整个社会必然会健康和谐。"

"栽花、养草、喂鱼、养鸟儿、书法、绘画、写作等文化活动都是老年人喜爱的。"

这些不是一定要写到文章里的，但这些要写给没去过大河村的人，让他们和我一道明白崂山脚下的大河村，为什么这般慈祥。落日的余晖照在清白路两旁的二层楼房上，远山在光的朦胧中隐没在天边。继续走吧，走到了二月花站，这里是幽深的古巷里，在灯光下，那些墙壁画上的荷花老人，融入了忙碌了一天的崂山人的情感。大朵大朵的粉色绣球花在灯光中害羞着。

走在崂山脚下的大河村，一切都归于干净，只剩一个愿望，留下来吧。

留下来，享受这份安宁。

晚上，我们环着大河东走来走去，仿佛在洗礼般，越走越轻松，看不够远处起伏连绵的崂山，感受不够这里一排排二层楼在灯光中的那种种宁静，还有这里的人心。我们住的人家姓朱，二层楼归儿子朱宁，朱家老两口住在北边老村。老村都是一些平房，住在里面的一般是老人。晚上我们走到了老村，老村门户简朴，那平房仿佛在沉睡中守着什么。在行走间，只能留住那一份朴素的投影。晚上我们三个人到一家小吃店吃串，店不大，里面只摆了四张小桌子，但店里的人很多，屋里坐不下，坐到了外面。我们去晚了，没地方坐，两个年轻男子给我们让了靠近店门口的平地，他们把桌子挪到了路边，尽管我们再三表示不用。

月光下，灯光里，崂山脚下，我们一家三口咀嚼着小串，喝着凉爽的青岛扎啤，和一位当地的大姐说着话。我说："这串真好吃，干干净净，味道很好。烤得火候也恰到好处。"大姐对我的话似懂非懂，她回我说："嗯，他家的这个店人多，旅游旺季人坐满了街。"

6月，正是杏黄时节。那天傍晚时，我们回到住处。等洗漱完出来一看，二楼客厅大茶几上，放了一堆杏，我高兴地问："哪来的？"坐在沙发上的小林说："朱宁给的，让我拿给你和姑娘尝尝。我吃了一个，这杏好吃。"是的，这杏入口甜脆，吃起来没有怪味儿，口感很好。我下楼找朱宁："你这儿有杏园子吗？我想去看看。"朱宁犹豫后说："有，离这儿有点儿远，在老房子那面。我开车带你们去。"路上，朱宁说："我们这儿水好，水从崂山石缝间流出，经过崂山石子过滤，水质纯净，富含矿物质，是天然的矿泉水。"朱宁话不多，但他的话里都是崂山好。车开了很远的路，沿途越来越冷清，最后到了崂山脚下。朱宁说："这是我们早先住的地方，2003年，这里建设新农村，建了小二楼，像我们年轻人都住那边，这边住着老人，守着老房、老院子。"当我们蹚过果园旁的小河，朱宁喊："二叔，开门。"朱宁说："这个果树园，二叔给看着。"走进杏园，除了我们几个的说话声，只有那条小河的流水声，崂山人——大多数时候，要能承受住这份寂寞。回来时，我问朱宁："是否考虑去青岛市里买房子？"朱宁说："早些年时，有人瞧不起我们崂山人，认为我们是农村人，现在整个青岛，崂山的房子最贵。我们这里的水好，还能享受国家的优惠政策。"回来途中，朱宁带我们去看水。水清澈得像一面刚刚磨好的镜子，在寂静的大山脚下，流淌着。临走时，朱宁的母亲相送，她说："崂山人，是从云南过来的，当时过来两大家族，朱姓和姜姓，到现在，朱姜两姓还好得像一家人。"随即又说："我们这里的水壶，用上十年八年的，壶里都没有渍垢。年岁大的老人说，老祖宗留下一句话'千难万难，不离崂山'。"走时，我们又买了二斤杏，如果不是旅行携带东西多，天热不宜久存，我会买上更多。

2.探太清宫

崂山，来自黄海。这里，亿万万年前，也许都是一片汪洋大海，但是地壳运动改变了这里的一切，才有了今天的海上仙山。

我们所有的喜悦和激动，也许都是因为我们的心灵遇到了纯净。在静静的岁月里，大海独自波澜。也许在一次巨变中，潜藏在大海深处的那巨大的坚守，被推出了海面。

走进崂山，阳光像水一样流淌，浇灌着这里的人心。天空干净得像一面悬挂着的明镜。黄海茫茫，绿树葱葱，碧波粼粼，我们沐浴着这份来自上天的恩惠。

行至海上栈桥，也站在了崂山脚下。这里山水相拥，倚着栏杆，黄海和我近在咫尺，我的心，装满了这大海的水，再无其他。浮出水面的石头，有着特别的淡定，邈邈远远间，仿佛深藏着更多，这雾，也渐渐散去。山色青翠，海水蓝蓝，我倚向弯弯的栈桥，和大海合影。

走过这座傍山探海的桥，在幽幽深深中，开始攀登崂山。一路拾级而上，除了阳光，就是斑驳的树影。树深深，心幽幽。登上台阶，一片平坦开阔的空白向四周张开，四个大字迎风袭来——道法自然。"法"字书写得有些气概，仿佛水去为山。那一面长长的灰白水泥墙上，只这四个字。"自然"是自然而然之意。大山、大海、太阳的光芒，有哪一个带着人的心思和意志？又有哪一个不是主宰着人心呢？只是"道"究竟是什么？我眉头紧锁。看那"道"字，一股飘飘的仙气从字中飞出。阳光赤白，今天前去探访太清宫。"太清"，古意是"太古无为而治之时""元气之清者"。

看过崂山太清宫游览示意图，我知道向上走，这连绵的高山间有弘道院、救苦殿、文昌殿、三官殿、东华殿，有关岳祠、观海亭，也有体贴游客的洗手间、小广场。走到崂山太清宫前，高大的老子石像立在山林中，导游讲述说："许多国家领导人都曾来这里，所以说这个地方就是崂山的心脏。这一尊老子铜像，高36.9米，据说是目前最高的老子像。老子左手指天，右手指地，寓意天人合一，唯我独尊的意思。""这里门一般平开三扇，福禄寿、崂山太清宫中间这个门是皇帝进出门，为义门，这个门不开；右手边是寿门，左手边是福门，走左边还是右边，自己决定。走右边，就是祈祷健康长寿。"一路攀到七真殿，看到了三扇门："中间为升官门，两边是旁门左道，为生财门，这个也要看你们自己走哪边了。"一位老人笑着说："我们都退休了，不升官了。""这里门有三扇，门下有台阶三级，门前有树三棵。道家认为天生一，一生二，二生三，三生万物。"

听着导游的解说，读着这绵绵绿色和巍巍崂山，我们就知道一定要出来走走，这个世界远远超出我们的想象。

七真殿院子里，阳光明媚，透过高大的树，形成了斑驳的树影。每棵高大的树前，都坐落着一块抛光为黑色的花岗石，边上镀着翠色。其中一块上写着"山茶花"三个大字，下书"山茶科山茶属，又名耐冬、海石榴、玉茗花、曼陀罗等，树龄400余年。为南方常绿花，本地花期十一月至来年五月，冬春开花，故名耐冬，为青岛市市花"。

七真殿院里奋力长向太阳和高空的两棵高大的树是银杏。在天空中张开枝干，像刑天舞动干戚，长满的翠青挡住了阳光。银杏，被称为植物中的活化石。雄雌异株，是上古孑留的树种。植在七真殿院子里的两棵高耸云霄的银杏是雄性，树龄1100余年。

"崂山道士能穿墙",不觉间,我们走上了台阶,就走到了一面白墙前,导游说:"如果一生都不曾说过一句谎话,你就能穿墙而过。"大家看着墙,一片哗然。当我们绕墙而过,一棵高大的榕树像滚动的旋风般旋上天空。这里落坐着一尊塑像,一长须清瘦长者,身着一袭长衫,长衫在双膝处褶皱,端坐,目视前方。看到台座前文字介绍方知是蒲松龄,据说,蒲松龄随本邑人来崂山,住在太清宫,创作了《崂山道士》。我扶向蒲松龄座像的左膝盖处,仰望他。

殿里红楠、月桂、黄杨、紫薇、银杏、乌桕、绛雪等树,岁月久远,长向太阳,有压住浮尘的气力,依傍七真殿而生。在七真殿院中心,有块石头上写着两个鲜红大字——绛雪,旁边一棵枝叶繁茂的大树,挡住了头顶的阳光。这棵树下有一段记载资料:蒲松龄《聊斋志异·香玉》之绛雪仙子,树龄五百余年,为青岛市最大耐冬,因花色深红,花开繁密,如雪压枝头,故曰绛雪。

离开七真殿,继续攀登台阶,路两旁金黄色山石,于磊落中向上。我路过三皇殿和观海亭去往混元殿。混元殿在老子铜像脚下,这里绣球花盛开,一片片圆圆的花朵,盛开着深深浅浅的紫,夺目璀璨的粉红。走在这里,一切都在不言不语中。一木、一草、一石,静静而已。站在台阶处仰望老子铜像,这位伟大的思想家前额凸起,表情神圣,眼眸幽深,身披硕大道服,站在玄深通幽之巅,左手指天,右手指地。老子为函谷关令尹喜著《道德经》,一共5000多字,别小看这5000多字,写尽了天地、社会、人生、政教、生命等之玄理。我努力登上高台后,所获的是换个角度,感受站在这里俯瞰大海和人间的胸襟;也许,老子站在宇宙之巅看世间万象,才会看得如此通透,真的懂了,也就什么都不想说了。高处给予我们的是渺小,渺小给予我们的是对生于天地间万物的敬畏。

这座从大海里升起的崂山,植物资源非常丰富,据《崂山植物志》《山东植物志》等文献记载,崂山现有维管植物1507种及大量变种,隶属于16科725属。大海带来潮湿和生命。崂山植被大多沿石而生,山石大多巨大、安稳、浑圆,历经长年累月的洗礼,所剩唯淡定从容、坚韧。

连环洞是崂山道士修行的洞穴,我进了洞穴。进要低头,弯腰。进去了,要看清楚。这只是一个仅能容得下一个人哈腰盘坐的山洞。这里除了可以挡风雨,没有其他。在这茫茫大山中,每日透过头顶的树缝迎接太阳初升,静听雨浇山林,目睹万物在春雷后复苏,在秋风的用力摇晃中飘零。经历食不饱方知食重,在清苦中，方能把自己与万物相融。在寂静中，探幽析微，与虫同行，日月中聆听一切大自然的声响，禁欲、禁色、禁言，心与空旷相接，于自然而然中相生，慢慢地，参透了这一切，方能参透自己。懂了，身体受尽了苦，灵魂也就和自然越来越近，与自然相融，也就有了大自然的智慧："天地有大美而不言。"山洞里的人，过着苦行僧的日子，最终修炼成大智慧。

3. 攀崂山主峰

沿途树木参天，早上的太阳，透过树缝照过来，我们再一次走到崂山脚下。这里仍然三面环海，一面是崂山，崂山远远望去，黄色大块石头，从山脚垒起，不断增高，垒向巍巍山巅。

小二楼，面海靠山，红顶灰墙，在蓝蓝的天空下，相依相偎。有的人家有自己的小院子，小院子里有自己的半亩地，半亩地里种着整齐的崂山矮茶。看着这贴近山水的生活，就想着自己也能够住下来，只是，人生有太多的不可以，就像这崂山脚下的人。

崂山石多土少，记得朱宁说，他们种茶造价很高，要从外地运土。我第一次感受到，在没有土的地方，寸土寸金。没有太多土，就要把茶树种在都是石头的山上。石头或为黄色，或为褐色，有的像成群的大象，每头大象都伸着长长的鼻子，探向大海；有的像错落的宫殿，依势而起；有的像东方狮子，写满了崛起的决心，一块大石头上写着"狮子观"三个大红字，一头雄伟庞大的褐黄色石狮蹲坐，还有的像东方雄狮在奔跑。在不停地行走后，我站到了仰口沙滩上。仰口沙滩，并无金沙滩开阔。蔚蓝的大海依然涌动，不分昼夜，海的四周依然有激起的洁白水浪花。沙滩之北是凸起的石山，巍峨突兀倔强，南边近海的山，植被旺盛，山体呈绿色，大海的尽头在遥远的天边。这里的沙子略呈白色，不像金沙滩的沙子，在阳光下，流动着金光。

当我为大海拍照时，方注意到海天一色、上下天光的壮美，好像天上的蓝倾泻向大海，近岸的海水泛着轻柔的绿色，一朵朵雪白的浪花瞬间在灰黄的沙滩上堆起，远处有隐隐的岛屿在水天相接之处。听听这里的晃动的海水声，听听"啾啾"海鸟的鸣声，这里才是诗和远方。

我们乘坐索道缆车到达觅天洞，开始攀登。我们从一个狭窄的石门洞进入，洞前写着"觅天洞"三个字，台阶狭窄，仅容一个人通过，前面一面大石写着这样两行大红字"洞幽不雨草自湿，山高无风暑自消"。山洞狭窄，潮湿，每向上一步都要抓牢石头，小心翼翼，有的地方从洞顶向下滴水，脚底要踩稳石头，身体也要避开头顶的石头，弯腰躬身，屈膝攀登。能看出，为开辟这条路，花了很多人力。这条从石头里开出的路，一路弯弯曲曲，有些不好坚持，只是愿望能给人巨大的力量。当我们终于上去了之后，眼前的一切，有着通天的震撼。

整座崂山，如若一只巨大的海龟，展开四肢，带着沿海的沙滩，驮着傍山而建的错落有致的民居，还有这海拔一千多米的崂山主峰，爬向大海。这里，我们分不清哪里是海、哪里是天，海之蓝，即天之蓝。但这里不是崂山的顶峰，顶峰是天苑。

崂山的石头不像东北的石头，灰黑翘楞楞，坚硬。这里的石头，黄色温暖圆通，一路都是大大小小的深黄、浅黄、微白、淡黄的石头，植被不像东北长势汹涌，这里，越往山顶攀登，植物越是稀少，看到的几乎都是一块块圆圆的大石。但也有在石缝间长出的参天大树，它们一心向着太阳，屹立在崂山顶峰。上了天苑，才登上了最高峰。我们坐在天苑一块半倾斜的巨大石头上，迎海而坐。坐在这海拔 1132.7 米的沿海岸最高峰，就真的什么都不想说了，只是面对无边的大海和崂山，听到了黄海和崂山的呼唤，一路不顾劳顿地送达我和亲人的身边。

这一组散文整理于 2019 年 8 月 3 日

/ 时时擦拭心灵 /

同事劝我说："你写写小说吧。"我答应着。其实，我知道，我不行。因为，我缺少写小说人的性情。情感过于饱满，就会伤害小说的逻辑性和故事性，写着写着，就成了散文。

我一直在尝试，这份尝试就像攀登山峰，路途陡峭，心里装满了期待的风景。写诗需要天赋，我是门外汉，只是用来抒发偶尔的诗情。写散文，我越来越觉得，需要迸发力，如果这个力量在散文中消失，新鲜感和启迪性就会隐没。这新鲜感来自本真的性情，启迪性来自对生命的积累和感悟。

写散文的人，要保持对生活的热爱，也要保持一份纯真，写出的文字才会带着山林和清泉的气息，才会让人忘掉疲惫，投入文章的怀抱中。心中无月，文章会缺少皎洁的光；心中无爱，会缺少温暖的火苗。写作的人，要时时擦拭尘埃，保持心灵的光泽，身在黑夜，眼前却一片通明。也要时时更新，活跃思维头脑；时时观察生活，磨砺心性，纠正偏差错误，让自己保持活力不衰。不能不时时读书，生活有时杂乱，不讲道理，而能够流传下来的文章有着很强的逻辑力，蕴藏深刻的哲理，可以帮助我们梳理思路，扫除障碍，填充我们有时空白的思想。

写作，可以成全的人，只有一个，就是自己。

作品能够成全多少人，是作品本身和读者的事。写作不是人生的任务，我们可以不写，但写作可以让我们找到最真实的自己，从而获得新生。在现实之外，那个写作的自己有一颗驿动的心，感受人间大爱、大美、大彻大悟。

坚持写作，最难坚持的不是写，而是在写作的路上，始终要保持一种良好的人生状态，乐观勇敢地去生活。热爱需要热爱的，积极进取，勇于面对困难，守

205

住初心，相信人生。需要能够时时警醒，在人群中看准方向，有对是非判断的能力。散文如果有了真性情或真谛在，任凭天马行空，也不会散落一地。

坚持，是在他人睡觉的时候，你在尘埃落定后，开始写作；坚持体验生活，有良好的体力，不甘于承认自己被打败，在他人认输的时候，你依然选择继续；还能坚持在混乱中寻找秩序，在暗夜中寻找光明，在没有希望的时候依然相信希望。能够拯救自己的人，是自己，但如果需要齐心协力的合作时，能够主动地向大家靠拢，并全力以赴。

世事纷繁，我们能够坚持不随波逐流，才能站稳一方水土，用一方水土的情怀，荡开世界的大江大河，传达逸兴，呈亘古交替。我们自己坚固，河水越深，飞流越壮美，看似静默，实则波涛涌动。

人生路上，我依然坚持逆向而生，慢慢地，回到最初的时候，用一颗砥砺的心创造清明，打开胸襟，宽容他人。

在写作的日子，情怀也会因为一次次书写而日渐充盈，像清晨树叶上一颗晶莹的露珠，装满了太阳的光辉。

整理于 2019 年 11 月 11 日

/ 用诗句构筑凝望 /

——读诗人舟自横及其诗歌

1. 诗人舟自横

黑龙江这块黑土地，有着数不尽的诗人。这里的寒冷，从未冰封人们热爱生活的热情。在浩大的诗人队伍中，诗人舟自横的诗句，有着别样的气质。

舟自横，原名冯振友，笔名缘于"野渡无人舟自横"诗句，寄予他自由不羁的情怀。舟自横喜欢走路，走路可以摆脱许多桎梏和障碍。我也喜欢走路，在行走的路上，更多地理解了舟自横的诗行。并非路有多好走，只是，走路的时候，可以把许多的心情和思考交给一花、一草、一树、一木，交给绥芬河浩远的蓝天、起伏无垠的白雪、四季变换色彩的天长山、光影跳跃的日月湖，交给黑龙江这片广袤的黑土。行走的时候，会与天地相连，与自然相接，体会山魂、树魂、花魂，明白"水利万物而不争"的意义。脚印，也就深深地一步一步地形成足迹，许许多多的时候，人世解决不了人心的苦闷，大自然在不声不响中对一颗颗求索的心予以抚慰。绥芬河这片净土，人杰地灵，滋养着诗人的灵性。

行走，让舟自横在世界之中，有了自己的另一个世界，他用自己的行旅形成了一个怡然自得、明朗清纯的家园。家园有陶渊明的东篱、南山，有王维的清泉、水石，也有大漠孤烟、长河落日。

舟自横还喜欢江南，"自古江南多才俊"，相识三年间，舟自横两次去江南。除此之外，他大部分时间，都在绥芬河这片土地上，行走、呼吸、写诗。舟自横没有太多社交，但有几个哥们，他们是同行的诗人和吉他手。此外，就是他的诗歌王国。

有一天，舟自横和他的好哥们，去往天长山路边的小凉亭录抖音视频。视频里，他倚着凉亭，四周是白茫茫的雪地，他读着他的《雪夜》："琐碎的光是我的注视，照亮不了遥远的事物，此刻，分辨不清大雪与夜色是哪个，在厚厚地覆盖。"仿佛身在世俗中，心却在一个清风荡漾的花园里，抑或那是一个没有烦忧和世俗眼光的空间，所以，他们好像有些浑然不觉。寒冬中，跋涉脚步，身倚亭栏，和着哥们的吉他节奏，吟诵着他的《雪夜》，吉他声声行，诗人款款情。有人道："这是一个文学不值钱的时代。"可是，哪一个时代能没有文学呢？

在诸多活动中，我常常见到舟自横害羞，或者任性。他是任性的，更是真诚的，他更相信爱和自由。舟自横将写诗作为信仰去践行，当我在现实中受到金钱和物质的种种伤害时，心里就会强烈地推出那个痴痴地守着诗歌的人，他像极了一个守望土地的农人，任凭世界风起云涌、波涛海啸，黄金充斥着人们的思考，农人只守着他的土地，舟自横的思考和咀嚼里只是他的诗句。

2. 冬日下午

那是一个月前的事，舟自横发布了这样一条微信朋友圈信息："窗子开着缝隙。一缕缕烟雾裹紧云朵。对面超市打特价，促销一些词语。声音敲小锣。默想无墨香。吃一个红苹果。药汁划过前胸后背，一天或几年就要过去。屋里热，也穿上厚棉衣服。天，即将到来的大雪已经没有炉火。"

恰好，我因为吃了冷食，又因为白天没戴帽子冻着了，晚上就发烧难受。那天，屋子很热，但我却很冷，冷做一团，我穿得很厚，盖得很厚。就觉得，希望是什么，还是生活好，可生活又是什么？人会生病，一切窗外还那么热闹，我的世界孤寂如下大雪，只是这是个没有炉火的世纪。舟自横这首诗来自生活和生命深处，看似琐碎，却有着很深的生命体验；看似平淡，实则在不张扬中写出很多有着相同经历之人的心理感受。真诚自如的诗句深处是舟自横生命和灵魂的厚度，是他对人世和生活的深深理解。

写于 2020 年 1 月

/ 诗句构筑的凝望 /

——评舟自横的诗集《乡雨滴心》

读一个人的诗，就是深入地走进诗人的内心世界。我从《乡雨滴心》中，读到了舟自横近 30 年的人生之路。

1. 写给爱人——赤诚的凝望

舟自横写《蝴蝶的标本》时，年仅 24 岁。时隔 30 年后，他的梦幻、理想和激情，仍在一页页纸笺上跳跃，跳跃着青春胸膛里的赤诚，跳跃着爱情灼烧的火焰。《坚持》中写道："众鸟儿已高高地飞尽，雪野上，唯我弥留于曾经的恋情，折枝寒梅同握住你那刻骨的名字，弥散的芬芳，被收进动魄的晚钟。"字里行间，融入舟自横爱的高洁。傍晚时候，一切都离去，休息开始了，舟自横的思念无法停止下来："烛光深入玻璃内部，然后揉碎一纸情诗，抚摸霜花反复无常的美丽。""梅花开放的声音隐隐传来，你便是我心枝上，最纯洁最冷艳的一朵，拒绝抚爱。""我该怎样爱你，在你远离我的日子里，我故作镇静，并坐在燃烧的炉旁，坚持火焰的寒冷。"我反复地朗读《坚持》，确定舟自横写诗的时候是爱人离开的日子，爱人离开了自己，那份不安和孤独，时隐时现，爱人是他心中的寒梅、美丽的霜花，热烈和赤诚的思念燃烧着他，略带忧伤的诗行不停地奔腾，灼烧着他青春的血液。《献诗》是舟自横献给爱人的诗，在大雪纷扬的冬天，他在异乡，内心澎湃着沸腾的水和蒸腾的思念，用握紧的怀念全住一缕情丝："歌唱的炉火被远方的梦者侍养，我看见你在坚冰上巩固泪水。"挂念和忧伤，萦绕着诗人的心头。他和爱人，曾是春天的小小麻雀，一起飞过春天的柳枝，飞离了故土，背井离乡，展开翅膀穿过老树的根系和风俗的高度，同白云的道路合二为一。诗人经历了别离的孤独、刻骨的思念之后，走向坦然和成熟。"心脏就在你的胸中，安然如石，凄惶如兔，四面八方，只能选择向上的爱途。"

这三首诗，记录了舟自横20多岁时特有的爱。爱人，在他那时的世界里，是最赤诚的凝望。

2. 写给故乡——寻来时的家园

2009年4月5日，舟自横写下《心里落雪》。人到中年，萌生乡愁。舟自横开始注意小城："边城四月，起风了！"这是思乡的信号。"冬天沉入大地，还在燃烧，一匹春天的小马，喝干所有水，水回到树里，在这样心神不宁的时刻，去冬雪落了下来。"舟自横注意到去冬的雪落，是内心的另一种凝望，所以"春天的小马，驮着草莓一路向北"。北方有舟自横的故乡："我看见野地里的红。""去冬是一座山。我在阳坡走路，在冰里闻着青草的气息，在花下，看冰拱出地面，偶尔想起父母的家，一堆黑土。"故去的父母，一直存在于舟自横沉甸甸的岁月里。在积久岁月之后，尽管他乡有几个一同写诗的哥们，可他乡总有故乡给不了的温馨和爱。司马迁在《屈原列传》中说："夫天者，人之始也；父母者，人之本也。人穷则反本。"也许，远离了家园之后，舟自横并没有得到期许的一切，甚至，是一场来自异乡的考验，依然那么深刻。"向东，不断逶迤，我的虚无越来越逼仄，我看到，这夜的阴面，雪一直在下。"也许，时光太过匆匆，也许心中的堡垒未能一直增高，也许，原本一切期待的都未曾来过。这时候，有一块土地，让舟自横倔强地站立，温暖地抒情，那块土地是有着父亲母亲身影和足迹的故园，他乡是说不清楚的忧伤，故园是舟自横眼眸里未曾动摇的凝望，是舟自横最温暖的人间。"在边城四月，其实我没有什么想和念，只是去冬的雪，小小的出口，为这春天的长发，和倾慕，比泉更汹涌。"春天，是小城的春天，也是逯家沟的春天。逯家沟，是舟自横的家乡，是舟自横来的地方，留有他最深情的凝望。所以，历经千帆，仍然爱在故园。

2009 年 5 月 9 日，舟自横写下《献给我的土地和早逝的父母》，舟自横这样写道："阳光的针，密密缝着毫无动静的春天，在逯家沟，旧年的燕子，还没有飞来……一株黄草不住地咳嗽。""妖娆的女子，已沉睡进田里。我们和二老隔着薄薄的雪花说话。"跟着舟自横的情感，心里的苦瞬间堆积，思念是汹涌的波涛，而舟自横静静地等待着来自故乡的燕子，他看到了一株黄草，就想到了母亲的青春，转眼时光已到了寒冬，舟自横又只能隔着一层薄薄的雪和母亲说话。不由得让人想起"何处话凄凉"的诗句。"我看得见夜半，您的烟斗明灭，那 10 多年的日子里，您始终躺在床上关心着天气，和农具。药罐里，掩埋着不为人知的眼泪。""日夜剧烈地咳嗽，大平原都有些晃动。"用诗句密密地缝起忧伤和思念，哪一句不痛到心里呢？又有哪一句不是深情的怀念呢？

2013 年 11 月 16 日，舟自横写下《故乡是面镜子》。舟自横对人世的体会增加了厚度，思念和忧伤转为一种对人生、对世界的认识。"但是，没有故乡，就没有我的存在，他在镜子里，也将化为乌有，我看见头发日渐稀疏，面容憔悴，我看见镜子里的，风暴，喷涌出泪水。"镜子里，有故乡，也没有故乡，但一定会有故乡，没有故乡，就没有舟自横的存在。舟自横对离开的土地的怀念，跟着时间行走，走成深情的凝望。

2014 年，舟自横写下《望乡》。舟自横写道："多年后，故乡的门槛，被埋进土里，像肋骨从我身子里抽搐，新年啊，信念啊，我不再仰望你，那些虚无和浪荡，恍若远山，苍苍茫茫。"这里，也能读到舟自横在这座城市曾经荒废过青春，在虚无和浪荡中过日子，逝去的青春像远山般，厚重、苍茫，遥不可及了，回头看，除了看到了遗憾，也看到了人生的方向。

之后的散文诗《低头便能找到故乡》有着这样的表述："大地、村庄、熟悉的姓氏，化作亿万缕蒸汽，聚合为云，他们分开细碎而恒久的光阴，恍若隐匿的灵魂。"故乡的大地、村庄、熟悉的姓氏在漫漫岁月中成为永恒，云朵成为舟自横隐匿的灵魂，乡亲们在舟自横的心里养育种子："商讨河流走向，指明燕子在屋檐下悬挂灯盏，为不灭的光芒代言。"抬头低头，云朵、河流、燕子，一切舟自横热恋的，都来自故乡，成为不灭的灯盏和符号。《他乡》里写道："在无锡，我且提前，抚摸一下故乡的春光，我像个好奇的孩子，透过吴侬软语的雨丝，唯有马头山墙是旧相识，它们走下来，在逯家沟吃草，慢悠悠打着响鼻。"脚步到了江南，那马头山仿佛是逯家沟的马，走在逯家沟的天空。

曾经有那么一段时间，舟自横深深地凝望已逝的父母和家园，以此来寻找生命的根，来安抚有些不安的现实，由此开始了更远地行走。

3. 对人类和生活的探寻

《圣水》中写道："好清好深的水啊，我的祖先深居其中，手握镰刀，长发间有鱼缠绕，更多的时候，先祖步出水面，练习打猎，同空中久候的月亮幽会。"简简单单的句子，描绘了祖先最原始的生活状态：水、镰刀、长发、打猎、月亮、幽会，舟自横以幽古情怀抒写他最深情的敬仰，诗句里有着对祖先最深沉的凝望和赞叹，意境简单却浑厚，探寻悠悠历史、人之来处。"先祖啊，在你宽阔的怀抱里，我便是个十足的孩童，一滴尘世的种子，向来处回敬经年的水声。"祖先从水中来，舟自横只是尘世的一粒种子，因为水，我们才得以走到今天，所以，舟自横敬畏人类，敬畏流水。在舟自横幽幽的情怀里，有着幽幽的对祖先的敬畏。还有厚重的《呼伦湖》《扎兰屯》《博克图》《兴安岭隧道》《满洲里》，雄浑的诗句里，流淌着舟自横对历史的执着探寻，对故土的爱。"亿万年倏忽而过，群山的大鱼隐没，夕阳衔岸低飞，我和水，仿佛越陷越深。"舟自横欲与呼伦湖一同擎起绿色的大草原。

对生活的期待，让舟自横写下了大量的对现实思考的诗章，如《破碎》《一个人的国度》《命运》《逼仄与相遇》《流浪汉》《风雪夜归人》《他，或者我的影子》。现实给了舟自横更多的是痛苦和思考，纵观整部诗集，写得最多的是生活，如《熬粥》《车夫》《修鞋匠》《理发师》《商场》《药片》《大舅》《雇工》《表姐》《李叔》《老婶》《擦玻璃》《煮饺子》等大量描写生活的诗歌。因为，没有比生活更真实的故事，没有比生活更生动的诗篇，可生活不是诗歌的主流，生活在更多的时候，是以其纷乱的状态敲碎诗歌的魂魄，也以其无比激荡人心的存在铸就诗魂，舟自横在生活和现实之外构筑了一个精神家园，凝望成为诗的主流。

我们写下的文字，是来自自己内心的声音，也是生命的声音。作家或站在时代和人类的角度回观生命，或单纯关照个体的情感和生命体验，在人生这条路上反复行走，内心里积攒了太多的故事。这些故事，之于他人，或许是茶余饭后的消遣对话；之于自己，是一个波涛汹涌的大海，神秘、深邃，且充满喜悦、浩瀚，有着永不停止的力量。那些有生命力的作品，大多是作家用生命写下的，写作很像烧制钧瓷"十窑九不成"，可一旦经历了 1300 度的高温淬炼，土就有可能浴火而生，脱胎换骨，光照寰宇。文学也需要一场高温的烧制过程，才会有对生命深处的描绘；那刻骨铭心的痛，才会在作者的情感和生命里酝酿成绝世的心声。正因为这样，海子才走上了当代诗歌圣坛的高座，用生命写诗，诗才有了经久不衰的生命力。

史铁生说："死是一件不必急于求成的事，死是一个必然会降临的节日。"舟自横也在思考每一个人一出生就要面对的问题，只是，他的视角独特，他在诸多诗句中寻找人生的声响。2018 年，舟自横写下了《大海退回玄想之中》。这一组诗，在诗集《乡雨滴心》之外，发表于 2018 年《广州文艺》第十二期。《乡雨滴心》成集于 2016 年，当时舟自横 50 岁。诗集出版两年后，舟自横走到了人生之巅，他不断地思考着世界与活着的关联。玄想，想象之意，想象，是诗的生命力。《夜半看海》是这组诗的第一首，舟自横站立于时空的一个点，已是夜半时候，大海在日月天地的关照中，经历了热烈的澎湃与轰鸣，在夜半时候疲惫地睡去。"浓雾盛大。星辰已没有去处，浪尖翻个身，在黄海王家渔村的沙滩，又沉沉睡去。"大海睡去了，可舟自横的心，却醒来了。"我知道，大海的孤独，浮起远处的大鲸，大鲸的沉默与隐忍，游动，即是大海的伤口。"我们每个人，在沉甸甸的日子里，日复一日地跟着日月行走，心里的海水一样晃动、沉重、苦涩。生活中，有一些事情，能够预料到，有一些事情，无法预料或难以预料，那些个不可预料的事情，为难着我们的情感和内心，让我们备受煎熬和考验。在舟自横的内心里，也有着这样的心路历程，那庞大的生活就像大鲸一样，在沉默与隐忍中经由舟自横的内心，形成巨大的伤口。那巨大的鲸划过舟自横心头的时候，也仿佛划过了我的心头，瞬间孤独和寂寞，深深地包围着我，心头隐隐疼痛。"大海也浮起我虚空的影子，我内心的潮湿，落满了流失的钙质，和不断变换的航道。"舟自横的忧伤是对如海水一样岁月的忧伤，流失的钙质，带走了流年，但心头的凝望，却跟着岁月行走，不断变换，在无路中寻路，在不确定中不停地靠岸。"大海深处，陷落更多的废墟，时光如斩，王者的皇冠锈蚀，珍珠被预设的结局吞咽。"舟自横依然有着说不尽的忧伤，他深深感到，这个浩大的人世间，有着太多的虚无，如王者的皇冠蚀损，成为时间的铁锈"时光如斩"。舟自横对时间的理解，有着果断的判断，时间之于每一个人，都留下痕迹，如刀斧落下般。几十年的时光里，生命就在日复一日中被剥离，被毁灭；几十年的光阴，也只是昨天和今天的距离，甚至恍惚一瞬间，就老了。舟自横写这首诗时，52岁。可让人无奈的是现实："珍珠被预设的结局吞咽。"我们被现实牢牢地捆绑，任凭几番脱胎换骨，却难逃冥冥之中的宿命，唯有脱胎换骨的努力，可让最平凡的人，成为珍珠，最后，被生活的大海吞没。"幕后的大神，已看不清众生面孔的隐喻，海风吹拂，忧伤散乱，寸心皆是汇入的河流，万物的伤口在暗处闪光，长久站立，我看见闭眼的大海，退回玄想之中。"可万象生动复杂的变数，就像眼前这起伏变化的大海，"大神"已失去判断的能力，可最无法判断的却是众生隐喻的面孔。在熟悉也很陌生的人间大海里，生活的大风不断吹拂，受伤的心在生命的深处散乱。这一颗颗弥足珍贵的心，备受考验，也熠熠生辉。每一个生命都特别的尊贵，生命即是万物。万物在生的路上，沐浴着阳光，也承受着生存的伤害，生命又将伤害默默地镀成光，探寻活下去的希望，这希望是火，是焰，是1300度的淬炼。生活，就是一个个生命在演绎，在轮回，在生老病死，在起死回生，在不离不弃，一番生命的释放后，一切又回到生命的最初状态——平静无澜，该休息了。《夜半看海》写出了人世的波澜壮阔和人生的心酸悲苦，宽容豁达。人之一生，是一个不断受伤也不断宽容的过程，当一切都经历过了，最后就剩下了浩大的沉默和玄想。

我在《乡雨滴心》诗集之外，看到了一个成长为哲人的不断思索的历程。也许，经历，本身就是一个神奇的过程，这首《夜半看海》将大海和人世、人生有机相融，达到天人合一的浑然天成，产生宏大而悲壮的哲理，哲理的背后，是舟自横深情的凝望。

《礁石》排在《夜半看海》之后，从诗句看，《礁石》更加坦荡和自如。在这个汹涌的大海里，舟自横不知道礁石的去向，但无非两条路：尘世和归隐。"礁石是个赶路人。我不知道，它是回到岸上，还是走向归隐。"原来，他的哥们，用一生的事给了舟自横一个答案"前半生期待继续生长，后半生，脱掉身上的尘世，内心的初潮，交给赶海人，或海鸟儿"。因为脱掉了尘世，所以任凭"夕照乱飞，远村泅渡"，舟自横和他的哥们，才能够"在浩瀚的尘世里，仰望，天外的露水"。一个从心灵和思想上离开了尘世的舟自横，"没有飘飘乎遗世独立，羽化而登仙"。他依然站在尘世，他依然爱着尘世，他依然眷恋着他的哥们，但他能在这浩瀚的尘世中，用他丰富的想象和深情的凝望，引来了天外的露水。天外的露水，可以洗涤尽人世的尘埃，一个不染尘埃的浩大世界拉开接天连地的帷幕，而舟自横就在其中。

《和带鱼对话》，是舟自横和自己的生命对话。"从大海来到鱼市，生命顺着，一条带鱼光滑的身子，寻找水。""我与带鱼，原来都是柔软的，现在，它会渐渐僵硬，我的肝胆已堆积寒山，走着走着，周边的水，被风尘吸干。"舟自横从带鱼的命运看到了自己。我们每个人，都有着这样的经历，常常会从外物凋零消亡中，看到自己生命的结局，人之一生如春之希望、夏之欢腾、秋之沉淀、冬之收藏，最终，我们要回到在暗处呼吸的生命。鱼用它的身子养育着另一个生命，它的呼吸还在，只是，带鱼没有了水，舟自横生命的水，也渐渐地被风尘吸干。可经历过大海的带鱼，经历过鲨鱼的嘴、钓鱼人的钩，终于，没有逃脱离开呼吸的命运，活着的辛苦，融入带鱼的眼泪。而舟自横并没有太多话语，只是和带鱼说了最后一句话："我告诉它，我积攒了很多泪水，体内的大海，托起自己沉重的肉身。"舟自横和带鱼，都有自己的栖身之地，不同的是，托起舟自横肉身的水，是舟自横自己的眼泪。

活着，很像鱼，光在海面上闪烁，深处，鱼在各种生存的缝隙里游动，我们追求生命的光，要付出艰辛。

舟自横用诗句解释生命的玄理。我在玄理之中，读到了他的豪迈情怀和生之笃定。这颗心，只属于对生命的深刻思考，世界之外，还有一个舟自横的世界。他在眺望众生，沉思冥想，写下重重的诗句。于是，大地开始了颤动。

因为久久凝望，所以诗行深深。

整理于 2020 年 1 月 8 日

/ 怀念萧红 /

1. 心的深处

心的深处，幽居萧红，期盼去萧红故居，拜见萧红，去触摸她触摸过的桌子、凳子，去跑一跑她跑过的地主家的院子，去尝一尝她尝过的酸杏，然后开始和她对话。

萧红，在她31岁时就离开了这个世界。

我在31岁的时候，患上了胸膜炎。那时总是上不来气，脾气还不好，我就像一个充足了气、被挤压的气球，身体到处都在搞运动。

我想找个知心的人坐下来倾吐，看看四周的人，都不太合适。母亲也不合适，她不能再在心里填充不安，一辈子就那么不安地走过，我是要给母亲安全感的人。

我以我弱小，能感受到悲苦的心声，开始翻腾我的那堆书。在我和萧红的名字及《呼兰河传》对视的瞬间，产生了许多的感受。大学读你时，不懂你的忧伤和悲苦，萧红的大时代，我没有经历过，那是一段不安分的历史。日军来犯，军阀割据。我第一次长久地远离父母和家，读《呼兰河传》，每读一句，都很想家，尤其那句"等长大就好了"的句子，深深触动到我的内心。小时候，每一次遇到不顺心的事儿，就会羡慕大人，觉得大人很自由，很幸福，就偷偷地盼着自己长大，也认为长大就好了。书的结尾写道："等到长大了才知道，长大是长大了，可是并没有好。"这句话，我是在后来的人生里，一点一滴地参透明白的。

31岁那年，当我也同样地在生活中品尝了冷眼和心酸，当我也经历了无助的时刻，当我躺在床上吃药等待身体的伤口治愈，我才更加深刻地知道，萧红所说的一切都是生命的滋味，她把这些滋味装满了一个一个的罐子，然后放在人心里，悠悠晃晃，酸酸楚楚。正是那段生病的日子，我读了很多书，也在幽暗的日子里，咀嚼萧红悠悠扬扬的文字，咀嚼到人生的酸苦和温暖。那种读文字想念一个人的滋味就来到我的生活，一切可能和悲苦有关的、和温暖与爱有关的、和朴素同情有关的，我都会想到萧红。然后，就有一种强烈的情感在生命里欢腾，那就是热爱她热爱的。

再后来，我在锅碗瓢盆的日子里，忽然会想起萧红，就会突然心生悲悯，我从她的人生轨迹里，仿佛明白了一个道理，萧红不会过日子，她很会写日子。所以，萧红和萧军，是注定走不下去的。因为萧红的灵魂在路上，她要继续走下去，不停地走下去。未来仿佛迷茫，却像一个大的磁场。所以，她不安，她追寻在路上的隐隐的日子，不停地呼唤。走自己的路，会被世俗冷漠。萧红活得并不温暖。直到最近，读她的《小城三月》，我才发现，她的文章有些构思和表达技巧，和鲁迅的小说很相近，只不过，鲁迅更加深刻些，而萧红更加忧伤些。忧伤，成了萧红的深刻，就像川端康成笔下的女人。《小城三月》里刘成的命运，同样是辛亥革命的命运，但萧红写出了悲凉，鲁迅写出了反思。翠姨的好日子坏日子，那个掉在河里溺水的奶娘的儿子，家道贫穷的表哥也因为贫穷连恋爱的资格都没有了，也忧伤凄凉地去了。所有淡淡的忧伤都是一段深刻的历史。

萧红，原本是地主的女儿，如果她就是活着，也应该或者活得不会太差，或者也可以安安稳稳地过一生。她也许对人间的不公平就不会敏感到愤怒至忧伤。可萧红是醒着的，她要和地主不和，她和很多人不和，甚至和那个时代不和。喜欢张爱玲说的那句："作家是站在人生之外看人生。"我想，那是一种孤独的力量。

读萧红的小说，很难，主要是心里很难过，那些一一离去的最下层人，哪一个不揪心呢，哪一个又不是自己的影子呢，比如，"它不是病死的，是被冷漠死的"。因为融入更多人的日子中，萧红就没有了自己的日子；因为融入更多孩子的生命，萧红就没有时间抚育自己的孩子；因为要融入一个更大的世界，萧红就没有办法拥有一份稳定的婚姻。所以，她的短暂的一生，注定要在时代的风暴中飘摇。

我在写作之后，才日渐明白，萧红又是幸运的。先遇到萧军，后得到鲁迅赏识，写下诸多作品，许多作品又经过鲁迅修改后发表。萧红是为文学而来的，在孩子和文学之间，她选择了文学。没有哪一个女人不爱自己的骨肉，萧红承受了不可承受之重，一共生下了两个孩子，都没有自己抚养。作为女性，萧红没能体会到抚育子女的过程，也未能孝敬父母，这诸多悲凉，也许萧红还没来得及思考，也许早已思考过了。

唯文学不可割舍，那是她与生俱来的使命，那个时代黑龙江的农村，那个时代的东北，那个时代的中国，需要一个文学洛神去描摹。

2. 萧红的冷暖

萧红在她的散文《永久的憧憬和追求》中结尾有这样一大段话："祖父时时把多纹的两手放在我的肩上，而后又放在我的头上，我的耳边便响着这样的声音：

'快快长吧！长大就好了。'

20岁那年，我就逃出了父亲的家庭。直到现在还是过着流浪的生活。

'长大'是'长大'了，而没有'好'。

可是从祖父那里，知道了人生除掉了冰冷和憎恶而外，还有温暖和爱。

所以，我就向这'温暖'和'爱'的方面，怀着永久的憧憬和追求。"

这里的有些句子，在《呼兰河传》中也出现过。爷爷多纹的两手，放到萧红的肩上、头上，来抚慰因父亲的冷酷无情对年少的萧红带来的创伤，爷爷温暖着萧红的悲苦、凄寒。也许，无数次一个人惶恐、害怕、不安的时候，萧红要寻求的是爷爷的暖。于是，在那个动荡的时代，她一次次地出发，希望在路上，能遇到像爷爷一样守护、温暖她的人，在寻找的路上，她遇到了汪恩甲、萧军、端木蕻良，他们都给予了萧红不一样的温热，让萧红的流浪减少了沧桑。可他们也以不一样的方式，伤害着萧红的情感和安全。所以，他们谁都无法替代爷爷的爱，正像爷爷无法替代她寻求光明的心一样。可有一个人，将爷爷和爱人结合到一起，这个人就是鲁迅。因为有了鲁迅，漂泊着的萧红才有了可以停泊的心灵港湾。

半年前，我在忙碌中又重读了《伤逝》，觉得子君不是萧红，子君开始为柴米油盐计较，开始爱慕虚荣，开始只做一个家庭妇女，这都不是萧红身上有过的；而涓生是鲁迅，那让涓生产生对子君不满的，应该还有一个在小说之外的人，我想，是不是那个理想的女青年，是向着理想而义无反顾的女子，也许，萧红才更具有时代性。我想，《伤逝》是写给子君的，也是写给萧红的，更是写给那个时代的女人的，以及后来的女人的。《伤逝》阐释的是，女人如果没有经济独立，就永远不可能独立。这一点，萧红读懂了。萧红爷爷的大手，依然落在她的肩上、头上，更落在了她的生命里。读着萧红向着"温暖"和"爱"怀着永久的憧憬和追求，深深地摇动着我的血液，同时，我相信，萧红也摇动了她自己的人生，爷爷的温暖，一直在她东奔西跑的颠簸里。

生命里，因为有了爷爷，活得不是很悲惨。相反，有着如旭日初升的红光，照耀着黑龙江这块土地和后来人。

萧红就像火的种子。她对悲凉的深深感受，有了她对温暖和爱的热烈追寻，虽然，得到的不都是温暖，但至少有爱。我想，从萧红的文字里我获得的是慈爱，愿以我之慈爱，爱我的孩子，爱更多的孩子。因为他们虽然没有萧红的境遇，可遇到的，也一定不都是温暖和爱，我想用我余生的手，献上我的爱，让她和他们更多地体验到活着的美丽，然后，向着光明飞。

3. 拜见萧红

拜见萧红，我要一个人去，不能有第二个人在我耳畔左右我。

曾经多少次，从萧红家门前经过，火车在轧轧中沉重，我在心里说着："呼兰到了。"于是，目光从火车窗口投向窗外，那瞬间闪逝的村庄、土地、矮树就像一段段沧桑的往事，滑过身体。只是，我都没有勇气下车去拜见萧红。因为，那时候，我害怕我的浅薄伤害了她，现在也依然有这样的担忧，只是在有许多经历之后，越发地在心里敬佩萧红，敬佩她的勇气和才华。

一个女孩子，因为有慈悲之心，良知过早地醒来，看到了父亲对佃农和租户的剥削，对人世的冷酷体验是从父亲的冷漠开始的。少年的心，就像春天，易动、敏感、向暖，那个年代，后来的年代，年轻的心，都向着真、善、美生长，同时也会遇到违背真、善、美的事儿，于是有了青春期。那是两种势力在一个成长的生命里进行较量，最后很多人屈服了世俗，而萧红则走向了反抗。这颗弥足珍贵的心，就开始了向着光明的方向飞翔，同时，又能真切地感受到黑暗的力量。

站在人群之外，注定了要一个人行走。走得心酸悲苦。

我对于她的敬畏，不是热闹，不是贴金，是静下心来，抚摸她的文字，安安静静地读。然后，再安安静静地走向她的故居。

这样一份小小的心愿，要等到我具备条件再启程。我坐火车去，将一段幽幽的路，写成我深深的怀念，怀念萧红。

每每想起萧红因误诊而遭受痛苦和毁灭，最后孤独而终，客逝他乡，31 岁就去了，心伤就占据了心房。

到底是萧红负了人生，还是人生负了萧红？

当有一天，我能准确无误地坚定地行至呼兰，我会默默地和萧红说："你是有家的人，你的家依然在东北，在呼兰，在萧红故居，在读者心里。"

然后，我用我久久的怀念，沿着呼兰河，行走呼兰城，寻觅黑龙江的姑娘，萧红的芳魂。

2020 年发表于《远东文学》第四期

/ 那时青春 /

有些被光阴掩藏的过去，会在某一点折回。

高中时候，我们班级像我一样住宿的同学不多，仅有几个。每到吃饭的时候，我就特别羡慕能回家吃饭的同学；每到放学的时候，我就特别羡慕能回家睡觉的同学。所有这一切，在那时我的心里都是梦，仿佛我和那样的同学是两个世界的人。可每当想起父母姐弟在土地上劳作的身影，我就格外沉默。除了把一分一秒的时间都用在学习上，我没有其他办法平息想家的心情。

当初，二弟和我在同一所学校读书。二弟念初中。

我和那时的高中同学缺少沟通。记得那时，我曾想过打扮自己，可我只是想想，因为我不能只考虑自己，家中的父母姐弟还在田里辛苦劳作，如果我考不上大学，没有工作，将来拿什么回报父母姐弟的恩情。周末的晚上，教室里，有时候，只有我和二弟守着火炉子，上自习。

高考之后，我和四中八三届三年级三班的同学再无联系。仿佛，我们都是独立的火箭，冲向了不同的方向，在各自的天空燃烧着。只有近处的人，能看到彼此的光，感受到对方的热。我就那样悄无声息地消失在他们的世界之外，对于他们来说，我可有可无。五妹栗书平是我的高中同学，也是大学同寝室同学，她毕业后去了深圳，那年大学毕业20年聚会见过一面，后来，栗书平将我拉进高中同学群。群主是项进林，在穆林做警务工作。

我在微信群里，还是当年的样子。

那一年，翟明华从丹东回老家，她一心想见我。明华还像当年一样喜欢打扮，她一直赞美我变漂亮了，穿得也好了。我们坐在郭海霞家的沙发上，有说不完的话，话题主要是毕业后都做了什么、经历了什么。

最后，崔显友开车送我到客车站。又是三年。此时的我，已经几乎不去微信群里说话了。一年前的8月，居维宏给我发微信："我从云南回鸡西，你回鸡西，我们见一面吧。这么多年，一直想你。"我忙回应着："好！"那一次回鸡西，在我的心里，留下了很深的记忆。

那天，还是崔显友，在鸡西大学处等我。那天，我在陌生的街道上，远远地看到崔显友，心里有着特别的喜悦和幸福。他带着我去了饭店，那个有些古色古香的饭店是特色烤肉店。居维宏正和她的初中同学喝酒，那是一个有点儿英俊的男士，崔显友没有坐着。见到维宏，我们彼此欢心，就开始了合影。那拍下的几张照片，带着青春的娇羞，青春时的伙伴一旦在久别后相见，就会瞬间穿越，回到那年我们的年龄。

走出饭店，再次坐上崔显友的车，我们在车上说了些我们都老了的事情，说得很开心。维宏说："谁说我们老了，我们还很年轻呢。"我也说："对的，不是那句话吗？青春万岁。"崔显友不同意，他说："再年轻，50岁怎么也不是上学那时候的样儿了。"于是，我们沉默了一会儿。中间去了住在鸡西的王一萍家，随后，崔显友拉着我们去了鸡西最豪华的饭店。

　　　　欢迎维宏回家，大家举杯；

　　　　欢迎丽英回来，大家举杯；

　　　　感谢梨树的同学舍家撇业来安排同学聚会，辛苦了，举杯；

　　　　谢谢同学们都能前来聚会，举杯；

　　　　孙鹏讲话敬酒，一杯友情的酒，举杯；

　　　　崔显友讲话敬酒，一杯祝福的酒，举杯。

　　　　…………

王世强与我是同乡，我们也是初中同学，后来到高中又在一个班，他过来敬酒，慈慈地说："我和丽英是初中同学，也是高中同学，我敬你一杯。"我想那时真的心里咯噔咯噔的。其实，无论岁月多么沉默，我在，你也一直都在，我们都要好好活着，我心里这样想着，险些流出眼泪。

项进林，我们班的微信群主，讲话，举杯。

那是一个频频欢笑，频频举杯之夜，维宏高兴得一直流泪。

　　那天，最辛苦的是鸡西的同学，项进林、孙鹏、崔显友、曹伟等同学给我们外地的同学安排好了宾馆，才各自回家。那晚，我喝醉了，但依稀记得送我的人，也记得那晚是王彩杰陪伴我。

　　那一天，毛利兰也参加了我们的同学聚会。我是在那一天才知道，毛利兰在参加我们那一年高考之前，做了一个小手术，结果出现了意外，那时，她才19岁，坐到了轮椅上。这几十年，她一直自己生活，自己照顾自己。当我们在期待中等着毛利兰，看到毛利兰的瞬间，我的第一个感觉就是：她没变，依然留着那时的青春。我们都很激动。那一天虽然我喝多了，可第二天早晨起床，就和彩杰去另一个房间找居维宏和毛利兰，我看到了毛利兰两手把着床，把自己送到轮椅上，然后，去卫生间洗漱。居维宏和我说："毛利兰自己在哈尔滨买了房子，现在是心理咨询师。"

　　还记得那天早晨孙鹏、崔显友请我们吃了热热乎乎的早餐，崔显友将我送到了返回家的客车上。

写于 2020 年 3 月 18 日

/ 留梦阿勒泰 /

当初，我报名去新疆阿勒泰支教，是想为单位分忧。我一直认为，要善待自己工作的单位。报名当晚，上网查找有关阿勒泰的历史、现状，以及风物人情、气候环境、经济交通、阿勒泰一中的地址和教学情况；之后，开始想象着我去阿勒泰的行程，想象着我在阿勒泰的土地上，和新疆的孩子们一同走完我人生教育、教学的最后一程，想象着我不仅全心全意爱他们，还将告诉他们，和阿勒泰遥遥相望的最东端，也有一座城市，它叫绥芬河。告诉他们，我来到阿勒泰，只为和他们相见，和阿勒泰相见。

记得那天我给曹主任发微信："如果没有人报名，我就去。"第二天下午，吴校长和我谈话，我表示自己想加入到国家支边的队伍中去。又一个第二天，曹主任看到我说："张姐，啥也不说了，真的很敬佩你，有个写散文的作家李娟曾写过阿勒泰，姐姐你也可以写的。"办公室的每一位同事，都敬佩我的勇气，但同时也为我的身体担心。我的同事王燕说："张姐啊，我昨晚上完晚课，回家上网查了阿勒泰的情况，我一想，你要去那么远，就真的睡不着了，对了，我还想到了昭君出塞。"

虽然，后来因为身体状况，我去阿勒泰的愿望没有实现，但对阿勒泰的梦，却因此久久地扎根在我心里了。

阿勒泰，真的成了我心中的呼唤。

写于 2020 年 4 月 2 日

224

/ 昙花遇 /

说到昙花，我的想象是，昙花柔柔弱弱的像香石竹那样，也像文殊梅一样纤细。事实上，昙花叶如宽掌，模样并不能引起人怜香惜玉之情。

朋友送我一枝昙花。当初，家中正在装修，将取回的昙花放到楼道一个闲桌子上。

忙着工作和生活，自己连口饭都吃得手忙脚乱，经常忘记了给花浇水。窗台上像长寿花等叶子大片枯黄，昙花也被我给忘了，想起它时，把它安插在花盆里，叶子下垂。

2020 年初，因为居家办公，开始有精力注意家中的花。拿起剪子，为每一盆花精心修剪，从每一棵花的根部开始，细心剪掉夹在绿叶间的枯黄叶。昙花的大叶子因失去水分，表皮干皱。

几天后，长寿花怒放，开成了一盆盆粉色、金黄色的花。相比较，昙花依然不动声色，依然安安静静地，一个木棍似的茎径直向上，但宽宽的叶子开始有了水的光泽。

放在高高竹架上的三盆球兰，靠近窗台的那一盆开出一朵略大于铜钱大小的浅粉色球形花朵，花朵是一个个四瓣绒花组成的一个绒绒的圆球，每个小花朵的花心镶嵌着一个浅紫色的小珍珠，散发着淡淡的清香。韩愈说的"兰之猗猗，扬扬其香"，白居易说的"腻如玉指涂朱粉，光似金刀剪紫霞"，应该都是描写那时家中色香夺人的球兰。所有的花，就连柔弱纤细的酱作草也开出了一朵朵的小黄花，花从延伸的枝叶间露出，妩媚娇羞。可昙花依然只长叶子。

4月，为昙花换了土，还施了肥。然后，将其还放回窗台原来的位置，那里阳光较充足。

百花竞放，昙花静静地，不动声色，它并不着急要炫耀什么。禅心，指清空的心。刘长卿《寻南溪常山道人隐居》说："溪花与禅意，相对亦忘言。"也许，忘就是生。它不表达什么，就是最深的意。

7月15日，我和女儿吃着清甜爽口的东北大西瓜，我不经意地问女儿："是不是昙花开了，哪来的阵阵香气？"当时只开着餐厅灯。女儿打开手机手电筒，走至昙花处，突然惊讶地不知所措，然后跑了回来，拽着我的手说："妈，妈，你快去看看！"我心惊肉跳，上午出去时，几个好朋友在一起，说了一上午关于蛇的故事。其中说到了蛇进屋上炕、进水缸等事，心想女儿一定是意外看到了什么。女儿说："妈，我用手电筒的光一照，发现一大朵白花，雪白雪白的花，吓到我了。"我去开灯，灯光下，怒放的昙花现于眼前。那时刚好是晚上8点。

我看到昙花像一个白色的精灵在月下伸展腰身，展开紫红色的裙摆，从容洒脱，娇羞纯洁，婀娜富态；似月光下的美人，超凡脱俗，气质卓尔，不媚而千娇百媚，不言而万语千言。

花萼翻卷，外层依然是紫红色，内层边沿乳黄，内里乳白。他们一层一层地翻卷开来，托起一层一层的洁白花瓣。花瓣外层呈菱形，内层椭圆，像海浪一样一层层推开，又像弯展的佛手。手中托起洁白的雌花蕊，雌花蕊像雕刻出的镂空之艺术佳品，洁白纤细，花顶丝丝缕缕；雄花蕊嫩黄温润，娇滴滴，镶嵌在一缕缕的花丝上。雄花蕊和雌花蕊都从花宫中来，花宫呈褐色，这朵美丽的昙花由花宫孕育而生。

昙花静静地开着，室内飘满了昙花的香味。这种香，正如它的花冠，不张扬、不卑微，悠悠飘逸，近嗅为苦香，苦味浓浓；远嗅为淡香，弥久清新。昙花之香，蕴涵人生相处之道——近则生苦。

大概到了午夜时候，昙花硕大华丽的花冠开始抖动，翻卷的花萼开始伸直，花瓣开始泛黄，漏斗下弯，伸直的花萼又一片一片地将花瓣包裹。它依然身披紫红色花服，花冠合拢。

昙花之容，之气度，之洒脱，之内敛，之高贵，可称为花之王者。从沙漠中来，经历了火的考验；从火中来，历练成月光中洁白的火凤凰。

冥冥之中，注定谁和谁在什么时间相遇，谁惊艳了谁的时光。

写于 2020 年 7 月 27 日

/ 去看油菜花 /

听文友说，绥芬河大片的油菜花开了。

两天后，《今日绥芬河》报道了这大片的油菜花。

油菜花基地位于绥芬河城郊朝阳村北，由城投公司投资，共 350 亩，油菜籽榨油率达 35%~50%。

我没忍住，还是去看了这片油菜花。天热得让人心焦，一出门就觉得烫。7月 25 日下午 4 点，我和女儿坐上 1 路车，到了朝阳村村口下车。辣辣的太阳光灼烧露出的脸和双臂，拐个弯进入山路，大片林子将光挡住，若隐若无。一个男子领着媳妇赶超上来，我向他打听油菜花基地的位置，他说大概还得往前再行 30 分钟。30 分钟不长，可太阳落山很快。男子说："这么晚了，怎么不早点儿来？"我说："有事儿耽误了。"他说："油菜花有啥好看的，焦黄焦黄的。"说话间，夫妻两个渐行渐远。路上行人稀少，森林开始逞威。我和女儿有些害怕，害怕从丛林里窜出来什么威胁之物，走起路来左右警惕。有时从后面突然传来摩托声，随之呼啸远去。远远地看到两个陌生女人，就像看到了救星。我忙上前搭讪："两位美女，油菜花基地离这儿还有多远呢？"她们很热情地说："老远了，你们娘俩别往前走了，明天再来吧。"后来我和女儿也觉得天色有点儿晚了，赶忙叫了车，回家了。

心里惦记的事儿，就会放不下。两天后，小林歇班，我们一家三口一同去看油菜花。

一路上，顶着上午九十点的太阳，坐 1 路车在朝阳村下车，走到长白山山脉。宽宽的山路，夏风习习，时时夹杂草木的清香，从鼻孔进入灵魂，便想起

《子路、曾皙、冉有、公西华侍坐》中："莫春者，春服既成，冠者五六人，童子六七人，浴乎沂，风乎舞雩，咏而归。"沿路，委陵菜、路边青、小连翘开着金黄色的四瓣花；飞廉、野火球、千日红开着火球一样的艳粉花；成片的珍珠梅、偶尔高高挺立的棱子芹，开着洁白的花串；一串串紫色如珍珠串一样悬挂着的苕条花；还有蒙古蒿、车前草、独活、狭叶荨麻、野豌豆、沙枣、藜藿草等。长白山山林土壤丰饶，物种丰富，仅路边就有数不尽的花草树木。

女儿说："千日红就一直开着。"也许它并不能花开千日，但它花期长，它的花瓣是一丝丝的花丝，如果不是秋霜侵袭，就不会凋零。

绵延 1300 余千米、宽 400 千米的长白山，蕴藏着神奇的物种，东北三宝的人参、鹿茸、乌拉草就藏在大山之中。途经绥芬河这一段是长白山支脉。

走热了，我们三个人在有树荫的地方蹲下来，光与荫书写着我们三个人的故事。

要继续赶路，去看油菜花。

前方一片金黄，小林说："到了！前面左手边有一大片金黄。"我们走近看清楚：这是一大片金黄色的面瓜花，在阳光下，每一朵都金光闪闪的。

向右看，看到了远处长白山山体像一个躺在大地上的女子，女子双乳隆起，丰腴的身体连绵起伏，阳光是它的衣裳。心里震撼，便为它取名双乳峰。

走到了小棚子处，斜对过，就是大片的油菜花地。

眼前除了四周的青山，就是这大片微黄。走近油菜花地，小心翼翼，油菜花花径高挺，黄花仅在顶部有一两朵，花冠娇小，花瓣四叶，在炽热的正午迎着太阳的光芒。大多油菜花已凋谢，花茎上结着细长像绿豆夹一样的豆角，青绿。油菜稞密密麻麻长满了土地。不觉想起童谣《油菜花》："油菜花，一大片，看着对面连着天，好似金子满人间，它是农民伯伯的后花园。"

也许，这就是理想的意义。

写于 2020 年 7 月 31 日

/ 情愫 /

我们热爱什么？

比如，晴天的时候，不愉快和沮丧的情绪要淡去几分，仿佛压在心间的石头，被蓝天的纯净融化在阳光里，瞬间消散了。心无挂碍，身体也像被阳光孵化，有一种破茧成蝶的欣喜，在步履间翩跹。

白云像奔腾的大河，像朵朵飘逸的棉絮，像冬天里一夜的白雪飞上蔚蓝色的明镜，在倒悬的大海里荡漾。那一天，我行走在坦荡开阔的天长山通天大道，路两边花草树木丰茂。夏季，草木芳香盈盈，萦绕在鼻尖，融入呼吸，清洗腐朽堕落的沉积，心灵再一次醒来，迎接生的美丽。感谢天空和大地，只有在这里，我才可以放飞自我，像夏季的鸟儿一样，享受自由的风。

可我更喜欢安静，喜欢安安静静的一切。于是，阳光隐去明媚的日子，我享受一份阴凉产生的惬意；喜欢夜晚，一切躁动的声音都躺下了，只剩下这安安静静的时间，我可以一个人在我的世界里来来回回地闲散自如。没有了明晃晃的束缚，才觉得自己是一个人；静静地，依偎着时光，在一个秋天的上午，因为欣赏天空怒放的云朵而忘记了时间；站在校园的操场上，和许多学生、许多老师，一同感受那一刻的高远和干净。

也有些时候，想着想着，惭悔和自责从心中来。这一生，向往自由的心，一直在伤害着自己。而恰恰，大自然无私地满足了我的这一份野心。

听一听鸟儿鸣，心就开朗了。它们才是光阴里的故事，清脆亮丽的声音，没有什么音符可以代替，一切来自肺腑，成于天籁。听一听鸟儿鸣，就走进了一个诗歌的天堂。听着听着，所有的梦幻都飞上了九霄。随风起舞的绿柳，在秋风里演绎生命的柔情，我和它对话，就找到了自由，柔情未必不成钢，秋风百炼写沧浪，摇尽人生心间事，只把秋风化谷黄。

雨夜是诗，清清冷冷的风，摇动着枝枝叶叶，枝枝叶叶摇动着夜的梦幻。水从天上，一滴一滴地落向窗外的小四楼红色瓦盖，落向城市的树，落向城市的道路和我的心头。通灵、细腻，雨落起清音，有多少心事，都可在这雨夜，一同流向屋顶房檐，流向只有雨落的午夜。有时候，仿佛是天上的闸门打开了一般，倾盆大雨从天而降，如千军万马，来势汹汹，顿觉烦忧尽去，阵阵怡人清爽之气息充满居室；也仿佛一场淋漓尽致的倾诉，也如母亲，在深夜呵护她的襁褓而唱响的催眠曲。楼房里的灯光一盏一盏地熄灭了。雨夜，聆听语音的婉转呢喃，聆听它阵阵出发的脚步踏响大地。雨夜，一个女子，没有丢失青春情怀，身着花色旗袍，忧伤前行，也时时抚摸安眠的花絮。

有时候，什么也不想，只是呆呆地和天对视，眼眸和云相接。有时候，就认真地看着一只小蜘蛛，看它在纤柔的网间倒立，静止或忙忙碌碌，人生是不是也如结网的蜘蛛，编织的都是自己的思维，看似缜密而已。不过，小生命的顽强可歌可泣，有时候，人却不如它们，怕风怕雨，怕得多了，总是产生许多的迷茫。

有时候，就是想静下来，没有锅碗瓢盆交响，没有柴米油盐酱醋的味道，最好只有一室书香，几缕阳光，一扇小窗，窗外竹叶已长满竹林。我开始我的写作，写我的心情。写许多的故事和小说，写我深爱不舍的诗歌。可惜，生活向来强大，它用你的胃口和欲望，敲碎你的深爱，让你在生活的转盘上，无休止地重复着琐碎的动作，然后，慢慢变老。

我因此也时常忧伤，我喜欢林黛玉带着忧伤的气质，"泪光点点，娇喘微微""两弯似蹙非蹙罥烟眉，一双似喜非喜含情目"。忧伤、忧郁，淡淡的，多几分柔弱娇羞，少几分强悍莽撞。沉思中自持，凝眉时自爱。

李白有月光为伴，有月光为诗，有月光为酒，清冷的月光里，融进了他多少寂寞、失意和忧伤。我想，每一个诗人，都有着藏在深处的忧伤；每一个女人，生来都有着诗人的潜质。面对着落花，会下意识地想到了自己的青春；面对四季交替，会情不自禁地想到了生老病死；面对他人的苦难，会推己及人。忧伤是诗歌产生的源泉，因为苦不能言，所以在寂寞中成声，在忧郁中，寻求心灵的道路。李清照、石评梅，哪一个不是，哪一个何曾不是，悲苦酿诗篇。被称为文学洛神的萧红，又何尝不是。女人的忧伤，藏着女人的遭遇、悲悯和才华。

女人，在奔波忙碌的生活中，希冀有一臂膀可依，有一支曲子可寄，有一闺蜜可托，因为，女人的心里，一直飘零着一片叶子。

因为这样，女人要懂得时常沿着大路朝天奔跑，再忙碌，也要去看一看窗外的青山，听一听山间清泉潺潺地流淌出的轻音，汩汩滔滔，清脆悦耳，清洗污秽，片刻成为永久。要抽出一点儿时间，去看一看三叶草、车轴草，绿草坪无垠的绿色，会产生浩荡的幸福。

我喜欢做大自然的朋友，尽管它不知道有一个会思考的生命会这样地依恋它的每一种生命和色彩。

然后，在许许多多个日子里，磨砺心性，把读书、写作看作日常，而不是荣光。

整理于 2020 年 10 月 25 日

跋

/ 时间的故事 /

一场雨，送来窗口的徐徐凉风。

我每一天都提醒自己：不可因为生活的无礼，以及先天的不足破坏好情绪。很喜欢一句话，"一天也是一生"。我始终坚信：最难熬的日子不是没钱的日子，而是丧失了信仰的日子。整日地茫茫然不知所措，把自己弄丢了，外界会一直摇晃动荡；最好的日子是将一个美丽的心愿，交给一个一个的日子，最后时间会给出美丽的答案。

写作方面，我喜欢说真话。每当以真实的文字记下真实的过往和期许，身心就仿佛获得一次洗礼和拯救。我喜欢听李娜的歌声，她用真情在演绎。

我记下在时间的道路上，经由我内心和生命的人、事儿。我写了我的父母姐弟，我写了我的同学，我写了我的学生，我写了我见证到的一些人的生存，其间，完全没有想象力和超现实，完全没有夸张。所有，都是一些平凡人的人生之路。

在写的过程中，我渐渐发现，平凡人的日子充满了种种考验和辛酸悲苦，平凡的日子更需要包容和勇敢。平凡人，更多的生命体验是担忧，没有太多保障，唯一的保障就是日复一日的耕耘和奋斗。就像我的父母姐弟，以及我遇到的可爱的人、不可爱的人，都在与自然、与人、与时代、与世界的种种交集中，常常惶恐不安。可，无论怎么难，只要握紧了时间，也就握住了生活。

我们都是时间里的人，如我的祖父，我的伯父，我的父母姐弟，我的女儿，每一个人。

我的父亲和我的四伯父有着不一样的命运，是因为父亲和四伯父在时间里做的事儿不一样，于是，时间给了父亲和四伯父不一样的人生。努力珍惜时间，在时间里做有意义的事儿，生活才会日渐向好。

事实上，看上去轻轻松松、风风光光的人，背后也藏着一段艰辛的时间史。

珍惜时间的人，最终被时间记住了。虽然呈现方式不同，但各有各的存在方式。父亲在时间里勤劳一生，才有了我们今天的好日子。我们在时间里做的事儿，就是我们的人生；我们有什么样的人生，源于我们在时间里做了什么。二者，可以互推。

同时，我们也要学会在时间里忍耐。人生的许多悲剧，多是源于对时间的否定。

如果相信时间，也许就不会迷茫。曾国藩家族的几代人的荣光里藏着一个哲理：时间在改变一切。所以，他在《曾国藩家训》中告诫家人，一定要谦虚谨慎。

我们来到这个世界的时间也会决定我们的命运。比如，我的二伯父，如果生活在今天，也许他的病会被治愈，然后，我们好好孝顺二伯父，就像现在我们孝顺父母一样；我的四伯父如果没有染上赌瘾，也许会活得很好。我的二伯父和四伯父都有才学。另外，还有二小子、小三子，都被生活吞没了。可这一切都是可以改变的。比如，生活在同一时代的我的父亲，用忍耐、善良、勤劳、智慧与时间抗衡，赶上了今天的好时代。

因为时间，啼哭的婴儿成了英俊少年；

因为时间，沧海成了桑田；

因为时间，嘎丽娅没有被忘记。

席慕蓉对时间有着不一样的解读：

是什么原因，使那锅米饭变馊变坏？

是时间。

是什么使那些平凡的米，变成芬芳甘醇的酒？

也是时间。

心灵的痛，是药物无法治愈的，只能依靠时间来慢慢抚平；有些误解，时间会给出最好的解释。

时间怎样对待你我呢？这就要看我们自己是以什么样的态度来期许我们自

己了。

最后，我想说，有些悲剧的发生，也许是因为我们忽视并错过了最佳时间，所以，我们终将在时间里慢慢忏悔和遗憾；有些幸福的到来，也许就是因为我们抓住了解决问题的第一时间，所以，我们在时间里感谢时间。

整理于 2020 年 7 月 15 日